安谅
—— 著

跟着你 跟着我

FOLLOW YOU
Follow me

安谅百篇
小小说自选集

上海大学出版社

图书在版编目(CIP)数据

跟着你，跟着我：安谅百篇小小说自选集 / 安谅著 . —上海：上海大学出版社，2023.6
 ISBN 978-7-5671-4754-6

Ⅰ.①跟… Ⅱ.①安… Ⅲ.①小小说—小说集—中国—当代 Ⅳ.① I247.82

中国国家版本馆 CIP 数据核字（2023）第 103700 号

责任编辑　陈　强
助理编辑　夏　安
插画绘制　蒋立冬
封面设计　缪炎栩
技术编辑　金　鑫　钱宇坤

跟着你，跟着我

安谅百篇小小说自选集
安　谅　著

上海大学出版社出版发行
（上海市上大路99号　邮政编码200444）
（https://www.shupress.cn　发行热线 021-66135112）
出版人　戴骏豪

*

南京展望文化发展有限公司排版
上海华业装潢印刷厂有限公司印刷　各地新华书店经销
开本 890 mm × 1240 mm　1/32　印张 16　字数 257 千
2023年6月第1版　2023年6月第1次印刷
ISBN 978-7-5671-4754-6/I·686　定价 52.00 元

版权所有　侵权必究
如发现本书有印装质量问题请与印刷厂质量科联系
联系电话：021-56475919

代序：
文学创作是对平常生活的萃取

安谅

拙作《逆行者》在《啄木鸟》杂志上刊发了。这是2022年所写的一篇小小说，也是我"明人"系列小小说之一。"明人"系列小小说，另一个名称，又叫"明人日记"，其实是我自创的一种创作类型，是我小小说创作的一个长期的计划。我是将自己生活中或经历，或耳闻，或感悟到的种种值得记述，也适合小小说表现的生活内容，用文学的笔法记录下来。

逆行者之谓，是不同寻常的，也是现代生活时常所见的。而我的《逆行者》，是力求在最短的篇幅里，去表达我的一种观察和思考。《逆行者》是一则故事、一段文字、一个真相？是一种社会奇相、一种生活选择，还是一种因果联系？

这些都不属于作者本人可以述说的。作品发表了，发言权就在读者那边了。

算下来,我自二十世纪八十年代开始,创作并发表小小说,也快四十个年头了,创作并发表了约千篇的作品。这对于我这个纯粹业余,创作体裁又广泛多样的作者来说,可谓小小说界里的一朵奇葩吧。自然不是自炫精品佳作,而是有一种对小小说的执着的热爱,使自己依然自信满满,也相信会有知音称奇。

小小说即是生活的片段和瞬间,她是用文字汲取和提炼的生活的极精短的一部分;却不仅仅是这千余字本身,她既可以囊括天下、穿越时空,也可以横空出世、洞察人生。她也许微如豆,细如丝,一目了然,分秒读完。但她字里行间有大悟、有大气,即便信手拈来的短小篇什,也是有睿智、有意蕴,有心领神会的一悟,有深为感触的一笑。以小博大,立意高远,小小说大世界,真的是气象万千。

我的小小说来自平平常常的生活,这种创作不是简单的描摹,不是随意的编撰,她是一种萃取,用对生活的感悟,用对艺术的敏锐,用想象,也更用真挚,去发现,去构思,去咀嚼,去挥洒,进而一气呵成。

小小说创作需要娴熟的技艺,但绝非雕虫小技。小小说是一种修炼,是一种心智,是一种领悟,也是一种情怀,更是一种定力。我喜欢欧·亨利,喜欢星新一,爱读契诃夫,爱读汪曾祺,我也酷爱那些并非出自名家之手的小小说佳作,她们的作者名不见经传,但我相信这些作品,一定是用他们的生命去体验、去把握,用心去凝练、去打造的。

小小说里没有大名利、大富贵，爱上小小说，就是甘于寂寞，从而善于思考，真诚生活。有静气、大气的人，是真正属于美妙绝伦的小小说世界的。我写小小说既是滋养自己，也是回报生活、回馈世界。

就像我那些精短的小说，并不会占用读者太多的时间，我这信手涂鸦的所谓创作随感，也该就此打住了。喜爱小小说的读者，都是从最精微处切入，心中自有大气象、大格局的人。

在此，我祝您好胃口，多读小小说，读到更多精美的小小说，并且真正读出特别的味道来。

目 录

第一辑

五分熟 / 003

隐私 / 006

阳台上的微笑 / 008

毛峰的变奏 / 010

X 街的变迁 / 012

安全带 / 015

夜半歌声 / 017

花节 / 021

节日短信 / 023

傻根 / 025

灰黑麻雀 / 029

弃婴 / 034

姐妹俩 / 037

秘书长 / 039

空座 / 042

形象 / 044

老傻 / 047

多情误 / 049

阿四 / 051

初秋的枫叶 / 055

第二辑

直播女孩 / 061

明星班趣闻 / 065

你跑什么跑 / 068

司机老马 / 073

寻车 / 078

你是我的原型 / 084

我好崇拜您 / 088

看不见自己影子的人 / 090

纳凉 / 096

手机是你的器官 / 100

一枚翡翠戒指 / 103

门缝里的窥视 / 109

班主任出招 / 112

扔石头的小男孩 / 116

生男生女 / 120

你所不知道的故事结局 / 123

我的真牙比他多 / 126

小区有个五谷磨坊 / 131

同学一场 / 135

风中的铃铛 / 140

第三辑

活宝二张 / 145

跟着你，跟着我 / 150

邻居赵五 / 155

请直呼我本名 / 160

律师方 / 163

菜刀和剪刀 / 168

摇纸扇的小老头 / 172

夏天占领了你封面 / 176

也许只见一面 / 181

你穿这鞋不合适 / 184

大灵不灵 / 189

群主老王 / 193

改名 / 196

陌生人的拥抱 / 200

有情人 / 204

飙车一哥 / 207

爷爷、外公和爸爸 / 212

老板和司机 / 216

倒走先生 / 220

东区有个郭美女 / 224

第四辑

你是一棵吉祥草 / 233

马的变幻 / 239

迟到的约会 / 242

老对手 / 248

平常男女 / 251

孪生兄弟 / 254

保姆找东家 / 258

让爱住我家 / 263

寻找书店 / 267

鲜花送给您 / 272

对门 / 276

不愿同梯的女孩 / 280

善心李阿婆 / 284

老杨认友 / 287

梦中的橄榄树 / 292

水声哗哗 / 298

蛇皮袋里的花生 / 302

小区"双骄" / 306

地铁上 / 310

头盔男 / 312

微信之谜 / 348

做保险的老邻居 / 352

逆行者 / 357

念奴娇 / 361

车上车下 / 364

眯细眼和丹凤眼 / 369

第五辑

肉包子 / 321

诗人D的回归 / 325

杨柳弯弯 / 330

宽窄巷子里的老克勒 / 333

妈妈的红烧肉 / 338

交警老田 / 343

会前的尴尬 / 373

半夜嘀嗒声 / 376

放下手机 / 380

送错了的外卖 / 382

烹小鲜 / 387

打"掼蛋" / 393

一碟猪耳朵 / 397

日记 / 402

第一辑

五分熟

每个周末，那个垂垂老矣的富翁在他孙子的搀扶下，都到这家餐馆里来，临窗而坐。点的自然又是蔬菜色拉、鹅肝酱，还有一块牛排。牛排要的又是五分熟。

我总有点担心，这五分熟的牛排，这老头能嚼得动吗？

我百次担忧，似乎都被刘大厨善解人意的目光给融化了。看看那位老翁咀嚼得津津有味的神情，显然不需要齿力，我说不出该是惊讶还是疑惑。

每一次，刘大厨都要走过去打个招呼："吃得怎么样？"老翁和他的孙子总是很满意。"牛排五分熟吧？"老翁问。刘大厨也很爽快地回答："五分熟，你喜欢的。"说完，总和老翁的孙子相视一笑。

据说，这老翁来这儿已二十多年了。每回来餐馆，要的都是五分熟的牛排，历经二十多年的跨越，老翁的牙齿恐怕都掉光了，还嚼得动这

五分熟的牛排！

每次来，都是刘大厨迎客，并亲自掌勺。这几年，他已经很少掌勺了，已经带成这些徒弟了。可老翁来，刘大厨总是自己接待。我们都极为佩服刘大厨，倘若他没有这精湛的手艺，谁都玩不转的。

有一回，我却发现了一个秘密：刘大厨给老翁煎的牛排实际是特意挑选的，且根本不止五分熟。这刘大厨太鬼了。我仿佛突然发觉了别人的眼光似的，对刘大厨的行为备感不适。

我看见，刘大厨将牛排端到老翁面前，又像往常一样，说了一句"五分熟"。老翁微微颔首，又津津有味地咀嚼起来。我的肺都气炸了。

我终于忍不住，一把按住老翁孙子的臂膀，拉到墙角边上："你，你知道吗？给你爷爷煎的牛排，不是五分熟的！"

老翁的孙子望着我，一会儿，竟然笑了："我早知道。老爷子从小就喜欢吃五分熟的。多一分，少一分，他都不开心。可这二十多年，老爷子的咀嚼功能变化多大啊！也难为刘大厨，总是恰到好处地控制火候，让他吃得真正舒服。"

只见老翁一抹嘴，吃得显然很是满意地打了饱嗝，站起身来准备告辞。

刘大厨又走近和老人打招呼。"五分熟吗？"老翁问。"五分熟。吃得满意吗？""那当然"，老翁答。

五分熟，这才是真正老道的手艺呵！

隐私

她和他在同一所中学教书。

她口齿伶俐,很高傲,长得也挺标致,活脱脱一个美人儿。他则五大三粗,口拙舌笨,近乎木讷。

一天,有人凑近她耳旁说,他抽屉里有一封她的信,写着她的名字。

她起先不信,后来,从外地出差回来的男友问她,自己写给她的信有没有收到,她才恍然大悟。又想起他曾经直勾勾地注视过她,她深信不疑了。

翌日上午,她气咻咻闯进办公室,当着众人的面,向他发出了责问。

他很尴尬,厚嘴唇嚅动着,不知所措。

见他那副窝囊相,想到自己的隐私被他窃得,她义愤填膺,脸蛋儿憋得通红。同事们明白了事情的经过，纷纷向他掷去指责和批评。

他终于无退路可走了。突然他拉开抽屉，抓起一沓信狠狠地扔在桌上，返身奔出屋去。

她看呆了！居然都是他写给她的，没有发出的情书！

后来，她得知男友的信是因为写错了地址给退回了。

她开始变得沉默寡言了……

阳台上的微笑

收拾完工具，婆婆嘴颇为神秘地发布消息："哎，各位，瞧见了没有，对面那个小妞，嘿，老盯着我们，八成相中谁了。"

其实不用他说，大伙儿也都心中有数，对于一个妙龄姑娘的关注和微笑，热血男儿岂能视若无睹？那姑娘大约十八九岁的模样，挺清秀，酷似台湾影星林青霞——录像里见过她，极惹人怜爱。打我们骂爹骂娘地开进这条坑坑洼洼真该诅咒的弹石路，她便坐在对面的阳台上，支着下巴，静静地注视着我们，脸上漾着甜甜的、还带些其他什么味儿的微笑。兴许怕冷，她腿上还裹着毯子。够让人捉摸的。

话既点穿，大伙儿可都憋不住了：

"这小妞蛮白嫩的，和新上市的茭白差不离儿！"

"对啊！和你倒挺般配的。一黑一白，对比真够鲜明的！"

婆婆嘴无事生非。

"去你的，当心拧断你的胳膊！"

"嗳，我看这姑娘没正经事，整天笑眯眯的，怕有些……"

"别胡说八道！也许，人家闲着没事，看看玩的。"

……

或许是一种神奇的魔力吧！我们这些小伙儿干起活来忽然有使不完的劲："头儿，三渣又不够了。快点儿啊！""给我换把新铲吧，这破玩意儿！"……队长看着看着，也有点莫名其妙。是啊，在这枯燥、机械的劳作中，那姑娘的微笑不啻是一缕温煦的阳光，一曲舒缓的清歌，那微笑似圣母玛丽亚，又像达·芬奇笔下的蒙娜丽莎。

虽然我们仍时不时猜测、逗乐甚至是十分粗俗地取笑，但都事先有约似的，把嗓门压得低低的，生怕惊扰了她。一天风猛，她消失了，我们一整天无精打采，心里空落落的。

一条平坦的沥青路面提前铺就。大伙儿心血来潮：要搞一个竣工典礼，并且请上那姑娘。

半小时后，婆婆嘴独自姗姗而归。

"那小妞不愿来？"

"嘿，他妈的不识抬举！"大伙儿怒不可遏。

"不，不，你们别……"婆婆嘴急了，嗓音都有些哑了。这小子究竟怎么了？少顷，他喃喃地说："她，没腿。去年春天，就在这条街，她绊倒了，后面的车……"

大伙儿突然都缄默了，陷入从未有过的沉思之中。

毛峰的变奏

B君从黄山休养归来，饶有兴味地邀我们几位小聚。他为大家各斟上一杯酽酽的浓茶，神采飞扬地介绍说，这是一级毛峰，他花了三十几块钱买下的。

是么，难怪还未上口，就有一股馨香扑鼻而来。朋友们吹去浮在表层的茶叶，轻轻抿了一下，都禁不住有点夸张似的赞叹。诸如甘醇爽口、荡气回肠、香味纯正、无愧正宗等美妙字眼，随毛峰之清香，在屋子里弥漫。我这人不会品茶，也附和着称道。B君满面红光，嘴笑得更咧了，好不得意！他就是这么一个人，平常吝啬得很，可心血来潮时，却大手大脚的。这次破费如许，真难为他了。

门被推开，D君姗姗来迟。听说B君以毛峰相待，他显得喜出望外，三步并作两步走近我，抓住我的杯子，先自抿了一口。奇怪的是，他看了B君一眼，突然皱起了眉："不对，不对，这绝不是毛峰！"

"什么？这可是我亲自买来的！"B君有点猴急了。

"真的不是。你们看，这种茶叶表面光溜溜的，边沿都枯焦了，你们仔细嗅嗅，再使劲，不就是树叶味嘛！"D君有板有眼，继续说道，"我在黄山插过队，正宗毛峰外形应该细嫩匀整，白毫特多，色泽则呈黄润。"D君的一番言论，几乎无可辩驳，无论B君如何解释，他的上当已成定论，他的脸一下子阴沉了许多。的确，经D君这么一说，连我都觉得这种冒牌货不仅没有什么香味，还真够苦涩的哩。朋友们显然也都有被愚弄的感觉。

有一日，D君悄悄告诉我，那一次，确是一级毛峰。我吃惊地望着他："那你怎么可以……""我是想让B君心疼心疼。"D君嬉皮笑脸。我不吱声了，忆起当时的情景和自己的所为，突然想得很多很多……

X街的变迁

说是街，其实小车走过也免不了左碰右磕。据老辈人讲，当年这条街上还尽走大军的"解放牌"哩。如今，就这么一点空间，街沿的好多户人家早就觊觎上了。就说王家和张家吧，门对门，窗对窗，就隔着这边一条街河，低头不见抬头见。现在，一场明争暗夺的"两伊"之战正悄悄拉开序幕。

先是王家的小儿子不知道从哪儿听来的小道消息，说小街近几年内无拆迁的可能。风乍起，小街不安宁了。正巧，不远处的旧楼被拆迁了，王家就从那里拣来许多不花分文的瓦片、方砖等，自然都堆在街沿上，堆得有一人高。张家见了，恍如从梦中醒来。这无疑是一个信号：王家准备行动了。张家男子汉不甘示弱，想方设法搞来几块大石板，门前一搁，又向外挪了几厘米，似乎声明：这块地盘非我莫属了。

一不做，二不休。没几天，张家发现王家的屋前多了一间厨房，简单得很，就一些碎砖，却占用了差不多半条街。这下，张家沸腾了。两个媳妇当街而立，指桑骂槐。王家也派了娘子军出阵。一场舌战下来，除了口干舌燥、腰腿酸软外，张家什么便宜也没有到手，于是，争夺升级了，一个"先下手为强"的计划酿成了。

这天清晨，王家的人尚在梦乡逗留，突然听得一阵阵喧哗和轰响，莫非发生地震了？主人惊跳起来，扯开窗帘，立时被眼前的景象镇住了：只见张家的破楼已一片废墟，好些腰圆膀粗的小伙子在张家大女婿的指挥下，搬石，运砖，和泥……张家提前行动了！

怎么办？王家赶紧召开会议，商量对策。大儿子血气方刚，他气急败坏地说："退是没有路了，干脆，我们也马上开始翻修！"一锤定音。于是，全家纷纷出动，呼朋唤友，各显神通。二女婿学过两年土建专业，草草设计了一下新楼。翌日傍晚，又一支"施工队"浩浩荡荡开进了破楼。

一时，破楼热闹非凡。那些上了年纪的都傻眼了：怎么回事，莫非又兴"大跃进"了吧？

半当中，两家为了堆放建筑材料，互不相让，以致举家出动，大动干戈。铁锄、泥刀等家什都用上了。战后结果，张家因材料、招待、医药费负债累累，王家二女婿脑瓜上缝了两针，张家小儿子右臂缠上了绷带。战场上乱石遍地，血迹斑斑。

战争总算平息了。两家的高楼终于平地而起。可怜的小街在这儿却成了瓶颈口和鸡肚肠了。两家人只需站在自己楼里，不必探身，就可以握握手呢。当然，情况并非这么乐观。不久，来了一张正式通知：小街将全部拆迁，改辟一条快速通道。

安全带

人有时还是要保持自己的尊严的。否则自己看轻自己，低声下气的，恐怕命也会断送。

说此话的是明人。而明人是有感而发，给他这一感慨的是一位老师。

老师姓培，是男性，可不够男子气。先说两个小细节。怕老婆。老婆一个电话打来，他在办公室没犯什么错，也会有一点紧张，说话都结巴。原来太太让他少抽烟甚至戒烟，他手里头正夹着一支烟，仿佛电话那头的老婆已嗅出烟味了。还有，他经常自己卷烟抽，收集自己抽剩下的香烟屁股，搞了一个卷烟器，每天抽空卷上数根，放在烟盒里，人称培烟。

这位培姓老师不坏，可爱占点便宜，因此也降低了自己的身份。

当时一个处级学校，就一辆小车，原是上海牌的，后来更新为桑塔纳了。这辆车校长、书记要坐,学校的中层干部、老教师外出也想坐,还得迎来送往,照顾上级贵宾、客人,也真够忙的。培老师是普通教师,但外出也想蹭车,舒服,或许还能显摆。

开车的是原来学校的一位征地农民工,说话粗声粗气,人长得也粗。这天,培老师总算第一次被安排轮上用车了,很高兴,做到小车副驾驶座上,就拿着"培烟"向司机献媚。司机也不理他,忙着启动车辆,发觉警示灯在闪,便扔给他一句话:"快系上安全带。"培老师大概没听清:"安,安全,套……"司机又朝他吼了一下:"安全带!""哦,哦。"培老师才醒悟过来,将座位上的安全带扣上了。

一路上,车内闷热,司机也不搭理培老师,培老师则有些战战兢兢。开出好远了,培老师忽然对司机说了一句话,声音也有点走调了:"师,师傅,这安全带,怎么,这么,憋人……""什么?"司机没听懂,再转头一看,大吼起来:"你找死呀,怎么这么系安全带的!"原来,这培老师,把安全带直接就扣在自己脖子上了。他就这么憋了一路!

夜半歌声

初春的子夜，依然寒冷刺骨。街头人车稀落。夜风舔弄起了一张纸片，它时而半空中飘舞，时而匍匐在地面上喘息，抵抗着风的侵扰。明人刚为一部作品画上句号，一时无法入眠，就到街上溜达几圈。看见一个佝偻着腰的老人，裹着老式的围巾，穿着中山装，在街上踽踽行走。他走得很慢，像是在寻找或者等待什么。

明人迎面走来，老人停下脚步，弱弱地问了一句："你见到那个街头艺人了吗？"明人正想着自己的心事，有点恍惚，下意识地摇了摇头，自顾自地走了。后面传来老人一声悠长的叹息。那一声叹息把明人的心神又抓了过去。

他站住，回望，老人已转身蹒跚而去。明人迟疑着是不是要快步追去，因为他感受到了老人不可名状的失落。他迟疑着，老人苍老的背影已渐行渐远。忽然，街头响起了一阵悦耳的旋律。明人定了定神，循声望去,那盏路灯下,出现了一个人影。少顷,一个男人低哑的歌声,在吉他的伴奏下,在夜晚的街头飘荡。与此同时,他瞥见那个苍老的背影也停下了脚步,肖然不动,如树,好一会儿,才缓缓转身,蹒跚着往回走。那边的歌声在冷寂的夜晚,显得苍凉深幽,甚至有一种悲壮。明人快步走过去,他想,此刻街头卖艺的,必是十分困苦落魄的艺人,他从口袋里摸到一张十元纸币,准备施舍给艺人。不想对方却是一个精壮的中年男人,正闭着眼投入地歌唱。手指在吉他的弦上熟稔地拨弄着。

那位老人在马路对面又站住了。他仿佛在侧耳倾听,身子骨都在激动地战栗。明人走近艺人,掏出纸币,塞入艺人冰凉的手心。艺人猛地睁开眼,五指伸开,毫不犹豫地推辞了。明人尴尬间,男子轻声耳语:"那位老人患有老年痴呆症,没法和我们交流了,每晚,只有我的歌声能唤醒他,让他早早地回家。"明人惊讶了。他禁不住又瞥了老人一眼。他看见老人正注视着他们,像街头的一尊雕塑。男子又轻声说道:"他很孤独,整日神情黯淡,但只要听到我唱这首《春夜冷吗》,他就像换了一个人似的。"明人的心弦被拨动了,他想告诉他,那位老人还在记挂他,他不像是个痴呆者。这时,老人竟迈着难以想象的矫健的步伐快步走来。他像一个阳光少年一样,向艺人和明人道了一声:"你们好呀!"他还老友似的拍了拍艺人的肩膀,说:"你唱得挺棒、挺到位,只是个别音没唱准。"说完,他竟亮开嗓子哼唱了起来。这回,艺人也吃惊了,一时不知说什么好。

老人朗声笑了:"你不知道,这是我年轻时所作的最后一首歌,我以为没人会知道这首歌,没想到,这些日子,在街头天天听到了你的歌声……""爸爸!"明人忽然听到一声呼唤。是艺人!他此时扶住了老人的臂膀说:"爸爸,你是真正的艺术家!我们回去吧。"老人的眸子闪亮,他点了点头,面带微笑,与艺人相伴而去……

花节

B市、C市都在举办花节，毗邻的A市市长坐不住了。四方游客都直奔B市、C市了，客源就是税源，A市怎么可以坐以待毙。于是，A市市长邀请了好多专家名人研讨策划，明人也有幸忝列其中。

A市的研讨主题毫不羞羞答答，专家名人的建议也直奔主题。有的人建议，B市、C市叫什么桃花节、梨花节，A市菜花更多，干脆就叫菜花节。春天菜花一片黄，那千亩万亩菜花盛开，该是何等壮观。只要再整合一下农田，再拔掉几垄稻田，那就水到渠成了。有人撇嘴，这也太没品位了。还是种些牡丹好，没听说过吗，百花丛中最鲜艳的就数牡丹哦，那牡丹雍容富贵，堪称花王，人见人爱，足见A市的高贵大度。城市富贵，就是一市之长富贵，高贵可是千金难买。市长心花怒放，可边上有人嘟囔了一句："A市可一朵牡丹都不见呀。"市长听了直蹙眉。

也有一位所谓花卉专家慢吞吞地说道："实际上，这A市不是有不少狗尾巴草吗,那开的花也很美呀。""可狗尾巴花总是太俗了吧?"市长诘问。专家则立即摇首:"这大俗即为大雅。这太别致的名字,总是更令人耳目一新。"

"可这名字,也太……A市办狗尾巴草花节,邀请人家也不好意思呀!"市长一句话捅破窗户纸,大家捧腹大笑。

大半天过去,没有结果。倒是市长中午宴请时,明人插科打诨,想出一招:A市花的品种不少,就是不成规模,干脆就叫"花花节"吧,一定叫得出,打得响。本是席间酒话,倒引起一片喝彩,市长当场拍板:"太好了,就这么定了!"搞得明人不知如何是好。

首届"花花节"开幕时,名人受邀,但不敢出席,借故推辞了。但见媒体上报道频频,好像挺热闹的。问秘书,是否知道详情。秘书说各地鲜花节网上都会自发评奖,他听说,A市的"花花节"还中了什么奖。明人惊讶:"真的?"赶紧让秘书上网细查。终于搜到了,A市"花花节"得的是最差搞笑奖。明人晕了!

节日短信

手机来短信了,老同学发的,是典型的王老五。他告诉明人一个好消息,说他今天结婚了,娶了一个大明星,让明人赶来参加婚礼。明人先惊后喜,这王老五总算加入围城,不容易,于是赶紧发了祝贺短信,还约另一位同学同去贺喜。那同学死活不相信,说昨天还与那王老五喝酒打牌一个通宵,从来也没听说这回事。正纳闷时,那同学提醒:"今天4月1日,愚人节,是那小子在开玩笑!"果然一看日历,是4月1日,被老同学开涮了。

某天,明人正主持会议,手机震动了,来短信了。明人一看,汗毛直竖:"告诉你一件事,今天晚上,有一个白发老男人半夜将潜进你家孩子的房间,他将把准备了一年的东西,放在孩子的枕头边……"明人的表情变了,嗓音也变了。他借上厕所,离开了会场。再仔细查看,原来是一位好朋友发来的,他祝明人和孩子圣诞快乐!呵呵,那老男人竟是指圣诞老人呀！明人真是哭笑不得。

三月的一天，明人又收到一则短信："种瓜得瓜，种豆得豆。你去年此时播撒的种子，今年长得很好。"再定睛一看，是某孤儿院发来的。明人百思不得其解，自信做人从未这么做过孽呀。忽然感悟，今天是植树节，去年他带机关干部到隔壁孤儿院草坪上种植了一片小树林，原来是孤儿院报告树木生长的情况来啦！

春节假期后上班没多久，一位熟人又发来短信："我刚才听说了你的绯闻，她说她与你在一起很快乐，你也喜欢她。她的名字叫袁潇杰。"谁胡说八道？明人气不打一处来。还什么杰的，自己认都不认识这个人！打开冰箱，取出一罐冰啤，牛饮一般灌进肚里，瞥见了冷柜里的袋装汤圆，蓦地醒悟过来，"袁潇杰"，是元宵节呀！他大笑，随即把手机狠狠砸在了地板上。

傻根

傻根是有点傻,模样儿就像一个大笨熊。同学老欺负他。放学了,他也不太和同学们一块玩。

反正,在明人和同学们眼里,他就是一个傻子。

小伙伴们玩在一起,就格外疯,格外热闹。明人冰雪聪明,是个孩子头,常常蹦出好玩的点子来,让大家山呼海啸地,一阵响应和闹腾。

这天放学后,明人受电影《地雷战》的启发,鼓捣小伙伴们找来铁铲等家什,在小区路口,挖了两个脸盆大的坑,又横置了几根细长的竹条,蒙上废报纸,轻轻撒上泥土,让别人一时察觉不出痕迹来。然后躲在一堵废墟后,等着看西洋镜。

果然,一个戴着眼镜的中年人骑着一辆自行车路过,忽然滚动的前轮,一下子陷入坑里,中年人肥硕的身子前倾着,随自行车重重地摔在了地上。好一阵不能动弹。稍过一会儿,又满地摸索掉了的眼镜,其狼狈相让人想起了某部抗战电影里的翻译官。明人和小伙伴禁不住大笑起来，赶紧撒腿溜了。

过了不久，他们又返回了。中年人已骂骂咧咧地推车走了。他们把坑洞又一次伪装好，等待下一个踩地雷的。

好久，终于有人来了，却是傻根。

他摇摇晃晃地走来，右脚也不偏不倚地踩踏了上去。笨重的身子跌倒在地，脸颊撞到了一块石头，顿时有血从面颊流出。

明人和小伙伴们屏住笑，从砖缝里想看个究竟。

傻根艰难地爬起，用手抹了抹脸上的血，走了两步，又停住了。他看了一会儿那个坑洞，四周巡视了一番，朝废墟走来。他淌着血的脸，很是难看。

他走近废墟，搬起几块碎石。明人他们神经绷紧了，不知傻根会犯什么傻气，也许他已发觉了他们，要实施报复。

但傻根又转身走了，走回那个坑洞，把石块扔了进去，原来他意欲填了那坑。有一个小伙伴急了，噌地站起身，但被明人按住了，已把人弄伤了，暴露了不好办。

傻根又走了过来。

这时有人在唤他，是他妈妈找来了。

妈妈一看傻根的模样，立即抱住了他，满脸焦急和疼惜。她掏出手帕捂住了他脸上的伤口，要让他赶紧回家包扎。

傻根却一动不动,眼光固执地盯视着那个坑洞。他转身又走向了废墟。

他又抓起几块碎石,走回坑洞。妈妈明白了,也拾起砖石,帮他一起填实了那个肇事的坑洞。

他们搀扶着离开了。

明人好半天没吭声。小伙伴推了推他,他才如梦初醒。

他发觉有什么咸咸的东西,流进了他的嘴里。

从此以后,他再没玩过这类游戏。

灰黑麻雀

新任书记来这个城市不久,便发现了在北方并不多见的一种麻雀,浑身灰黑,不像常见的那种,灰白,或者灰黑夹杂。

那种鸟起先有一只鸣叫着,栖息在他的窗台。

他的目光从文件堆里闪跳出来,充满了惊诧。那只鸟的大小不见异常,那双奕奕亮闪的眼睛,也透着一分机灵。但眼神又是奇特的,仿佛有什么冤屈要向他倾诉。那一身羽毛又如同负担沉重,时常抖动着,像要努力甩掉什么。

那可怜兮兮的模样,让书记这七尺男儿忽生怜悯。他撇开厚厚的枯燥乏味的公文,蹑手蹑脚走近窗台,那麻雀扑棱扑棱地飞了,让他独自站立着,充满失望。

他喜欢鸟儿,包括麻雀。在南方城市工作时,还曾专程到花鸟市场,买了一对喜鹊,还配了一只精致的鸟笼。这城市干净清爽,他每天早早上班,把鸟笼也侍弄得干干净净的,雀儿在笼子里啁啾,他时不时瞅上它们一眼,心情无比愉悦。

他调到现在这个城市,初来乍到,就有点水土不服。这天气也老是阴沉沉的,让人提不起精神。

他本来要下去调研的,这是他从政以来养成的工作作风,到基层,到群众中走走,能接地气,让人心里踏实。但他身子不太舒服,他的几位副手也劝他,先别太累了,读读文件,了解一下情况,这样再下去,更有准备,也更全面。他不愿拂了大家的好意,而且这也有些道理,他今天就一整天待在办公室里了。

大院门口传来一阵阵喧哗。他问过秘书,秘书说是上访的。他问为何上访,秘书又说是为城市污染的事,又补充了一句,哦,他们常来,这事一天两天也难以解决。

他没再问下去,现在经济发展过快,很多城市都有此类上访户。南方那个城市多的是动迁上访户,他时常被他们围追堵截。他努力帮助解决了不少,也有的人要求过高,确实不太好解决。

他坐回到办公桌前,脑子里还在回想这灰黑的麻雀。这麻雀确实奇特呀。

他把秘书叫了进来,询问道:"这地方的麻雀,灰黑色的,是当地品种吗?"

秘书是当地小伙,此时丈二和尚摸不着头脑:"什么灰黑麻雀,我,

我不太清楚……"

看小伙子一脸窘迫,他就和蔼地让他退下了。现在城里人有几个对花草鸟儿能说出个名堂来呢?不说"五谷不分",单这鸟类品种,也是强他所难了。

他又埋首于公文堆中。他看到一份人大代表的建议,说是这城市冬天集中供暖,大多是烧煤,环境也被破坏了,他建议全部改用天然气,虽花了大本钱,但毕其功于一役,造福当代和后人。但老市长先批了一行字:美好梦想!

他沉思有顷,不知怎么落笔为好。

这时,窗台上又飞来了一只麻雀,灰黑色的。之后,一只又一只飞来,一下子十来只,一字排开着,向玻璃窗内探头探脑,模样儿煞是可爱。

他不敢趋前,生怕再惊扰了它们。他只是睁大眼睛观察着它们。他纳闷怎么有这么多麻雀簇拥在他的窗台上。

忽然一声雷电惊醒了他,原来是下雨了,麻雀们在避雨呢。

但这窗口没安装遮雨棚,渐渐下大的雨,必会浇湿它们一身。他心疼它们,轻轻走过去,想把窗户打开,这样它们可以进到屋子里。当把窗户打开时,麻雀还是大都惊飞了,只有两只蜷缩在角落里,浑身颤抖。

他只能强行把它们请进屋来,关上了窗户。它们温顺地趴在他的手心，眼神有一丝惊恐。他安慰它们，别害怕，我不会伤害你们。他用手抚摸它们灰黑的羽毛，手上觉得黏黏的，脏兮兮的感觉。

他倒了一脸盆清水，将两只麻雀放了进去。雀儿起先目光惊慌，随之欢快地扑腾起来。

他好高兴，打了一个电话，让秘书进来，说有客。再转身，他愣住了：刚才那两只灰黑的雀儿已经变样了，一身灰白的羽毛，正湿漉漉地紧贴在它们的脊背上，那眼睛似乎也愈发明亮起来，正昂首望着他……

秘书进来了，见屋里并无他人，一头雾水地问："哪里，客人？"

他好久才缓缓说道："是特殊的上访者……"

弃婴

这些日子,豁嘴阿宝成了香花桥街的新闻人物。

那是一个清新的早晨,天色微明。有人看见豁嘴阿宝匆匆忙忙穿过街巷,直往家里奔去,怀里还搂着一团脏兮兮的"蜡烛包"。少顷,就从他的屋子里传出了婴儿的啼哭。

之后,街坊领导就发现,豁嘴阿宝似乎文雅了许多。他常常怀抱一个婴孩。有时依傍着门框,有时在街上溜达着。他不知哼着首什么走了调的歌儿,哄着孩子入睡,还时不时用他那有缺陷的双唇亲吻孩子的面颊。那种全身心的投入,比那些刚做了爸爸的年轻男子,真有过之而无不及。

有人传言,那孩子是豁嘴阿宝在厕所里捡到的。这种说法越传越广,但没有人敢当面对阿宝说。阿宝的粗野,街上好多人是领教过的,稍有不称心,或者谁惹怒了他,轻则一顿臭骂,重则大打出手,不获全胜,绝不收兵。隔壁小三子信口胡诌了一句:"阿宝,这是你的私生子吧?"阿宝两眼立时瞪得大大的,圆圆的,好怕人!吓得小三子浑身筛糠似的。

阿宝抱着孩子在街上溜达时,简直到了忘却周围一切的境界。

那天,阿宝好不容易对上象的姑娘胖胖找上门来。不多一会儿,便哭着出来了。原来,姑娘脸皮薄,阿宝平白无故多了个孩子,自己的脸往哪儿搁?让他处理了,可阿宝梗着颈脖,眼里像要喷出火来。

于是有人说阿宝真傻,为了一个弃婴,坏了自己的终身大事,不值!

阿宝呢,却若无其事,还是那种神态。

过了没几天,又有一男一女两个年轻人来找阿宝,不久便吵吵嚷嚷起来。阿宝牛脾气又犯了,抡起扫帚把,把他们赶到了街上,两人狼狈不堪,悻悻地走了。

当晚,派出所民警找上了阿宝,说那两个人确实是婴孩的亲生父母,现在想通了,要抱回孩子,你不该这么顶牛,至于这段时间你支付的抚养费和耽误的工资奖金,会补偿给你的。阿宝脸色如土灰,一声不吭,被逼急了,才想出一句话:"立下字据,保证不再虐待,否则,我不依!"

民警笑了笑:"这还不好办?马上给你送来。"

孩子被抱走时,阿宝沉着脸。那两口子向他连连致谢时,他别转身，给了他们一个光脊背，目光冷森森的。

有人嘀咕着："怕要出事。"但什么事都没发生。只是有几个细心的人发现，阿宝脸颊上滚落下两行泪珠。

据老辈人悄悄说，阿宝原来也是弃婴，是瘸腿刘伯把他拉扯大的。

姐妹俩

在大楼里，她们姐妹俩最为惹人注目，这是因为两人长得挺标致，还都是名牌大学的毕业生，身价似乎就不那么一般了。

妹妹有对象了，对象是隔壁的刘坤，一所中学的青年教师，知书达理，模样儿也不错的小伙子。不过，相比较女友的伶俐劲儿，他就似乎有点逊色。姐姐今年二十八岁了，对象八字还没一撇，她倒不急，笑眯眯的，偶尔，还从屋里飘出她的歌声，在楼道里很亲切，也很动人。

刘坤爱捣鼓电器之类的玩意儿，谁家电视机洗衣机什么的闹故障了，找到他，问题都会迎刃而解。他家里电器工具之类也堆了不少。后来，他就捣鼓出一种电动类的玩意儿，放在自行车上突突地响着，车子跑得飞快。车子改装之后，刘坤又从交通处领到了牌照，顿时鲜亮了不少。每天清早和傍晚时分，突突突的马达声就脆亮地响起，刘坤稳稳地驾驶着"土摩托"，后座上的女友显得愈加妩媚。钦慕于是从众人的目光中流露,对那位仍孤单一人的姐姐则又生几分怜惜。

  在那辆"土摩托"的突突声中,某一天又响起了另一辆车的轰鸣声,比刘坤的悦耳了许多。原来是一辆"雅马哈",车主人是楼下干个体的暴发户阿钢。脸上闪闪发光的阿钢不无夸耀,他那辆摩托发动机是四冲程的,一踩油门,就窜出几十米远。"雅马哈"是诱人的,更令人注目的是,没多久,刘坤的"土摩托"后座上就空空如也了。"雅马哈"的主人却被那个漂亮的妹妹紧搂着。车子风驰电掣,姑娘快活地尖叫着。然而,那尖叫声并没有快活多久。很快,楼里就传开了,说阿钢的"雅马哈"撞在阶沿上,他和姑娘都摔断了腿骨,住进了医院。

  刘坤的"土摩托"仍然稳稳地、突突地行驶着,车后座上坐着的却是那个姑娘的姐姐。

秘书长

二十年后的师生相会,在这个城市最豪华的宾馆餐厅,炽烈了整整一天之后,已渐趋尾声了。

世上没有不散的筵席嘛。当年的班主席准备作最后的演讲了。郑,此刻正坐在几位同窗之间,兴奋加上酒的刺激,他原本黝黑的脸色,也泛起一层酡红,连眼睛都充满了可爱的醉意。但醉意之余,他还是有一丝清醒:别忘了买单,今天的开销都是他独自一个人承担的。那是他自愿的。只是隐隐有一丝遗憾:这狂欢过后,一切又将归于平静,老师、同学,还会记得我吗?他太平常了,平常得几无可供记忆之处。

上午,老师和同学们陆续赶到,他在门口迎接,差不多没有一个老师、同学认得出他。老师也罢了,他们带教过太多的学生,不可能每个同学都能记住。可他至今说得出名字、脑海里还有当年形象的那些同学,也大多记不起他来。还是他的同桌,那位当年最风光也最为精明的班主席记得他。当然，这次聚会的经济资助，还得助于班主席及时号募集，他才获得这样的机会。班主席知道他这些年搞装潢，赚了一点钱。据说，班上也有几个干个体户的，但只有他正儿八经开了一家自己的公司。

班主席说话了，他是一个在某街道任科长的英俊汉子。

"在这次聚会结束之前，我提议大家推选出一位秘书长。我们的师生情、同学情还要延续下去，我们的聚会当然也不能断，如果没有一位有实力又热情的同学来组织，恐怕今天的聚会，可能就是最后一次了！"

"那不行，我们还要聚聚！""对，对，活到老，一直聚到老。"众人一片呼声。

"所以，我提议小郑担任我们的秘书长，他热心，而且，具有无可比拟的实力。今天，我们的活动，就是他做的东。"

"我提议，大家鼓掌通过。"

"哗……"掌声，笑声，还有敲桌子声哗然一片。

郑被大伙儿推拉时，真的懵懵懂懂的。他不知怎么表态才好，搓着手，笑得很尴尬。

"我，我，这辈子没做过官。让我当，秘书长，有点……""没问题，你准行！"班主席拍了拍他臂膀。

他脑子忽然一激灵，"我，当年想当个课代表，没当上。后来想当个小组长，就帮这一组七八个同学收收本子的也很光彩，可也没当上"。

他看了班主席一眼，班主席仍然笑眯眯地看着他。"我后来听见班主席向班主任说，说我太傻，呆子一样，做不好。"

班主席的脸刷地一下凝住了。老师和同学们都听得有点入神。"我知道自己有些傻，不太开窍。可我真想当一回小组长，为同学服务服务呀！"郑的眼眶有些湿润了。

"这些年，我和老师、同学没有过联系，我待业、上岗、再下岗，我没找过谁。后来，和乡下的表兄一起干装修，宁愿少赚一点钱，也要让客户满意，现在也算是混出个人样了。"

"本来，我是不愿当秘书长了。我那边的活儿很忙，不能耽搁。但刚才班主席说我能行，我就干，二十年了，我终于如愿以偿了，我就这么傻下去，不变了！"

掌声四起，眼泪和笑意在郑的脸上流淌。

空座

　　夜阑人静。刚上完夜课的他，此时正在车站上孤零零地候车。他回家还有一段漫长的路程。

　　车来了。他跨上车，两腿感觉很沉。他扫视了一眼车厢，乘客稀稀疏疏的。他发现在斜对面还有个空座，于是随着车厢的晃动，他摇摇晃晃地走了过去。还差一两步，他突然站住了，蓦然觉得有点蹊跷：那两位比他挨得更近些的乘客怎么没有落座？他俯下身子，借着车厢昏暗的灯光，终于看见那座位上边有一团黄澄澄的黏糊状东西。他明白了，虽然在讲台前站了大半天，腿肚子酸酸的，他还是不愿因此而弄脏了自己簇新的毛裤。

　　他抓紧扶杆，多少有些惋惜地瞥了那个座位一眼。

　　车停了，那两位站着的乘客下了车。又上来了位打扮入时、模样俏丽的姑娘。她发现了那个座位，怕被人抢了似的跑了过去。走到跟前，她也看见了一团黄澄澄的黏糊状东西。她抬起头来,看了看身旁的他,脸色有点尴尬,也有点悻悻然。

此时,从后门上车的一位中年汉子也走过来,他诧异地打量他和她。及至目光落在那张座位上时,他才恍然大悟,他庆幸自己刚才没有莽撞。

颠簸摇晃的车厢里,只有他们三个站着,紧握着扶杆的手掌都沁出了汗水。

车又到站了,一位穿牛仔衣服的小伙子跳上车。他三步并作两步,几乎是蹦跳着跑到那个座位前,他显然也发现了那团不明物。他埋下头来,看得很仔细,然后,他潇洒地打了一个响指,一屁股坐了下去。

站着的三位都看得呆了。掷去的目光,说不清是惊讶、遗憾,还是幸灾乐祸。

他们面面相觑。

都到站了,车厢里突然一片亮堂。小伙子首先跳将起来,他们急忙朝他屁股底下望去:什么也没沾上。

临下车时,他悄悄地用手在座位上摸了摸,见鬼,什么都没有。

形象

提着公文包,我"噔噔噔"地上楼。有人下楼,脸上堆着笑容和我打招呼。我眨巴了一下眼睛,我不认识他,肯定是他认错人了。我自然不必多说,不动声色。那人略显愣怔,略显迟疑地走了。

类似这样的事,我碰到很多次。不只是我,生活中其他人也时常遭遇,我并不以为意。

可是,后来一件事,使我不得不对此引起十二分的重视了。

那是机关一年一度的民主评议。按党委老郑幽默的说法:每个人都得过秤,量量血压,查查"机关病"。我自信平时谨慎从事,人缘又不错,不至于缺点错误一大堆的,即便有,大概也是无关痛痒的。

然而,在不厌其烦地列举我种种优点长处成绩之后,同科的老方委婉地指出,刘科长和我们相处得很融洽很随和,但基层有反映说,他架子大,别人向他打招呼他爱理不理。这"内外有别",是不是与当前的

联系群众的要求，有那么一段距离吧？

我愣了：怎么会有这种事，我到基层，不管碰到谁，包括公务人员，都是笑容可掬的。这点起码的形象总是有的。糟糕的是，老方话音刚落，随即有好几个人都反映基层有这种说法。我无言以对，困惑不堪。

我终于想起时常碰到的那一类事：陌生人的招呼。那些陌生人肯定不是我们基层的。哦，对了，一定是在这幢大楼内，有一个人和我长得特别相像！好像机关有谁提及过。

我决定找到那个和我长得相像的家伙。我好歹是一个科长，上头特别看重我。据传，新近有提升我为副处长的意向，我不能不注意自己的形象和影响。那个家伙，肯定对谁都十分冷淡，包括那些误以为他是我的基层职工。

我得让他拎清点，既然两人长得那么相像，就得彼此负责。必要时，给他上一点关于责任感的课。

这幢大楼内有好几十家单位，我在大楼内漫无目的地寻找。脚脖子都有些酸了，快兜完一圈时，有点失望的我突然收住了脚步。一个中年男子踱着方步，迎面朝我走来。那人太像我了，实在太像我了！我都不敢相信自己的眼睛了。只是他的脸上比我多一些傲然。

我正想走近他，我背后一个小伙子唤了他一声。我赶紧收住脚步。是的，我听见那个小伙子唤了他一声，恭恭敬敬道："马局长。"

老傻

每到中午,公司就显出少有的喧闹。甩扑克、玩桌球、天南地北神聊的,其认真程度绝不亚于正经八百的工作。上班铃声一响,情景才略有改观。当然也有玩得正在兴头,或者磨磨蹭蹭的。东大楼行政科那拨就是一例。

到行政科玩"四国大战"的人最多,好几个科室的头儿都爱往那儿凑。那儿硝烟弥漫,互相拼杀,不剩最后一口气是绝不会罢休的,所谓"不到黄河心不死"。刺激性的场面也吸引了不少旁观者,旁观者无疑又给"好斗者"带来了新的鼓动。也正因为此,前后几位经理都对这种散漫作风大发雷霆过,但收效甚微。最终,几位经理的结局都不太妙。

老傻是新任经理,从上级机关调来的,没一点架子,对谁都傻乎乎地笑,连对临时雇来打扫卫生的老妈妈也不例外。笑得你诚惶诚恐,笑得你没法对他作假:他太憨厚了,憨厚得近乎傻了!有人便戏称他为"老傻"。

老傻似乎不太爱管闲事，所以人缘不错。公司上上下下都较先前像模像样多了，也不知他用的是什么妙计。他是上任半年之后，才来到行政科"参战"的。"四国大战"尚未开战，他先占据一角，闭目养神起来，待人一到，人家都布完了阵，催促他，他才摆弄开了，却只用了十来秒钟就布完了阵。旁观者看了只发笑。他若无其事，一脸笑容。开杀之后，他每一步棋都显得漫不经心，司令都轻易被别人炸了。他依旧悠悠然，全然一个臭棋篓子。

　　上班铃声突然响起，他似乎来劲了。所剩无几的棋子忽然都活了起来，在棋盘上穿插开杀进攻，一招一式，有板有眼，杀得两位对手一惊一乍的，不敢相信眼前的现实。

　　翌日中午，他又披挂上阵，老调重弹。上班铃声响后，杀性骤起，在场的所有人无不惊诧万分。公司里便多了几分谈资。

　　几天之后，公司食堂贴出了一张布告，说是老傻上班下棋，经理室决定扣罚当月奖金。当天下午公司大会，老傻表示认罚，至于其他人就免了，他是"罪魁祸首"，不过下不为例。

　　有人说老傻真傻，此种现象由来已久，何必代人受过，也有人说老傻是傻，以后就别给这个傻瓜太添麻烦吧。

　　行政科每到中午还是战火纷飞，然而铃声一响，一派祥和宁静顿时呈现。大伙儿自然都念老傻这份情。年年民主评议，老傻几乎都是满堂红。不久，他就被调到上级机关任新职了。

多情误

二十八岁那年，我还没对象。在家憋得慌，常到户外溜达。

夜晚的街市，行人稀落。路灯透过梧桐树叶，在马路上摇曳出许多碎片，让人感到朦胧，感到诗意，我很喜欢这种意境。

有天散步时，我感觉有人正在注视我，不经意的一瞥，发现是位姑娘。她坐在临街的一栋房子里，膝上摊着本书，那屋子紧挨着一家信用社。

我没在意。观察别人和被别人观察，是再平常不过的事了。但以后的情景，却不能使我等闲视之了。一连好几个晚上，我走过那间屋子，她就会有所反应似的从书本上抬起目光，向我投以一种难以捉摸的专注的神情。

我从未谈过恋爱，却读过不少爱情小说。那姑娘在我大胆正视时略显慌乱的眼神，搅乱我深寐已久的心灵，时时闪烁在我孤独的小屋。

也许，爱神终于向我展颜微笑？我浮想联翩。

那次我又心怀鬼胎似的走过街市，故意放慢了脚步，回头看时，正撞见她向一位中年妇女指点着我。我脸一热，赶紧走开。我很兴奋，周身回荡着一股从未有过的强大的热流，不，是电流！我断定那人是个好可爱的妈妈，而这位可爱的母亲的女儿，注定是破天荒第一个闯入我心灵的女子！我想高呼"乌拉"！

某个傍晚，一个警察不太客气地把我"请"了过去。我莫名其妙地受到了一番讯问。临了，警察与我道别。这时，我蓦地看见那中年女子坐在屋内看我时，脸色很严峻。

后来听说，那家信用社近日被窃了一笔款。据查，梁上君子是破窗而入的。

以后，我很长时间没有再多情了。

阿四

阿四，大名谢根发。可大家都管他叫阿四。由于他俗不可耐的名字，也由于阿四家住名声不太好听的"下只角"，所里的人都有点瞧不起他。

阿四原先是在公务班的。可设计室那些主儿们仗着自己是干"大事"的，吵嚷着说太忙，需要个打杂的，于是所里就把阿四调了过去。

阿四没文凭，也没啥技术，只能打打杂，跑跑腿，诸如打扫卫生、领工资、做实验时打下手等等，其他什么都干不了。按照室里最年轻的助理工程师李冰的说法，就是不创造任何价值。所以室里的人在鄙视他的同时，也都有些厌烦他。因为设计室是所里率先承包课题研究的，可以多劳多得。大家费尽脑汁挣来的钱，阿四多少也得拿去一份，这就很让人心理失衡。

可那些鸡零狗碎的小事，终究得有人做，沉默寡言的阿四还得留着。当然，在大家的眼里，他是可有可无的。大家很少和他攀谈什么，对他也漠不关心。

阿四的价值是在一次募捐活动中充分体现出来的。

那年，上面要大家都捐点钱，支援水深火热中的灾区难民。室里有人嘟囔开了："自己的肚皮才刚刚填饱，哪来那么多钱捐给别人？""就是嘛，我们老区人民也还在挨饿受冻哩。"

主任发话了："别的部门都捐了，我们大家就凑个数吧，发扬革命人道主义精神！"

"唔，阿四，你老头子不是摆水果摊的吗？个体户有的是钱，你就替大家多出点吧。"李冰的话把大家的眼睛都说亮了。大家都瞅着阿四。

阿四默默地看了李冰一眼。在众目睽睽之下，他神情淡然，从刚发的工资袋里拿出一半钱，交到了主任手里。"阿四，没想到你不显山不露水的，竟然闷声发大财呀！""到时找你借钱用，可别打回票啊！"……

阿四此时微笑着，既不点头，也不拒绝。

以后设计室里购点什么国库券、债券之类的活儿，就少不了由阿四承担了。阿四好像也挺乐意，点到他，从没有二话的。

那回大热天，李冰摸了摸脸上的汗，忽然对阿四说："阿四，你帮我们搞些西瓜，便宜些的，怎么样？"这种事对于卖水果的不是小事一桩吗？阿四是拒绝不了的。数天之后，他果真搞来几百只西瓜，个个皮薄瓤红籽少，甜得没话说。大家立即把瓜分掉了，钱也是象征性付的，就算阿四请了一次西瓜宴。

研究室开始有人妒忌设计室了："让你们摊到宝贝阿四，真是瞎猫碰上死老鼠。"话虽然不中听，可似乎是这么个道理。

不久，有个职工的孩子得了白血病，工会组织募捐活动。所工会主席特意找到设计室主任，让他好好发动一下。

沉默有顷。有人提议道："再让阿四贡献一回吧。"主任说："这怎么好意思，老让人家出血。""哎呀呀，这有什么，现在都是这样的。一是敲国家竹杠，能敲则敲；二是斩个体户冲头，能斩则斩。阿四出点血算得了什么？"李冰又是一番道理。

这话恰巧让进门的阿四听到了。阿四没有吱声。第二天一上班，他就摸出二百元钱，搁在了主任面前。主任感动了："阿四，真有你的。"

"阿四，你也快结婚了吧？"主任对他难得这么关心。"快了，快了。""那一定是很排场的。""哪里，哪里。"阿四微微笑着。于是大家约好，阿四结婚那天，无论如何都要去凑凑热闹的。

快到阿四的结婚日子了，阿四却病倒了。病了十来天还未能上班，大家想想还是去看看他。第二天有个参观活动，结束之后，正好可以顺道去看看。

七拐八弯，好不容易摸到阿四家低矮的老屋。阿四病恹恹地躺在床上，边上有个圆脸姑娘，一看就是他的未婚妻。

屋里的家具是陈旧的传统式样，好像已用过一段时间了，灰不落拓的。李冰问："新家具还没买来呀？"圆脸姑娘摇摇头，说："这就是。"

"阿四还是个守财奴呀，留那么多钱干嘛？"圆脸姑娘瞪圆了眼睛，不无疑惑。主任见状连忙打岔："阿四，你爸爸生意好吗？"阿四垂下眼帘。圆脸姑娘诧异了："他爸爸？去世都快两年了。"

大伙儿面面相觑。"那你，阿四，怎么……？"主任满脸惊讶。

阿四缓缓抬起头。他咧了咧嘴，神情淡然地说："没什么，没什么。既然大家这么看得起我……"

初秋的枫叶

步入数学大楼那狭长、暗淡的走廊,他从擦肩而过的老师们揶揄抑或神秘的眼神里,读到了他所忧心忡忡的事实:那位快嘴快舌的年轻女同行一定把昨天的事给张扬出去了。他的心里腾地蹿起了一股无名之火。随即,他的眼前浮现出刘洁柔弱、腼腆的模样儿,又感到了深深的歉疚和后悔。

事情的发生是他压根儿没想到的。昨天下午放学时,他从刘洁手中接过一叠学生周记时,并未察觉有什么异样。刘洁和平常一样,笑吟吟瞥了他一眼,很懂事地和他道了声再见,然后轻捷地走了。然后,他坐在自己的办公桌前,一本本批阅着这些十六七岁孩子的周记。批阅周记是一种享受,从那些未成熟的孩子的心里汩汩流淌出的是纯情,像台湾诗人席慕蓉的诗。他仔细看着,不经意间,从一本蔚蓝色封面的周记本里,飘落出一枚显然才摘下不久的枫叶。那是他熟悉的刘洁的周记。他弯下腰，小心捡拾那枚枫叶。初秋的枫叶呈浅绿色，透明而又纤细，宛若一颗稚子之心。他端详了一会儿，随手把它放回原处。这时，他才发现刘洁的周记只有短短一行字。他颇为诧异，于是低下头去细读。顿时，他心里咯噔一下，血往上涌，目光也不知落在何处。邻座那位尚待字闺中的女同行察觉了其中微妙，她不失时机地凑近脸，飞快地溜了一眼，那双凹眼睛旋即瞪得圆圆的。她叽里呱啦嚷了起来："哎呀呀，这明摆是一封情书，啧啧，不得了，现在的女孩子怎么都这么……"她故作夸张地摇头叹息，搞得他更是忐忑不安了。他慌忙四下看看，幸好偌大的办公室就剩他们两个。他合上本子，白了她一眼，走了出去。

现在，他后悔自己当初太不沉着冷静了，至少应该告诫女同行少多嘴多舌。此刻，恐怕学校的教职员工，甚至一些学生都有可能知晓这件事了。他不是担心这一切会给自己带来了什么不利，他担心的是刘洁，这样一位弱不禁风的女孩子能否承受这一番打击呢？显然，这类事在这所中专学校无疑会引起不小的震动。

踩着第二遍铃声的尾音，跨进教室的一瞬间，他骤然惧怕正视那双纯真、清澈的眸子。奇怪的是刘洁一如既往，仍然笑微微地望着他，使他心里熨帖了许多，但是这堂课他还是走神了好几次。他的目光几次落在刘洁身上，他又慌忙地躲闪着。他想不明白刘洁怎么会产生这么个荒诞的想法。是的，这的确是个荒诞的想法。他大学刚毕业，分到了这所学校,这是他接的第一个班。他是班主任,还兼着语文任课老师。他以大哥哥一般的真挚和热诚和这些孩子们相处。他第一堂课就布置同学们写周记。他再三强调,想到什么就写什么。周记本交上来之后,他被刘洁的文章所吸引。她写的是自己十七岁的生日,当时的热闹场面以及对即将来临的毕业和未来的惶惑。写得细腻流利,有一种小大人似的口吻。他把刘洁找了来。没想到她憋红着脸,羞于启齿。他由她联想到了自己的妹妹,和她差不多大,也羞羞答答的,可在家里却唧唧喳喳,对什么都敢发表评论,有的还挺在理。他相信只要创造良好的条件和环境,她们将来一定会很有出息的。他决定让她担任语文课代表。刘洁慌忙摆手,急得鼻尖都沁出了汗珠。可他坚持之后,她还是嗫嚅着答应了。他从她的神情知道,她心里是高兴的,她为老师给予她信赖而高兴。她的确很认真仔细,每件事都做得有板有眼。作为学校最年轻的一名老师,他知道自己好学、聪颖、能干的特点,是很受学生们喜欢的。刘洁自然也是其中的一位。但他绝没料到刘洁会产生这种想法:"我想做你的女朋友,好吗?"她怎么会这么想,怎么会的?

  下了课,慈眉善目的教导主任把他找了去。她眯缝着眼,堆着笑,小心翼翼地托出那件事。他突然火了。他断然否定有这种事情,说那是谣言,是人身攻击。他说他和每位同学都是朋友,是朋友又有什么错?他发了一通火之后,便甩手而去,撇下教导主任,目瞪口呆。

直到夜阑人静,他的心情才像校园一样宁静下去。他想得很多很多,他甚至希望刘洁说的并不是那种意思,朋友的定义不是很宽泛的吗?他终于推开了窗户。夜风像一把柔软的梳子,轻轻梳理着校园的那一片枫树林,温馨、甜美和安详。他想,明天该找刘洁主动聊聊,就像和自己的妹妹一样好好聊聊。

第二辑

直播女孩

那天在朋友大刘的家里，大家唱得很嗨。大刘刚从西藏采风回来，叫了一大桌人，好多人明人不认识。天南地北地闲聊，一杯接一杯地猛灌大刘从西藏带来的青稞酒，大刘禁不住踩着音乐的节拍，舞动起了身子。酒酣耳热，明人也即兴地唱了一曲。明人的哥们大严在机关任一官半职，平素不苟言笑，这回也手舞足蹈，跳了一段不伦不类的新疆舞。

他刚坐定，掌声还未退去，明人就发现他的眼光蓦地一冷。循着他的目光望去，看见座中一位女孩面对着搁在面前的手机屏幕，做着什么表情，如果没有看错，那个手机镜头差不多正对着大严刚才表演的位置。明人轻声向大刘问了一句："那个女孩在干什么呢？"那个女孩显然是听到了明人的问话，训练有素地对着明人，也是对着手机，莞尔道："我正在直播。这是一位朋友的家里。"毫无疑问，刚才大家的表演都被她悉数收进了镜头，并通过网络已经迅即地传播。这时，大严低声然而威严地说了一句:"你把它关掉!"女孩瞥了瞥他,依然笑容可掬的模样,凝视着手机:"这是我工作,我每天必须直播三个小时,现在还不到一半时间呢!"

这就是时下流行的网络直播,有人爱有人恼,众说纷纭又扑朔迷离的网络直播。怎么这直播就被搬到私密的饭桌上来了,大伙儿不知不觉的、无拘无束的言行,竟然就被直播出来了?也在官场的明人,心里咯噔了一下,顿觉气短胸闷。

这时,大严脸色已显铁青,他走了过去,一把抓起女孩的手机,狠狠地砸在了地上。女孩的脸哭丧着,充满委屈。大刘连忙打圆场,说女孩直播有点小影响的,她并无恶意,怪自己没有提醒她,今天有官员在,不适合直播。

场面有点尴尬。女孩被人先拉走了,明人和大严他们也没坐多久,便不欢而散了。

此事过去大半年之后,某一日,明人和大严又与大刘品茗聚聊。想起上次那位女孩,明人总隐隐有些不安。他询问大刘:"那位女孩没什么过激言行吧?"

大刘笑而不语。他只是打开了手机里的一段视频,让明人和大严观看。

那是贵州的一个山村,一批孤寡老人生活十分艰难,满面愁苦,有一位老妪,半身不遂,身旁没有一个人照料。旁白说,这个村的年轻人

大都奔向大城市里了，这些老人们既留恋自己的家乡，又缺少基本的赡养和照顾，生活质量差。旁白呼吁，年轻人献出爱心，多多关注、关爱这些孤独无助的老人们。

视频分成上、中、下段。最后一段，则是讲述一位女孩在这小山村居住了好几个月，她在那里建起了一座爱心屋，把设施配齐了，还聘请了几位年轻妹子。一拨老人生活在阳光满满的屋子里，笑容灿烂，生活安定。片尾才闪现了一位女孩的脸庞，说是爱心屋的主人，用自己这几年积攒下来的钱，在自己的老家建造这样一幢爱心屋。这女孩的脸庞似曾相识。明人和大严相视一会儿，忽然醒悟，这就是那位直播女孩呀！

"她，没记恨我们吧？"大严说。

"哪里，她前两天还给我来电，说要感谢你们，要不是你们当天给她一顿棒喝，她还在这城市里晃悠，直播一些轻轻飘飘不接地气的东西呢！"

不久后的一天，明人的手机叮咚一声，是大刘又发来一个直播视频。打开一看，直播女孩笑容可掬地在介绍爱心屋。她说一位上海的大哥，特意赶来我们小乡村，捐赠了十万元人民币，还利用休假时间，在爱心屋担任义工半个月……画面中竟然出现了大严的身影和面容，他面含微笑目光柔和，面对镜头淡定而从容。

明星班趣闻

老友阿健终于由钻石王老五华丽转身,据说娶了一个从未婚嫁的佛教信女。明人发了微信表示关切,阿健回答得很直率:是啊,我再不结婚的话,我老娘要发飙了。她说她已经八十,我再不成家她就和我拼命了。明人调侃他,那你不就失去自由了吗?朋友圈都知道阿健英俊飘逸,风流浪漫得很,虽说没有真正娶妻,身边美女却从没断过,人家是一个家喻户晓的电影明星,魅力十足啊!

这会儿终于脱单还真是母威天下之故,他也算是个大孝子了。阿健回复了一个笑脸说:我就是一个大孝子。明人说,听说弟媳妇还是一个善女,不会是为你守身到现在吧?这回依然又是笑脸,还加上夸张的哈哈大笑的表情:人家是我老同学,之前和邻班同学有过情感纠葛,想不明白脱离了俗界,但只是暂时找一个心灵寄托之处而已,并没有真正削发为尼。

明人问：现在怎么又还俗了呢？是你勾引人家了吧？阿健说：还用得着勾引吗？我们还是有点联系的，她虽然是我同学，但要比我小好多岁，这两年她父母也为她操了不少心，能够回到俗界，并和我成婚，这也是天意啊。明人说：那应该给你们好好地庆贺一下。阿健说：那您这两天周末就来我们的聚会吧？我们北戏的明星班聚会，老邓你也熟悉，过来聊聊。

阿健所提到的北戏是北方一家著名的电影学院，出了不少明星，他们班明星尤其多，很多人都是红得发紫了。老邓导演更是不在话下，这些年，每年都会推出一部电影作品，那些贺岁大片有不少让国人看了大喊过瘾。

那天，这个明星班的同学基本都到场，明人作为一个特殊的客人，应邀参加，含笑旁观，一边品茗一边侧耳静听。席间，班长老邓发起了一个提议：在座的离过一次婚的请站起来。话音刚落，这些明星们，毫无扭捏，绝大部分都站了起来。老邓说：请大家坐下。又提议道：离过两次婚的请站起来。这回一半人站起身来，老邓笑哈哈地说：本人也属于这个范围，我已经站着了。大家都笑。待众人坐下，老邓又提议道：离过三次婚的请站起来。此时一位男演员，就是那个在抗日神剧里经常露脸的中年明星，扮着鬼脸站了起来，嘴里还念念有词：本人，本人正在办理之中。大家哄堂大笑，有人还敲起了桌子，竟然是荧屏上非常温文尔雅的两位女明星。待喧哗稍停，老邓又提议了：那么原来是同学，后来结婚又离婚的请站起来。果然有六个男女,站在不同的位子上,有的拘谨,有的大大方方地站起来了。没想到老邓又加了一句:请你们面对面默哀一分钟。此时有人嗤嗤地笑,也有人竟鼓起掌来。

这些明星们也倒挺听老邓的话,有两位虽然坐得较远,但仍然相向地站着,像模像样地垂下了头,一副悲痛的神情。有人憋不住大笑了。老邓最后提议:原来是同学,后来结婚,现在还在一起的请站起来。好半天竟然没有一对站起身来,大家在互相观望和等待,场面稍稍冷寂了一会儿。这时,一直坐在那里不动声色的阿健却站起身来,他还把紧挨在他身边的新婚妻子也拉了起来,那位妻子面容不俗,显然有几分羞涩,只听阿健清了清嗓子,高声地喊了一声:报告班长,这里有一对。大家的目光都扫向了他们。好半晌,只听阿健又说了一句,我们可是名副其实的。

老邓也愣了一会儿,随即大拍一下桌子:大家鼓掌!他们完全符合我刚才的提议。于是大家鼓掌拍桌哄然大笑。趁一个空当,明人和阿健咬了一下耳朵:你们是最后的胜利者,你可要坚持下去啊。阿健脱口而出:那当然,婚姻可不是儿戏,你说是吗?他瞅了瞅边上的妻子,妻子低垂着眼帘,轻咬着嘴唇,微微点了点头。

你跑什么跑

1

那时正是学生入学高峰期,小学生多,学校只能上下午岔开上课。那天上午我们低年级没课,有同学就提议到附近去玩。

学校的围墙外,是一片农田。

高年级学生正在操场做操。高音喇叭的声音可以传到数里之外,在空旷的田地回响。一位体育老师正在高喊口令,这也是常给我们领操的老师。

我们中的一个同学突然喊叫起来,隔着围墙,叫着体育老师的名字,叫得几乎撕破喉咙,一声接着一声,尖锐而高亢,在口令的间歇,非常清晰和响亮。

校园内的广播消停了。高年级学生做完操,陆续返回教室。

忽然,围墙的一扇小门被打开了,体育老师飞奔而来。我们如惊弓之鸟,迅速四处逃窜。那个喊叫的同学腿快,很快跑成了田地里的一个黑点儿。我也没命地往前跑,但落在了后面。高大健壮的体育老师一把逮住了我。

我姐和我同校,她比我高几个年级。体育老师把我交给我的班主任,班主任把她找来了。

我说我真的没喊呀。

那你跑什么跑!不知谁在说。我哑口无言。

2

在离我家二三里路的地方,有个工厂。工厂的后边,是农田。墙脚杂草丛生,沟渠蜿蜒。还有一个厕所,是厂子里用的,对外,开了几扇通风的窗子。

我们常去那儿捉蟋蟀、抓蝈蝈,玩得忘却时间。

那天下午,邻居一个顽皮的大男生又带我去那儿。瞎玩一阵后,那大男生说他要上厕所,就从窗口攀爬进去。我不敢爬,在墙外等他。但左等右等不见他出来,我叫唤几声,也不见回音。我很纳闷,不知什么情况,也有点焦急和担心。天色渐渐暗了,我还拿不定主意:是继续等他,还是自行返回?

有一个保安快步向我走来,仿佛是冲我来的。我转身就跑,但没跑几步就被他抓住衣袖,甩也甩不掉。

我被带到工厂的门卫室。那个大男生也在,一脸委屈地杵在那儿。

我遭到严厉的讯问。两个保安让我们自报家门,还让我们交代有什么企图。我矢口否认。保安说:"你没什么事,那为什么看到我就跑?"

是呀,你跑什么跑?我问自己。

3

念初中时,学校有位姓李的体育老师,据说曾是乒乓国手。

那天午饭后,我们几个同学没事干,就在校园里晃悠。一直晃到体育组办公室的窗前。我们踮起脚,屋内的情形尽在眼底。李老师把两张办公桌当床,整个身子都沉实地压在桌上。他在打盹。

这时,一个小个子同学扔下一句话:"真像一头猪。"我们都扑哧笑了,又赶紧缩回脑袋,开溜。

仅仅几分钟后,李老师追出来,我们作鸟兽散。但李老师后来找着了我,说:"你怎么可以这样骂人呢?"我嗫嚅着,半天才吐出一句:"不是,不是我说的。"

"不是你,你跑什么跑!"李老师斥责道。从他的语气和目光中,我知道,他断定是我说的。后来他向我的班主任告了我的状。

我百口难辩但也不无自责：是呀，你跑什么跑！

4

有一年冬天，江南下了场大雪。雪花漫天飘扬，很多人玩起了雪球。

我们几个邻居小伙，把一个墙脚下的废物箱作为靶子，一次次地扔去雪球。但这废物箱摇摇晃晃的，像个不倒翁。我们又一阵阵地将雪球砸过去，好久，都未能击倒它。

这时，一个身上落满雪花的路人走来，从地上抓起一块石头砸过去……他击中的是废物箱上方的一扇玻璃窗，玻璃顷刻间碎裂。

那人见闯祸了，脚上像踩上雪橇，带出一阵雪雾，跑没影了。

一如树倒猢狲散，刚才还玩得忘我的伙伴们，也四下逃离。我一步也没挪动，看着他们四下逃逸，心里充满鄙夷。

那户人家有人出来，看见我，径直朝我走来。我没跑。我神情淡定，内心从未有过的从容。走近的人气势汹汹，兴师问罪："是你砸的吗？"我坚决地摇头："不是。是刚才一个路人砸的。他是要砸废物箱的，砸偏了。"对方将信将疑。我又以不容置疑的口吻说："我没说假话，那人已经溜了。"

说完，我也转身就走。我这次没跑。

我那时年轻的背影，一定很坚挺吧。

司机老马

老马国字脸,粗眉大眼,爱戴一副宽墨镜,有一股森严逼人的气势。他干的却是把方向盘的活儿,一干四十年有余,车技娴熟,市内外道路都熟悉得很,仿佛天下之路尽在他的肚腹之中。早先没有GPS之类的行车指引,之后有了,也不如他驾轻就熟,要到哪个地点,和他说清了,一踩油门,当中不带任何迟疑困惑。牛老板就曾赞叹过:老马,识途之人!

牛老板说的这一句,还挺文绉绉的,其实他是个大老粗。他在部队干过,后来转业在一家化工厂做销售,再后来自己下海闯荡,竟也打拼出一方天地来。早年,他看中了老马,是看他的这种形象,挺有神秘感和威严感的,就把他招入麾下。起先只是做跟班,打打杂。后来有一回,自己的宝马车在小巷被别人的车前后堵得难以动弹,他又有急事要去处理,司机也急得满头是汗。折腾了大半天,宝马车还像头笨猪般直喘粗气。老马这时主动请缨了,他让司机离座,自己跨进座位,在牛老板一脸狐疑的目光中,他手足并用,屏气凝神,那副墨镜在鼻梁上也纹丝不动。三五分钟后,宝马车竟横空出世般卧于车道了。如此精湛的车技,令牛老板眼睛一亮,不久,就让老马成为他的专职司机了。老马识途的种种优点,都开始充分展露了。他车开得稳,车也被呵护到位,车内车外都拾掇得干干净净,可谓一尘不染。人也挺像模样,一脸正气,不擅自用车,未经老板同意的任何人甚至不许进入车内。在为牛老板开车的一年多里,从未发生过一起交通事故甚或车辆剐蹭事件。

但牛老板还是把他辞了。有一回,牛老板在车上有点困,正打着盹,忽然车子一个急刹车,幸好他系了安全带,他身子往前倾了倾,安然无事。再看窗外,一辆小车在避开他们车子时,慌不择路,撞在了路边的栏杆上,车前盖立马扭曲翘起。司机老马墨镜下边的腮帮子微微颤动着,透示着一种得意。

司机老马爱憋气。人家超过他或有意无意地压着他的车了,他必定稍作调整后便追赶上去,超越人家,或者用车或明或暗地去逼停人家。逼停了也不理论,一踩油门,扬长而去。此时可见他的腮帮子笑颤着,微微的。

这太随性,也太危险了。在商海谨慎遨游的牛老板,坚决地把他辞了。不过,他还挺讲情意,向在机关工作的一个老朋友推荐了老马。他们正需要司机。

老马在机关循规蹈矩，干得稳稳当当，也改掉了爱斗牛憋气的坏毛病，年年被评为好司机，直干到光荣退休。也正巧机关"车改"，这一年，他刚退休，牛老板又把他召回去了。他让老马为自己的儿子牛小牛开车。

据说富二代牛小牛的司机已换了无数个了，那些什么保时捷、玛莎拉蒂、兰博基尼等之类的名车，都坏了好多辆。牛老板不得不干预了，他信得过老马，把他找来给儿子开车，他才放得下心。

老马名不虚传，何况又在机关历练了这么多年，富二代牛小牛常常把脱了鞋的脚高高地搁在前排座椅背上，随着车内音响大声哼唱着，时不时地蹦出几句对老马的赞赏。

老马笑而不语。墨镜下的腮肉也只是微微抽动几下，他紧握方向盘，仿佛在排除一切干扰，聚精会神地驾驶。

有一回，绝非雅观地躺在后座的牛小牛忽然怪叫了一声。老马飞快地回望了他一眼，那富二代指着前方车道刚超越他们的那辆红色宝马车说："快，快，快超过它！"

老马明白了，这牛小牛又来劲了。前几次，只要有美女驾车的，他一准让老马超车，有时在高速路上，实在不安全，他也蛮横固执，让老马一切听他的，出了事他负责。

内环高架上，正值下班高峰，车道上挤挤挨挨的车，稍不注意，就可能碰撞。老马自然知道这点，但这小主子牛小牛不管不顾的，他也不好拒绝。但他心里有数,稳稳地踩了油门,在车与车的缝隙间穿插游走,很快就与那辆红色宝马并驾齐驱了。

牛小牛摇下车窗,向那个陌生的美女驾驶员挥手致意。那个美女驾驶员并不理他,加大马力,又把他们甩在后边了。牛小牛火了,他让老马再追赶上去:"这小妞太不给脸了!"

老马心有不屑,但也不能轻易违命。于是,车子又快速奔驰,迅即又赶超了红色宝马。之后,两辆车或前或后的,较劲一般,让老马想到自己年轻时开车斗牛憋气的情形,这是他被辞反思之后深恶痛绝的坏习惯,早就暗下决心改正了。不料,现在又干上了。不,应该是被迫干上的。他有一点厌恶。

忽然,车子正与红色宝马齐头并进时,牛小牛猛然站起身,疯了似的扯拉了一下方向盘。车子立马向右一拐,即将撞向那辆红色宝马。

老马知道,这富二代是想撞车,这是比他当年逼停对手更狠的一招。他也听说,这牛小牛用这种伎俩搭讪美女,追逐美女,屡屡得手。反正他老子有钱,撞了车他全赔,甚至代换更昂贵的名车,以此接近美女,获取美女芳心。

刹那之间,老马蓦然扳正了方向盘,车右侧大约只差几厘米,与红色宝马擦肩而过。好险呀,后面车的司机都发出了叫声。红色宝马的美女驾驶员此时也吓得面如土色,车速明显放缓了。

"你怎么不撞上去?你这胆小鬼,出了事,我负责!"牛小牛咆哮着，手挥舞着，唾沫四溅。

老马竟不吭声。他依然稳稳地驾驶着车子，牛小牛看不清他墨镜后面的眼神。

回来后，老马便主动向牛老板请辞了。牛老板颇惊讶，他给了老马高薪，还为他另买了保险，别人求都求不来呀。老马只说了一句："感谢老板，我只是老了，不适合开车了。"说完，他摘下了墨镜，一双瞳仁亮闪闪的，透着一股明净和坚决……

寻车

说好晚上几位老同学聚会的,葛君下午给明人来电话,说今天有要事,就不过来了。

明人问:"你有什么要事?留校做了老师,就忙得屁颠屁颠的啦?"

"真的是要事,待我这几天事忙完之后,一定做东请各位。"他说得言辞恳切,明人也就不好意思坚持了。

不过,当晚明人和老同学们聚会时,还惦记着葛君,悄悄给他发了一条微信:"究竟碰到什么事了?"

葛君回复很迅疾:"丢了一辆车!"

这回复倒让明人疑窦顿生:这小子什么时候有车了?怎么又会丢了呢?丢车赶紧报警就是了,自己能够折腾出什么结果来呢?他想了想,压下了心里想说的话,只发了一个问号,还有一个头上冒汗的表情,表示关切。葛君没再回复,明人也不便打扰他。

周末那晚,也就是两天后,明人又发给葛君一条微信,葛君回道,车还没找着,自己这两天,包括周末,都在校园里仔细寻找。东片区校园的自行车停放点都搜寻了一遍,现在转移到西片区了。

这番回答把明人彻底搞糊涂了:"你在找什么车?要到自行车库去找?""我找的就是自行车呀!"葛君的回答毫不含糊。

"一辆自行车就让你丢了魂似的,你怎么回事呀!"明人的责问,也毫不含糊。

"这是一辆十分重要的自行车,过几天我再与你面叙。"手机上跳出这一行字后,葛君那边就沉默了。也许,他正在心急如焚地寻找那辆重要的自行车吧?

对葛君来说,教师的收入虽不高,但一辆自行车总不至于把他压趴下吧?现在他一门心思都系于那辆自行车了,这让明人多少觉得不可思议,也猜测不出一个结果来。

又过了两天,葛君自己打来电话了,说他还是没能找到那辆自行车,他请明人过来,帮他一起想办法。

见到葛君,明人才发觉他这些天明显憔悴,原本一直油光发亮、一丝不乱的头发,现在竟像一个鸡窝。眼睛里也是血丝满布,原先的抖擞劲儿,也荡然无存。一辆什么样的自行车,竟把他急成这般模样?

葛君说,这辆自行车还是半年前从别人手上转买的。转卖给他的人温文尔雅,戴着一副眼镜,显示出不俗的修养来。他大概也是一所学校的老师,在临近校门口的修车铺,他说他正想出手这辆车,因为单位与家就在一块,用不着了。

他开价不算太高,葛君正想买一辆自行车,闻之心里未免一动,注视着这辆八成新的自行车。也就三四分钟光景,他一点也没还价,就把钱给了那位儒雅男子,捡了宝似的乐滋滋地走了。

上周他也想把车卖了,还在校园里贴了好几天卖车启事。谁想买车的主儿还没见着,搁在楼底下的自行车却没影了。他一下子紧张起来,放下手上所有的活儿去寻找那辆车,但至今一无所获。他急得脸廓似乎都小了一圈。

"不就一辆自行车吗?丢就丢了,何必这样着急?"明人劝慰道。

"你不知道,这辆车事关我的心理底线和人品。"葛君一脸严肃地说道。

"有那么严重吗?"明人纳闷。

"那辆车是个危险品,是颗定时炸弹。"葛君一字一句地说。明人投向葛君的目光,满是疑惑。

"我上次去书店回来的路上,等候绿灯时感觉不对劲,再拨弄了一下龙头,车前轴突然脱落了,车身整个就像散了架。我赶紧连推带拉地把车子送到修车铺。修车的师傅仔细一瞧,便指着那根钢轴断裂处说,这是旧伤,是焊接过的。我这才明白自己是被那位看似斯文的男子给骗了,那钢轴是套在细管里的,不拆开检查,无论如何是看不出的。修车

铺的师傅说我命算大的,要是骑在路上钢轴突然断裂,不是摔个半死,就是被马路上的车辆轧死。我一听冷汗就直冒,想想后怕。"

"所以,你决定把这辆车卖了?"明人明察秋毫。

"是呀,不瞒你说,我当时真是这么想的。找那家伙想想也太费神,不如把它卖了,我不损失,也不会有此危险。"葛君坦诚地说道。

"你也够缺德呀,把危险转嫁给别人。"明人嘲讽。

"你这么说我,我心服口服。我当时确实是这么想和这么做的。我想,我为何要做这冤大头呀!可是,我说实话,当这辆车被偷走之后,我突然紧张害怕起来。我担心哪个大学生把它偷了骑了,某一天,突然车毁人亡,那我的罪过不是太大了吗?"葛君说着,脸上愧疚、悔恨夹杂。

"所以你开始了寻车行动?"明人问。

"是的,不这样,我心神不安。可几天下来,毫无结果,接下去又是长假了,我怕哪个愣头青骑着去郊游,那就麻烦大了。"葛君的焦虑是真诚的。

明人不免也沉思起来。

翌日,又一张寻车启事出现在校园的好多处公告栏上,上面写明这辆灰色的永久牌自行车,车轴是断裂的,焊接也是脆弱的,承受不起颠簸,危险重重。启事提醒借用者小心为上,要么将车还给主人,主人一定酬谢;要么将它送到修车铺,去好好修理一番,以防患于未然。

应该说，明人与葛君共同拟写的启事真诚真情，用意也是明明白白的。可几天过去，依然音讯全无。有一张启事上，还有人用钢笔涂抹了一行字："别蒙人了！"

明人与葛君面面相觑。

不得已，明人与葛君又开始了一场地毯式的搜寻活动。他们把重点锁定在校园中大学生活动的主要场所，对着那里停放的自行车，一辆一辆地辨认。

这天浓雾，他们在食堂门口发现了这辆车。葛君几乎是扑过去，一把抓住了自行车的龙头。他上下打量着，眼睛发直，嘴唇不断在嚅动："是这辆，就是这辆。"

这时，三位毛头小伙子从食堂里奔跑出来，堵住了他们的去路，神情是不依不饶的。

明人和他们说了几句，又将寻车启事塞进他们手里，他们漠然视之，一脸敌意。

正尴尬间，葛君突然一使劲，车前轴被提出了钢圈，断裂焊接处裸露在眼前。葛君再稍稍使了一点力，车轴在原伤口处断裂了，车身顷刻倒在了地上。

明人看呆了，那些毛头小伙子也惊呆了。此时葛君终于笑出声来，那笑声干净、爽快，仿佛能穿透无尽的阴霾。

你是我的原型

明人一早跨进办公室，发觉办公室科员小粟等候他许久了。他神情有些不太自然，看见明人过来，连眼神都不敢正瞧。

明人问:"怎么了，有什么事吗?"

小粟仿佛被问惊了:"哦，哦，没什么。"

明人打量了他一下。这小伙子脸色有点暗淡，眼睛则红肿着，似乎一夜没睡。

"我是向领导送……送这份统计表格的。"小粟递上一张表格。

明人接过，飞快地扫视了一眼。这是他曾经要求的本月的基建实物完成量，要的并不急迫，再晚几天交也不迟。莫非，小伙子当成大事，熬夜把它赶出来了?

明人若有所思地点了点头，就径直进了办公室。他不知道，小粟却站在门外，愣了好久，才欲言又止地离开了。

这天，明人甚忙，有几项工作要赶快布置和研究，连午饭都是让办公室打来的，匆匆扒了几口，又埋首文案中了。上厕所时，他须路过小粟所在的办公室，办公室挤，小粟是紧挨着门又是面向门口坐着的。

明人见他托着腮，一脸茫然的神情，开玩笑地扔下一句话："小粟，你倒挺空的呀。"

小粟忽地站起来，这下脸也抽搐了。明人已走了过去。小粟张着嘴，迟迟未吐出一个字来，浓云更加阴暗地密布在他那张白皙的脸庞上。

小粟知道自己惹祸了，真正把最关心他的顶头上司明人给得罪了，他恼怒自己，也恼恨那个老编辑，置自己于这种难堪的境地。

原来，中文系毕业的小粟平常喜欢舞文弄墨，一些杂文随笔也常常在报刊登载。因为用的是笔名，单位也没谁注意。但昨天一篇杂文惹事了，文章刊登在晚报的副刊上。关键是晚报的老编辑不知何故，把他的真实姓名给署了上去。更关键的是，他善意批评的是领导干部整日忙忙碌碌，难得深入思考的现象，他引用的就是本机关主要领导的事例，明人就是原型！连机关最傻的人，也看得明明白白。

小粟不能不为此担心，甚感后悔。自己怎么就这么幼稚呢，写什么也不该直指本单位领导。自己还想不想混下去，混出个名堂啊！他昨晚一夜没睡，苦思冥想，找不着一个好办法。今天一清早，借送报表之机，本想先来负荆请罪的，却见明人不冷不热的，也没敢开口，现在明

人又吐出这么一句话,这显然话中有话呀。

小粟头皮都发麻了!

总算挨到快下班了,办公室主任捎来明人的一句话,让小粟稍微留一会儿,明人还有事找他,小粟知道难逃一劫了。明人倒从来不做暗事,要当面向他开刀了。

小粟再到明人办公室时,是战战兢兢的,他不知道平常严格但也蛮有人情味的明人,会怎么惩罚他。

明人笑着让他坐下,还递给他一本著名的文学刊物,是最新的一期。小粟还未读过,明人嘱咐他翻到其中的一页。

小粟疑惑不解,翻到那一页,是一篇小说,作者竟然是明人。

明人笑着说:"你读一下吧,这是描述一位80后大学生的机关生活,他年轻,敏锐,也很勤勉,就是难免有点患得患失。"

小粟忽然醒悟:明人也曾是大笔杆子,还是作家协会会员呢。

这时,听到明人笑着说道:"我读过你文章了,没什么,作品嘛。不过,你知道吗,你也是我这篇小说的原型。"

明人又笑了,笑得小粟心里也云开日出了。

我好崇拜您

那位女孩瞳仁闪光,略微仰视着对明人说:"我好崇拜您!"

明人表面沉静,内心已心花怒放。一个气质与相貌俱佳的女孩,在初次见面就向你送出了这句话,哪个男人能不为之激动!

明人心旌摇荡,但话说得格外平静:"哪里,哪里,不必客气。"

那位女孩又说:"能向您乞求一张名片吗?"

这句话又是温柔一刀,明人忙不迭地从口袋里掏出一张名片,恭敬地递过去。

"以后请多多关照啊!"女孩妩媚地一笑,明人的心也跟着颤抖了一下。不消说,这一天,明人的心情是有多么的欣喜。有人崇拜,而且是来自漂亮女孩的崇拜,这不是证明自己成功的一个标志吗?

这一晚,明人好高兴,晚饭时还多喝了几杯酒。

明人不久又参加一个酒会活动,朋友向他介绍了一位女孩。朋友话音刚落,那女孩就微笑地向他递来一张名片。明人连忙双手接过,又连忙从口袋里掏出自己的名片,给女孩递过去。女孩接过,便说了一句:"我好崇拜您!"

明人心里一喜,嘴上却说道:"岂敢,岂敢。"

那女孩只是抿嘴一笑:"以后有事找您哦!"

明人"嗯嗯"地应答着,忽然有点恍然,敢情这"崇拜"只是一个客套词?后来其中一个女孩还真找过明人,说记得明人曾在某区政府工作,应该认得教育局局长,烦请为她一个朋友的孩子帮忙,落实到当地一所重点小学就学,并将不胜感激云云。事成之日,明人的手机又收到了女孩带有惊叹号的语句:我好崇拜您!

也就是这位女孩,在又一个活动场所两人再次相遇。不过,女孩刚开始并未瞧见明人。明人与一个熟人寒暄时,耳畔飘过一句似曾相识的话:"我好崇拜您!"明人循声望去,这位女孩正对另一位陌生男子笑容可掬地说了这一句话。

明人皱了皱眉,背过身,走开了。

一会儿,明人与一位朋友闲聊时,那个女孩与另一位女孩迎面与他撞上了。明人不得不礼节性地打了声招呼,那个女孩向同伴介绍了明人,女同伴向明人说的第一句话竟是:"我好崇拜您!"语气不无夸张。明人想,这个女孩真不如那个女孩能表演,但他并未皱眉,脸上也带着笑,回应了那女孩:"我也好崇拜您!"

看不见自己影子的人

知道明人在搞小说创作,朋友尤说,我给你介绍一个人,是一位病人,很特别,你一定会有收获。尤诡秘地一笑。

明人见到了那个病人,叫乔。远看像个病人,但近看,他眉眼清晰,有几分帅气,握住他的手掌时,手骨硬硬的,目光直直的、亮亮的。

他是一个看不见自己影子的人。朋友说。这怎么可能呢?明人心里有疑问。

明人与乔面对面坐下。乔神态自若,礼貌地问明人:"我能抽支烟吗?"明人点点头。

点上烟,乔在缭绕的烟雾中瞥了明人一眼:"你是不是怀疑我什么?"

明人忙说:"怎么会呢?我只是想向您讨教,怎么才能看不见自己的影子？影子其实很让人讨厌的，扰乱人心。我知道您有这本事，我真仰慕不已。"

"您也讨厌自己的影子？您能吃苦吗？"乔一脸严肃地反问。

"您怎么指示，我就怎么做。"明人表现得很真诚。

"您要真想练，我可以教您，我知道您是作家，可以通过您告诉大家，我看不见自己的影子，这是一个事实。"乔很坦率，也很有逻辑。

明人笑了："第一步怎么做？"

"第一步，忘记您自己。"乔的语气不像是在开玩笑。他吐了一口烟，烟雾弥漫开来。

"怎么才能忘掉自己呢？"明人小心翼翼地问。

"这得苦练，我是得空就坐在窗台边上，看街上的行人，看自己的同事，想他们的事，他们的苦乐，绝不想自己个人的事……"

"这得想多久？"乔还未说完，明人急不可耐地打断了他。

"得先练三年……"乔说。

"您现在还在练吗？"明人又问。

"当然喽，要不功夫就会全废了。"乔平静地说。

"那，那还有第二步吗？"

"第二步，忘掉阳光、灯光，所有一切的光芒。"

"这是什么意思？"明人不解。

"我师傅说过，黑暗下的善恶，与阳光下的善恶都是一样存在的，千万别被光芒迷惑,也千万别视黑暗为一切恶的深渊。它们本身是一体的,而最重要的是,先要忘掉阳光、灯光等一切光芒,它们其实是在迷惑世人。"乔从容地应答。

"那怎么能忘掉一切光芒呢?"明人问。

"那您就得苦练,用心练,天天练,睁眼练,闭眼练,练到白天与黑夜一样,练到阳光不晃眼,灯光不刺眼。"乔说得极为流畅。明人听着都傻眼了。乔的双目转向了窗外。天边,太阳高悬、炽热。乔的目光扫视过去,不见一丝躲闪。

"那第三步呢?"明人打破砂锅问到底。

"第三步,要在阳光和黑暗中一眼看出恶魔来,您的影子就看不见了。"乔把烟蒂掐灭,干净利落。

明人被眼前这位特殊病患者给深深震撼了。阳光从窗玻璃透射进来,把乔的侧影投映在墙壁上,这么清晰分明,难道他真看不见吗?

明人是带着疑惑告别乔的。乔一定有着神秘而又奇特的故事。

忙了一阵后,明人又打电话给朋友尤,要再采访乔。电话里传来一声深长的叹息:"乔,已经牺牲了,英雄啊!你来我这儿,告诉你实情吧!"

明人头一晕,连忙闭上眼,定了定神,才回答道:"好,好,我马上过来。"

刚到朋友尤那里,明人就迫不及待地问道:"到底是怎么回事?"乔

已完全占据了他的身心。

尤无言地递给明人一份报告,明人接过飞快地读起来。五分钟后,乔的形象已高大分明起来,但他仍忍不住问:"乔是公安局的侦查员?真的牺牲啦?"

"是的,上次你采访他之后的一天,他听来看望的战友说,发现了他们一直摸排抓捕的一个杀人恶魔的踪迹,便吵着要参战,他说早就等着这一天了。领导同意了。那次深夜巷战,他冲锋在先,一枪撂倒了那个恶魔,但被隐藏在墙角的另一个歹徒偷袭了……乔的领导告诉我,他很英勇。"朋友尤说。

"那他看不见自己的影子,是怎么回事呢?"明人又问。

"当年,他与他师傅一起执行任务,也是深夜,在老街巷搜捕一个杀人团伙。在墙角潜伏时,他忽然看见自己的影子,被月光投映在地面上。他一激灵,以为自己已暴露,想化被动为主动,一下子跳了起来,他师傅没拉住,便用身体挡在他前面。歹徒听见声响,射出了一排子弹。他师傅中弹倒地,他毫发未损,歹徒逃窜。他痛苦万分,痛恨自己看见了自己的影子,发誓要为师傅报仇。他一个人在黑暗的小屋里挖空心思地练,练得走火入魔……"朋友尤的声音悲怆。

"你知道吗?公安局的领导对我说,他牺牲前,真的没有关注自己,关注自己的影子。他毫不犹豫地冲出去,一枪制服了那个杀人头目,为师傅报了仇。也是因为他的影子被另一个歹徒发现了,遭到暗算。多好的小伙子，真的很壮……"朋友尤的声音哽咽了。

看不见自己的影子，是一种视死如归的特殊气概啊！

明人双眼盈泪，他站起身来，久久没有言语。屋内渐暗，窗外的光线投射进来，他也浑然不觉自己的影子，仿佛身心已与乔融合在了一起。

纳凉

几位同学聚得晚了,明人回到家,先痛快淋漓地冲了一把热水澡,干毛巾擦抹了好几次,身体内的汗水还在不停地渗出。屋子里也像蒸笼一般,闷热难当。明人犹豫着穿上了睡裤,套了一件白色背心,趿着一双塑料拖鞋,走下楼去。外面凉风徐徐,明人在小区喷水池旁,找了石凳坐下,打开手中的纸扇,快节奏地扇动起来。明人受不了这时节的溽热,也不习惯在空调房间久待,他喜欢这种自然随意的纳凉方式,在夜色夜风中让身心安静。

已快半夜了,四周见不到一个人影。只有远处小区的出入口,昏暗的灯光下,看得见一个保安待在门窗紧闭的门房间,影影绰绰的。现如今保安也躲进了空调间,难怪,这么闷热的天气,小区看不到一人纳凉。这是一个新建的住宅小区,是邻居之间犬吠相闻却不相往来的时尚小区。

明人记得，年幼时的夏日纳凉场景是多么壮观呀。一到傍晚，宅前道路和空地上早就被桌椅填得满满的了。再晚一个时辰，等到天色完全转黑，恐怕摆一张竹椅的位置都找不到了。好多人家连晚饭都放在室外吃了，左邻右舍开堂会似的，都从屋子里走出来。那时老公房似乎格外闷热，纳凉俨然是睡前的一种规定行为，而在纳凉中，也能感受到夏日的情趣。但现在他形单影只，想捕捉一点当年纳凉的情趣，但仰望寥落的星空，微微叹息了一声。

这时，明人看见对面楼里走出一个人来。走近一些了，是位中年男人，身着汗衫短裤，走路慢慢吞吞的。总算有一位和他一起纳凉的人了，明人的心莫名地亮闪了一下。他专注地凝视着他。那男子渐渐走近他了，差不多只有两三米的距离时，明人便按捺不住地打了声招呼："你好，天气太热了，是睡不着了吧？"那人竟然理都没理他，目光也显得飘飘忽忽的，继续挪动着他的步子，从明人眼前走了过去。明人摇纸扇的手停住了，目光疑惑地跟随着这位短裤男子。短裤男在喷水池旁绕了一圈，身体僵硬、缓慢，甚至略显笨拙地行走着，又朝向刚走出的门洞，直至似乎被门洞吞噬了一般。此时，明人一激灵：这人不是来纳凉的，倒像是梦游症患者，从梦中起床，在小区不可理喻地转了一圈。想到这里，不觉周身浮起一阵鸡皮疙瘩。

又在小区独坐了一会儿，不知不觉中，保安竟站在了明人的面前。这位来自异乡的年轻保安，上上下下打量了他好一会儿，才发出一句疑问:"你是和家人不高兴了吗?不想回去?"明人一时竟答不上话来,他是被保安的这个问题砸晕了脑袋。怎么问出这么一个问题来呀,倘若不是脸熟,是不是还会怀疑他心怀不可告人的企图?

明人想说他是在纳凉,但看见保安带着不安的神情注视着自己,他只淡淡地回了一句:"没什么,就坐一会儿。""哦,有什么事,你就说哦!"保安又扔下一句话,转身快步离开了。这保安还是够认真的,可他大概是不会了解当年的这个城市的纳凉景象的。明人不觉苦笑着,摇了摇头。

少顷,明人便站了起来,上楼,进了屋。屋内还是燠热憋闷。他不想打开空调,推开内门,登上了窄小的阳台。阳台上凉快一些了。他瞥见了对门那栋楼,稍低几层的阳台上,也坐着一个人,他进屋拿了高倍望远镜,又走回阳台上端详观察。不是窥探欲大爆发,只是有一点好奇,这么热的天,这么深的夜,这个人在阳台上干什么呢?镜头里清晰地显示出,这也是一位男子,五十多岁的模样,打着赤膊坐在竹躺椅上,挥臂摇着蒲扇,面前的小方凳上还有一只茶壶。这一定是一位与自己相似的纳凉客了。海内存知己,天涯若比邻。他脑海里竟冒出这么一句诗来,绝对不贴切,但似乎有一点什么意味。他竟咧嘴笑了,呵呵,还有与我一样的纳凉人呢!他记住了他的模样。

几天后,明人在小区门卫处,见到一张似曾相识的脸。蓦地想起,就是小区阳台上的那位纳凉人。明人不由得与他攀谈起来,还特别询问了他是否很喜欢纳凉。那人叹了一口气，我是被逼无奈，我有空调病呀，一吹空调就病，倒霉透顶了。

　　明人被噎住了，顿觉索然无味。是夜，天仍太热。明人不敢再到小区孤身一坐了，怕再碰到那个梦游症患者，也更怕年轻保安的好心的追问。还有不知道的黑暗里的多少目光的追踪和猜测。他站在阳台上，对面那阳台上此时不见人影。他信手在报纸的边沿空白处，涂抹了一首诗，题名为《夏日的失落》：现代的夏日/已经交出了高温/它任制冷器随意切割着/像一个同谋/始终一声不吭/纳凉，已如一个失落的梦/只能以想象/拾掇这作古的遗风/昨晚/一个孩子向我询问这个词的含义/我竟嗫嚅半天/心中郁闷/只因找不到一个形象的指证。

　　夜已深，这世界此刻仿佛唯有他一人。

手机是你的器官

领导刚离开,卞君便带着怅然若失的神情问明人:"明哥,你说手机究竟是个什么东西?"

明人静静地望着他,没有立即回答。

搁在桌上的卞君的手机却抢先发言了,像个微型的搅拌混凝土的振捣器,抖颤了起来。

卞君气恼地抓起手机,看也没看,一下子就掷在几米远的沙发椅上了。

明人意味深长地笑说了一句:"这个手机,害你不浅。"

"是呀!这怎么能怪我呢?领导应该给我一点理解吧。"卞君依然气咻咻地说着。

卞君第一次误碰手机,还是三个月前的事。他有每天晚上快走的习惯。那天快走结束,他从裤兜里掏出手机,发现拨打记录中有领导的号码。陡地脑袋一麻,仔细查看,正是自己拨打出去的,而且领导也接了,只是自己什么都没注意到。一定是自己刚才走路时,不小心误碰了手机键,这真该死!领导从来都是不怒自威之人,严谨而且严格,自己一定得解释一下。他字斟句酌,小心翼翼地编辑了一段文字:"领导,真不好意思,刚才是不小心碰到了手机,没注意,打扰了您,敬祈谅解。"又小心翼翼地发了出去。

好半天领导都没回话,卞君这一晚心里七上八下的。正是干部提任推荐的关键时期,自己实在太不小心了。

第二天在走道上见到领导,领导大步流星地与他交臂而过,目光只停留在他身上几秒钟。卞君想说什么,也来不及说。他侥幸地想,自己可能太小鸡肚肠了,也许领导把此类小事早就抛诸脑后了。

手机第二次惹祸,是在不久前的一个工作日。卞君带人在工地检查,在深基坑爬上爬下的,忙得汗流浃背。离开工地时,才发觉领导打过自己的手机,自己没迅速接听倒也罢了,不知怎的,偏偏回复了一条短信:"我正在影院。"这真是太糟糕了。自己从未回过,也一定是不小心误碰了什么键,发出了这手机里的惯用短语。他连忙就回拨了领导电话,领导的电话终于接了,卞君忙不迭地解释手机出故障了,自己在工地没有留神,请领导见谅。领导也没搭腔,只是问了他一个数据,就把电话挂了。

郁闷之至的卞君把手机设置好好检查了一遍,也没发现什么问题,轻掴了自己一记耳光,还是放不下心里的那块大石头。

卞君后来把手机给换了,换成三星最新的那一款。那几天,手机消停了一些,他的心情也愉悦了些。

可就在刚才,明人和他的老同学,也即卞君的那位领导,正在咖啡馆聊天。瞥见卞君从门口走过,这是一个好机会,明人征得老同学同意,连忙拨打卞君手机,手机通了,却久久无人接听。后来便断了,紧跟着一条短信发了过来:"我正在开会。"

这下老同学的脸色不好看了:"你瞧瞧,这算怎么一回事!"

明人说:"也许是他手机出故障了,前几次都是这个状况。"

"手机都管不好,怎么管业务,还管队伍?一大缺陷呀!"老同学以一种领导的口吻喟叹道。又对明人说了一句:"你知道手机是什么东西吗?是人的器官……"

明人奔出门,追跑了上百米的路,才把卞君追上。他与卞君一起回到咖啡馆,老同学没坐多久,就借故告辞了。明人和卞君有点面面相觑。

面对卞君的提问,明人又想起老同学的那番自问自答,于是对卞君说道:"手机是你的器官。"但他没有说出另外一句话,那是他刚从老同学那边忽然感悟到的话中之话。

那句话是:有一种缺失叫手机。

一枚翡翠戒指

太太下班回家,在厨房里忙乎了一阵,没先把饭菜端上,倒是目光怪异地盯视着明人:"今天,谁来过了?"明人把视线从书本上收回,一脸茫然。

"这个戒指是谁的,放厨房的?"太太也不兜圈子,直接亮了底。

明人接过戒指。这是一枚翡翠戒指,通体呈微透明,带点祖母绿,虽无纹饰,但显细腻莹润,艳丽璀璨。不过,一丝裂痕,隐在其中,若有若无,不易察觉。这是谁落下的?

这两天明人因为眼疾在家疗伤。今天倒是有一对朋友夫妇来登门看望过他。他蓦然想起,他们还带了两个金灿灿的哈密瓜。那位热情的少妇婷还拿了一个进了厨房,拾掇了一会儿,把切成块的果肉白嫩、浓香四溢的哈密瓜端了出来。每块果肉上还插着一根牙签,几张餐巾纸裙摆一般散发在瓜碟边沿。明人当时不禁赞叹:好心细呀。

两片桃红飞上了少妇婷的脸颊。她的丈夫杰笑不露齿，微微颔首。

不用说，那枚戒指应该是婷那时不慎落下的。

他迅即以此回答了太太。太太也不吱声，又转身进入了厨房。

明人立即拨通了杰的手机，他第一句话就是："你和太太上午过来，把戒指忘在厨房里了。"说得有点单刀直入，而且大着嗓门，也是为了让太太听见，说明自己说的完全不假。

对方的回答得却让他迷糊了："戒指，没听说呀。"

"是一枚翡翠戒指，你太太没说吗？"

"没说过呀！"那边回答得也挺干脆。

"那你赶快和你太太说一下，赶紧拿回去！"明人不想纠缠，更不想惹是生非，厨房里太太说不定正屏息静听着呢。

为表明自己的磊落和实诚，明人当即又拨通了司机的电话，说："你到我这儿来一下，把一位朋友杰的戒指拿着，你方便时联系他，交给他。"他把杰的手机号也转发给了司机，才轻轻吁了一口气。这时，太太轻轻端上了香气扑鼻的饭菜。

大约一周之后的傍晚，太太忽然又问道："那枚戒指还给人家了吗？"明人不觉愣了愣："这，这，应该司机早给了吧。"太太也没再说什么，仿佛随便问了一句，明人心里倒是搁上了一块重重的铅。

第二天一早见到司机，明人当即问道："那枚戒指拿走了吗？"司机的回答让明人大吃一惊："没有呀，我打了几次电话，他都说知道了，知道了,暂时没空。"明人的脸不由得抽搐了一下。这小子忙什么忙,连太太的戒指都没时间取一下?

明人上了车就拨杰的电话,显示的是接通的信号,但好长时间没人接听。也许他还在睡懒觉吧!杰是做生意的,自己就是老板,属于数钱数到手发麻,睡觉睡到自然醒的那一族,他们是令人艳羡的一族。而婷是一位美女演员,名声不大但也在许多影视剧中常常露脸。这对年轻的夫妇对明人挺尊重的,明人在政府工作,他们有时也有一些小事相托。电话无法接通,硕大的沉重的铅块,还压在心坎上,明人想到自己的通讯录里也有婷的号码,于是就心急火燎地拨了过去。

婷倒是很快接了,一声"明哥,早呀!"甜甜的,令人听得悦耳。

明人说:"你戒指丢在我家了,怎么杰老不来拿?"

"戒指?杰没跟我说呀。"

"什么,没跟你说?那枚翡翠戒指不是你的吗?"明人大惑不解。

"翡翠戒指,是落你家了吗?是我的呀,可杰没说过呀。"婷的话,似乎也不容置疑。

"我早就和杰说过了,你们这么多天都不来拿。杰还在睡觉吗?让他接电话!"明人有点不爽,脾气上来了点。

"我没和他在一起呀,我在横店拍戏呢。"婷回答得也很直率。

明人气有点瘪了:"那,那你们抓紧时间与我司机联系,尽快拿走呀。"

"好的,好的,嫂子没吃醋吧?嘻嘻。谢谢明哥,多保重。"婷挂了电话。明人未免带点懊丧的口吻,对司机说:"过两天,你再打他电话催催。"司机点了点头。明人眼望窗外,不远处,有几只小鸟欢叫着飞掠而过。他似乎眼前一暗。

又是一周后,明人赴约,是一拨好友。快到时,他还打了电话询问召集者都有哪些人。他听到了杰的名字,脑海里立时又浮现出那枚翡翠戒指,连忙问司机,戒指拿走了吗?回答仍是否定的。司机的神情都有点气恼:"我打过他几次电话了!"

"在车上吗?你给我,今天正巧可以碰上他。"明人说。

司机在车座底下摸索了一下,掏出用淡色眼镜擦布包裹着的戒指。明人把它小心地揣进了胸前的口袋里。

明人见到了杰,杰依然潇洒倜傥,英气逼人。

当着大家的面,明人问候了杰,还提及了婷,说你怎么没把她一块叫来,她的戒指还在我这儿呢!明人说着,准备拿出那枚戒指,右手已触碰到了口袋上沿。

杰满脸春色地叫了一声明人:"明哥好,好久不见。"但说到婷,还有那枚戒指,他眼光暗淡了一下,似乎有什么东西倏忽飞掠,脸带笑意,但显得勉强。这时,坐边上的一位朋友扯了扯明人的衣袖,在他耳边悄声说道:"他和老婆早就分居了。"

"什么时候的事?上次来我家,似乎也挺好的呀。"明人纳闷,也轻声问了一句。

"都快一年多了。外人不知道,你也看不出呀!"朋友嗔怪。

明人无法回答。也许,他们是太会表演了。他在心里嘀咕,只要不是这枚戒指落在自家惹起的,与自己就毫无关联。这么一想,沉重的心忽又轻松起来。

活动结束,一出门,明人就给婷去了电话:"哎,你在哪儿呢?明天我就让司机把戒指送还到你手上。"说这话时,翡翠戒指像火苗一般烙了他一下,那边婷却咯咯咯地大笑起来。

"明哥,那是假翡翠,不值钱的!还有你不要怪我哦,我是故意落在你家的,看看嫂子有多雅量,我好有机可乘呀。"接下去,是一串坏笑,银铃般的,撞在心头,却很刺痛。

明人挂了电话。他愣怔了半晌,从口袋里摸出了那枚戒指,仰首对着灯光,凝眸细看。碧绿青翠中,他分明看见了一丝淡淡的裂痕……

门缝里的窥视

短小说征文活动结果刚在网上公示,阿杜就气呼呼地找到了明人,明人是活动的评委之一。

瞅着阿杜愤然的脸色,明人心中自有几分明白,他问道:你是为了征文活动来的?阿杜点了点头说,我想不明白,小刘的作品怎么就获评优秀奖了?他的作品是受我的影响写的,而我的作品却名落孙山了。明人说,你说的是那篇《门缝里的窥视》吧?阿杜又点了点头,还是一脸不悦。明人说,你的那篇作品我读过,门缝里窥视到的是什么呢?阿杜回答说,我写的是,当时从教室的门缝里看见我的同桌同学,偷翻我的书包,偷用我的蜡笔。这是我小时候的印象,这个印象我记忆犹新。我当时想,如果不是从门缝里窥视,我是看不到这一幕的,也就看不出我这个同学竟然这样小人。

明人接口道,所以你还在小说的结尾加了一句,窥视是重要的,看见了人,也看见了人心,是这么结尾的,对吗?阿杜又狠劲地点了点头,说,是呀,我觉得这是点睛之笔,很到位。

明人笑了笑,他是阿杜和小刘的师长,他们这两位小文友,在文学创作的道路上,只能说起步不久,也都希望在这方面尽快出些成绩。既然阿杜找了他,他对阿杜说,你是不是把小刘的那篇文章,很认真地读了?阿杜点点头,又忽然摇摇头,他说我没有完全读,但是我看到他的篇名,就猜到他写的是什么,我也可以明白无误地向您报告,他一定是抄袭了我的。明人说,你不妨先把他的这篇作品,好好看一遍。

阿杜不太情愿地在手机上查找到了小刘的那篇作品。作品是这么写的,有一次,学校期末考试前,小刘在操场玩耍,不慎把自己的皮夹子丢失了,里面有一个月的饭菜票和一些现金,当时家里条件拮据,他也是十分懊恼,心神不宁。他孤傲的性格又让他不可能接受他人的施舍。某一天晚上,他上夜自习晚回,突然从宿舍的门缝里窥视到同宿舍的同学纷纷解囊,从他们自己的饭菜票里抽出一些,集中放到了他的抽屉里。当他若无其事地走入宿舍,其他同学已经坐在自己的床上,平静地向他点头微笑。他很自然地把抽屉打开,看到了那一叠饭菜票,他举起饭菜票,故作惊讶地说道,怎么这里有一叠饭菜票?一个同学立马说道,哎呀,看来你的饭菜票没丢嘛,就在抽屉里。其他同学也跟着呼应。这一刹那,他的眼眶都湿润了,站在那里,好久说不上话来。

阿杜读完了,明人问他,他写的和你一样吗?阿杜似是而非地点了点头，又摇了摇头。明人说，同样是从门缝里窥视，你们的所见并不相同啊。何况我也听说了，你准备写这篇作品的时候，是不是和小刘说过，让小刘也写一篇同样题目的作品？你说，你们来个同题作文？阿杜沉默了一会儿，也老老实实地点了点头。

明人抚了抚阿杜的臂膀说，这就谈不上抄袭吧？阿杜呀，有句老话说：门缝里看人，不要把人看扁了。你说呢？

这回，阿杜羞赧地垂下了头。

班主任出招

夜半，明人难得有空，手机突然震颤了，一看是老朋友方总打来的，用的是微信语音通话。他连忙接听了。方总说，明兄啊，你那个学生怎么回事，做了班主任，竟然使出了一个阴暗的怪招，让我的小外甥都不知所措了。

班主任？明人一时没有明白。

就是那个在中学担任语文教研组组长的年轻人。

明人被提醒了，哦，你说的是陆老师啊？他怎么啦？小陆曾经是明人的学生，当时就是一个好学上进、勤奋而且聪明的小男孩。前些年，明人刚知道，他已经是一个学校的教研组长，碰巧方总的小外甥就在他们的学校念书。

方总带着告状也有点怨愤的口吻说，这小陆担任我小外甥的班主任，这次搞了一个活动，他让每个同学都要对班委会的工作发表真实的感受，并提出自己的建议,还特别指出,包括对他班主任有什么意见建议,也一定要如实地写上。这些初中学生懂什么呀?我那小外甥竟然按照要求,给班委会和班主任提了两条意见,今天下午听说这个小陆老师就在询问班里同学,是哪两位提了意见的,把我那小外甥吓得气都不敢多喘。

明人说:"怎么会有这样的事情,小陆老师是个很阳光的人,很有爱心,是一个想做事的人,怎么会出此怪招呢?"明人和方总议论了几句,最后他对方总说,且看小陆老师今后有何言行吧。

翌日傍晚,明人刚放下饭碗,脑子忽然又想到了方总提及的陆老师的事情。偏偏这时候方总的电话来了。明人迫不及待地接通,开口就询问今天有什么情况。方总说:"你真想不到,他竟然在班会上让两个提批评建议的同学主动站出来,说这是测试他们勇气的时候。同学自然都鸦雀无声,他就把同学所写的意见建议一篇篇读下去,读一篇,是谁写的就站起来。如此这般,前面绝大部分都是对班委会工作还有班主任的赞美之词,最后只剩下两篇,提批评建议的同学也就只有我小外甥和另外一个女同学了,不用说,这是他们写的。这下两个同学的脸臊得通红通红的,气氛也十分紧张。"

明人的心也被揪紧了。他后来怎么说?明人问道。

方总说:"小陆老师要让他们承认是自己写的,我小外甥犟着头,大声说是他自己写的。那个女孩也畏畏缩缩地站了起来,轻轻点头说是自己写的。那陆老师又追问,真是你们自己的想法吗?两个初中学生都点了点头。"

那你小外甥没有受罚吗？明人跟着担心起来。

谁料到电话那头的方总却哈哈大笑起来："你真想不到你那个学生吧？他竟然当堂表扬了我小外甥和那个女孩，还明确宣布班委会要改选，我小外甥是班长的候选人，那小女孩是副班长的候选人。"

真是这样吗？他说的是玩笑话吗？明人心里不踏实。"我小外甥说了，他就是这么说的，而且说得这么坚定并且毫无异议。"方总说，"他不是你的学生吗？你可以去问问他呀。"

明人稍稍缓了缓情绪，拨通了小陆老师的电话，还没等他把这事说完，小陆老师就在电话那头爽朗地笑了："明老师你真是消息灵通啊，这事这么快就抖落到你这里啦？"

明人说："是啊，你这一招让有的学生和家长都为之担忧啊。"

小陆老师说："老师你也知道，你当年也对我们反复要求过，要有正直善良之心，要有敢作敢为的勇气。我带了几届学生了，班长一般都是从听话的学生、成绩好的学生中挑选的。这种效果您说一定好吗？我看未必。我这次用的方式，就是让同学既要有正视现实和创新的思维，同时也要有勇气担当责任的精神。我发现这两个同学身上就有这种难能可贵的精神，他们本来成绩也都不错，我应该给他们创造机会，让他们多学习多锻炼，这是我们做老师的职责啊。"

明人握着手机，迟迟没有回答，但他心里翻江倒海似的，被深深震撼了，他没看错这个小陆老师。

扔石头的小男孩

　　快深夜十点了,鲁平才姗姗赶来,明人他们同学的红茶聚会已近尾声了。鲁平双手作揖:抱歉抱歉,参加小女班级的家长会,耽搁了。

　　家长会开得这么晚?有人将信将疑。鲁平忙说,这绝无谎话啊,只是小女另外有点事,和老师聊久了些。说完,眉眼舒展,仿佛有什么喜事飞上了眉梢。他又说,哎,我向各位报告一下,那个翻墙的黑客终于被学校逮到了!就是你上次说的,侵入你家宝贝女儿网络管家的那个黑客吗?明人想起鲁平提及过,便随口问道。鲁平连连点头,说,就是,就是,他翻墙偷看我女儿网络上的日记,如果不是在日记上还点评几句,我女儿还浑然不知呢。

　　是什么人呢?大家问道。是他班上的一位男同学,平时就是文弱书生的模样,待人礼貌得很,对了,还是他们班的学习委员呢,竟然不做正经事,偷看我女儿日记!鲁平撇了撇嘴,有点鄙夷,也有点惋惜。

学校方面也很重视,接到我女儿报告,立即由他们的网络保安定位侦查,很快就把这个学生抓住了。

你女儿是在学校内网设的管家吧?要不然,互联网要查也没这么简单吧?有人发问。

是内网。不过,也不太好找。听说,还是他们班上同学举报,才叫网管把他逮住的。那小子也承认了。鲁平说道。

学校到底会如何处罚这个学生,大家又继续热烈地讨论起来。提出的意见,都是极其严厉的,有的甚至说要开除他的学籍,送他进少管所。

明人沉吟了一会儿,让大家安静下来,说要给大家讲个故事。

他说,曾经有一个念小学的小男孩,也是班干部,是个比较懂事,也受班级老师喜欢的学生。可这天,有位成绩挺好的女生向班主任老师告状了,说放学之后,这个男生常常在路上向她扔小石块,虽然没砸中她,可让她害怕。班主任老师找了这个小男孩,小男孩并未否认,只说是闹着玩的,还向老师保证不会再这样了。当日,女孩的哥哥在小男孩的家门口拦住了他,问他是不是老向妹妹扔石头,小男孩没有吭声。女孩的哥哥好言相劝了他两句,也就放他走了。那哥哥原本也知道这个小男孩是个不错的孩子。这事就这样结束了。

故事结束了?鲁平皱眉道。

结束了,也没结束。因为小男孩后来再也没用小石子扔向那女孩。但长大之后,他越来越明白了,当年自己向那个女孩扔石头,竟是朦胧初恋的一种表现。那女孩的脸庞,尤其是那双水汪汪的大眼睛,时不时地在他眼前和梦中闪动。他本能地想接近她,上课时瞅着她的背影发呆,放学后,悄悄躲在马路旁的石坡上,等候着她。他扔小石头,并不是要砸她,而是要引起她对自己的关注。他这种方式当然不妥当,但这确实是他纯洁情愫的一种表达方式。

话刚说完,聪明的鲁平就悟到了什么,他说,你的意思,我女儿班上的那个小男孩,也是因为这个缘故?

明人说,我不能肯定地回答,只能说也许。既然有这种可能,应该能找到更好的处理方法。

有更好的处理方法?鲁平和几位同学都问道。

明人这回用十分肯定的口吻说:这当然。你们不知道,我说的故事里的小男孩,现在很感谢班主任老师和那女生的哥哥,他们只是提醒了一句,并未斥责和更加严厉地处罚他。他逐渐懂得了如何对待那种爱,如何珍惜那种爱。

哎,我说,这个扔石头的小男孩不会是你吧?鲁平又脑洞大开,指着明人说。

明人拨开他的手,说,是谁不重要,你倒是应该想想如何去对待这个小男孩。人家的人生,还刚刚开始。

这天聚会后不久,鲁平与明人通了一个电话。他说,他听了明人的建议,又找了女儿的学校,让他们从轻发落。学校老师也告诉鲁平,他们又调查了一遍,这个男生只看了她女儿的日记,在他的草稿箱里,还有好几篇没有发出的、给她女儿的求爱日记……

生男生女

明人的朋友许君嘴臭，脾气倔，是个容易得罪人的主儿。在儿子娶媳妇的当日，他就板起长脸，一本正经地对小两口说，你们一定要为我许家生个带把的，我许家一定是得传宗接代的。

没曾想，小两口生的第一胎，就是个"小龙女"，许君也不生气，反正还可再生第二胎。属龙的小孙女胖嘟嘟的，眉眼像极了许君，许君欢喜得不得了。小孙女也特别亲近爷爷，一见爷爷，就往他怀里钻，把许君常常乐得半天合不拢嘴。

一天晚上，儿子儿媳妇都不在家吃饭，许君的老婆悄声告诉他，儿媳妇又怀上了。"真的？"许君举着小酒盅的手悬在半空，见老伴信誓旦旦的神情，知道不是逗他，他仰脖一口把酒盅喝尽了："这两小囡，不愧是我许家的后代，我该有个孙子了！"这一晚，许君喝了一斤白酒。

没多久，许君老婆又面带沮丧地告诉许君，儿媳妇找人看过了，说怀上的还是个女小囡。许君的心沉了一下。又过了两个月，许君托了一位妇产科的医生，让她帮儿媳妇看看。这医生是他的老同学，老同学给他的答案不容置疑："孕妇肚大肚圆，喜甜喜果汁，反应又大……一定是个女孩！"数月后，许君又找了另一家私立医院的院长，偷偷给儿媳妇做了B超。B超结果也显示是女孩。他很勉强地吐出了两个字："谢谢。"

第二天，许君听闻儿媳妇要到医院做流产手术，不要这孩子了。据说亲家公、亲家母也点头了。他站起身来："这可不行！这样太伤身子了，她的父母不心疼，我心疼，不能让她太吃苦了！"许君把儿子儿媳妇叫到跟前，一本正经地说："你们不许打胎，必须把孩子生下来！生的是女孩，我也喜欢。有两个孙女，是我的命，也是我的福分！"许君说得很执拗，小两口自然不敢违逆。

预产期快到时，儿子就去陪护儿媳妇住院了。婴儿呱呱坠地，竟是个带把的孙子，哭声亮亮的，仿佛唱着一曲高亢的京腔。

许君太高兴了，逢人便说这事。明人说，你小子嘴臭，脾气倔，但幸亏心善，人真，终于抱得了孙子。

你所不知道的故事结局

明人是在马路边的跑道上听见了两位快走男子的对话的。明人也有快走的习惯。

……

"你也认得那个医药大王呀,英年早逝,太可惜了!"声音稍亮的感叹道。

"他在市场打拼,他的那位大学女同窗变卖资产,辞去公职支持他。他三起三落,终于在医药领域独占鳌头,公司还顺利上市。"声音稍哑的口齿清晰地叙述。

"那女同窗就是他太太吧?"另一位好奇地问。

"没有,人家跟他这样舍身打拼,他也没有娶人家。说是事业为重,个人成家放后面,他们一起同居了七八年。"

"他不是结婚了吗?"另一位又发问。

"是结婚了，公司上市之后，他娶了年轻漂亮的女秘书。他给了女同学一笔钱，就把她打发了！"声音稍哑的继续说道。

"什么？还有这样的事，我真不知道。"另一个声音原本稍亮的，有点哑了。

"你这个也不知道吧？他猝死之后，他的老婆，也就是那个女秘书，带着属于她的家产，很快就嫁人了，嫁的还是他的司机！"声音稍哑的那位，嗓音有点亮了。

"真的？"另一位哑了，沉默了半响，"怎么会这样呢？"

"还有一些事……"一位还在说，明人在并肩与他们走了一会儿后，怕跟得太紧，令人生疑，故意停下片刻，蹲下身子，装模作样地系了一下鞋带，有一段没能听见。他随后还是快步跟了上去。

……

"你说那位司机，与他的老婆结婚三个月，提出与她离婚了？"声音稍亮的转脸面向同伴，脸上满是惊讶。

"是的，那位司机顺理成章地分到了一半财产，他的老婆，哦，应该说也曾是医药大王的老婆哭得死去活来。她实在想不通，她这么在乎他，他不过是一个穷司机，她完全是下嫁于他，还受了不少质疑，甚至辱骂。她是在哭了三天三夜之后，才想明白的。去办离婚那天，她一头乌黑的头发白了一半。"声音稍哑的那位，描述得绘声绘色，情节可谓跌宕起伏。

明人力求保持着与他们相应的距离，但他身旁的跑道上人来人往，磕磕碰碰的，有时未免难以去专注倾听。好在风和日丽，明人的耳朵还是捕捉到了，他俩的表情也能连蒙带猜地估摸个八九分。

声音稍亮、身材高大的那位，正摇头叹息着："真是不可思议啊，这医药大王辛苦打拼那么些年，到头来却是为司机在打工……"

"他大学女同窗如此在苦难中相助，苦尽甘来时，却被女秘书给上了位……"声音稍哑、身材瘦弱的那位，也跟着嘈叹。

"我再告诉你，这后面的故事。"他又说了一句，这一句声音不轻不重，却像颗炸弹，炸在了同伴的心里，也炸在了正与他们即将擦身而过的明人的心里。"啊！什么故事？"那位声音稍亮的惊问，也道出了明人的心声。

"你不知道吧？那个司机后来又结婚了，你知道娶的是谁吗？说出来……"声音稍哑的那位最后几句话，明人听不真切了。因为已到路口，明人该过马路到家了，那两位还依然前行着，声音已飘忽朦胧，身影也渐行渐远。

明人只得收住了好奇。人生，有多少你所不知道的故事结局呀，为你所知所不知，是你能想不能想，因你发生亦并非，在你生前或身后……

我的真牙比他多

在一家鸡粥店找到大冯和小马时,他们已喝得微醺,双脸火红,眼睛也有点充血,看来喝得挺尽兴。见到明人,小马就把杯盏推了过来,并斟满了酒说,你先喝一杯吧,然后看看我们哥俩谁的酒量更好。明人笑了笑说,怎么又比试上了,小马点点头,一副不服输的模样,大冯则在一边笑眯眯的,也不吱声。明人刚抿了一口,小马就把自己满杯的酒端了起来,冲着大冯说,来再喝一杯,大冯也连忙站起来,和他碰了一下,两人都仰脖把酒喝得一干二净。

喝完了两人都向对方,也向明人亮了亮杯底,好汉一样摸了一下嘴,又给酒杯续上了酒。这种场面明人见得多了,说起来认识他们也快有二十多年了,这哥俩绝对是一对活宝。他们在一起总是要明里暗里地比试一下,明人看得清清楚楚。大冯和小马是一对发小兼老同学,他们从穿开裆裤开始就成了玩伴,两人一起上学,从小学到中学,后来又各自下乡务农，走的是他们这个年龄的生活轨迹。

听说他们读书那会成绩都平平，但是两人都是忽高忽低的，经常相互作比较。大人们也对他们很在乎，如果大冯成绩出来了，他家人必然要向小马家了解小马的成绩，而小马呢，他的成绩出来了，他的家人也会向大冯家问询。倘若两人成绩半斤八两，那么大人们一般都不会计较了。如果相差悬殊，那分数低的那个必然会被家人狠狠责骂。两人暗中似乎也在较劲，考得好的那个，脸上总是充满阳光，考得差的那个就显得暗自落魄。

中学时大冯当上了副班长，小马什么职务都没捞上，这令小马闷闷不乐。两人当晚凑在一起玩就闹得很不开心。大冯说这是老师和同学们对他的信任。而小马说，不就是因为你人长得稍高大一点，他们欺负我身材长得弱小些，要不然我就为什么不能当副班长呢？两人闹得不欢而散。虽然不欢而散，毕竟还是好伙伴，后来还在一起玩，形影不离。大冯和小马也成了小区和学校里的一道有趣的活动着的风景。那时下乡务农是中学毕业以后的一个去向，他们两个在家都是老大，也都选择了到近郊农村去务农。大冯去的是崇明长江农场，小马去的也是崇明，在长征农场。都在大田里干活也比较不出什么，不过那时候小马稍显活络点，首先混了一个炊事班的活，但大冯后来居上当上了排长，两人私下里又是一番狠狠的比较。明人认识他们的时候，他们都早已经成家立业了，而且职业也都算不错，一个在事业单位工作，另一个在国企干活。

不过那第一次明人就明显感觉到了两人之间的不服输的心理，大冯那时已在事业单位担任一个相当于科长的职务，小马呢，在一家国企当一个干事，办公室的职员。当时就听小马借着酒劲对明人说，别看他官比我大一点，他未必比我舒坦，我在办公室也算是总经理的红人，管着一摊重要的行政事务。说罢他拿酒杯去敬大冯，大冯也装作没听见，和他满满地喝了一杯。从这以后，他发觉他们好像经历了一道分水岭：大冯的事业蒸蒸日上，一直到了这个相当于正处级的事业单位的一把手；而小马呢，虽然也混上了行政科长的职务，但显然实际上要比大冯低了两级。不过只要见面，小马从来毫不客气，他虽然也会当着众人的面，叫大冯大哥，说他是自己的兄长，也是像模像样的领导，但私下里他又明显不服气，有时就会流露出一丝心态来，认为大冯也不过就是一个事业单位的头头罢了，又不是什么机关的大官。大冯当然耳朵不聋，听到了也笑模笑样，你是大科长，一个公司的吃喝拉撒全都靠着你，来，什么都不说，我们先喝一杯，民以食为天嘛，他这么打趣地说道。但那种优越感在谈吐之间也会让所有的人感觉到。小马当然不会让步，说，那我就敬敬你这个大领导，看看谁更有酒量，更重友情，他喝了一杯又一杯，大冯也陪着他喝了一盅又一盅。直到明人在边上看不下去了，劝阻他们，他们才渐渐地安静下来。听说他们也为两人的娶妻生子较过劲，小马先结的婚，这就有点抢先了，大冯不到两个月也把婚礼给办了，虽然不算闪婚，但显然也受到小马婚礼的催化。两人的妻子也都很平常，可是不像老话说的,老婆总是人家的好,两个人都有点庇护自己的老婆。大冯有时会开玩笑地说,小马你的太太长得真是小巧玲珑啊。小马则回敬道,当然比不上你家太太人高马大的,气势十足啊。两人这么一调侃,明人和众人也跟着大笑,显然这对活宝又开战了。幸好他们两人生的都是儿子,要不然一儿一女的,又有得说了。但他们两个孩子成家的时候,大冯和小马还互为证婚人,大家其乐融融。不过较劲的暗流,明人还是觉察到了,比如大冯办了十二桌,小马后办的,为他儿子办了十五桌,为此小马还有点暗暗得意。小马私下里说过,你不是有职有权吗,怎么还比我少几桌,这种得意劲,看了让人发笑。大冯依然还是那副模样,没有搭理只是笑笑。大冯的儿子很快就生子了,大冯儿子生子令大冯很高兴。小马儿子也不甘示弱,也生了一个儿子,虽然分量轻了点,但是自己喜欢呀,小马也是一脸春风。

　　时光不饶人,他们很快都到了退休年龄,六十岁退休,事业单位和国企都是一个标准,两人我看看你你看看我,好像有什么话要说,但也都释然一笑,酒杯又碰上了,这也叫殊途同归嘛。可是在这酒桌上,还多少有点不甘心,因为大冯从事业单位退休,一月也有四五千块的收入,相反呢企业退休就只有三千多块。酒桌上这么一说,小马又有点愤愤不平了,小马说大冯啊大冯你不就是名字上比我多两点吗?你不就是出生的月份比我大几个月吗?你怎么老超我,怎么都是你在先?大冯只是呵呵地笑,我们从来都是半斤八两的,没什么好说的,老兄弟了喝一杯。不过话虽这么说，嘴角还是流露出一些小小的得意，把满满一杯酒喝掉了。小马咬了咬牙，好像自言自语道，"再怎么样，哼，我的真牙比他多。"明人听到了禁不住大笑起来，总算把自己控制住了，要不然真会笑掉大牙。再瞅瞅两个头发都已稀疏花白，脸上皱纹纵横的老发小、老同学，心里头又不禁暗叹起来。

小区有个五谷磨坊

小区是个老小区,俗称老工房。五谷磨坊也只是底层的一个小卖部,连个石磨也不见。灶披间的窗台就是售货台,人来人往的,倒是十分热闹。

苏北来的一家人长租了这小院,又别出心裁,在灶披间一隅,开设了这个五谷磨坊,专卖现磨的各类营养谷物,颇有螺蛳壳里做道场的意味。

这天周末正午,冬日的太阳懒洋洋的,五谷磨坊一片喧闹声。秦工程师正巧路过,瞥见自己的老母亲也在那里,眉飞色舞的,几位老伯伯老阿姨也兴致勃勃,围绕着这个灶披间窗台,你一句,我一句的,仿佛有什么便宜货,令他们兴高采烈。

秦工程师凑近一看,果然,五谷磨坊又推出了新品牌,印刷得十分精美的宣传折页,五颜六色,窗台上一字排开塑料包装的各类谷物,除了以前的红豆薏米粉、核桃芝麻粉等,什么黑色脉(就是黑麦片、黑芝麻、黑大豆等的组合)、阿胶派(阿胶块、紫山药、紫米、红薏米等的组合)、长辈乐(即是鹰嘴豆、葛根、银杏仁、高原青稞等的组合),不一而足,搭配得很诱人,功能也说得挺入心。这些老人本来就对五谷食品着魔,这种创意又把他们勾得晕头转向了。看到秦工,秦母连忙招呼:"你想吃什么?"

秦工笑着说:"你想吃啥就吃啥吧。"

"你们秦秦有出息,也真孝顺!"几位老阿姨赞叹道。"那我给你再买点黑芝麻,里面什么都有了。"秦母脑子活络,对新组合已然了解。

窗台内是一位胖姑娘,眼镜搁在鼻梁上,忙得不亦乐乎。这个外来妹是这户苏北人家聘的打工者,说一口苏北话,干活还蛮勤快的。

秦工也和气地与他们点头。回到家,读大三的女儿小静就嘀咕:"奶奶又在磨坊磨磨唧唧的,都快吃午饭了,还在磨蹭什么。"秦工笑咧了嘴:"你还真会说话,磨坊被你这么一说,更有意思了!""你还笑,人家肚子都饿坏了!"小静嘟囔着,看来真有点生气了。"那你快去叫奶奶呀!"秦工说。小静老大不情愿地去了。不多一会儿,从窗口那边又传来了吵嚷声。秦工竖耳静听,似乎是女儿小静高分贝的斥责:"你这是有毒的,有毒的!"秦工连忙掩上门,急急地赶了过去。

小静还理直气壮地指责着。那个胖女孩的眼眶里,泪水闪动,少顷,有几滴快速而无声地滚落下来。

秦工很快明白了。胖女孩用粉碎机现磨那些五谷，高温细磨，倒是干脆，磨好后，她还特意放在铝盘里散了一会儿热，但时间显然短了些，谷物还是滚烫的，就被倒进塑料袋包装了。老伯伯老阿姨们倒没留神，偏是小静下来撞见了，一阵连珠炮似的斥责，把刚才还和风细雨的气氛，一下子搅得紧张和严肃。

秦工来的是时候，秦母此时一直无语。场面有些僵，秦工一来，也就缓和了许多。

胖女孩抹去泪，说："都是老客户，如果觉得不妥，这一份我就自己留下吃了，我另磨一份给大家。"

秦母点头不是，摇头也不是。因为小外孙女已帮她做了决定："就这样吧，也只能这样了，以后你不能这么匆忙装袋呀！"小静姑娘还是不依不饶。

"那是我自己催她的，不能怪人家，"秦母总算开口了，"不是你在催我吃饭吗？"

"算了算了，都别说了，下回都注意些就好，走吧，走吧，五谷待会再来拿吧。"秦工和稀泥。两个女人，一老一小，都是他的"宝"，他不想她们不愉快。

"那就等冷却下来，再来拿吧。"秦母和小静也达成了共识，那胖女孩也点了点头，三人才离开五谷磨坊。

走出几步，秦母就悄声埋怨："人家女孩也是打工的，这一赔，她至少三天白干了。"

"那也不能吃有毒物质呀,奶奶,你不是想健康长寿吗?这么吃可是适得其反!"小静也嘟囔着,有点不服气呢。

"可是人家打工真的不容易。"秦母说。

"谁让她这么没知识……"小静又哼唧了一声。

"奶奶也是从苏北乡下来打工的,奶奶知道什么叫难呀……"奶奶喃喃着,还回头朝磨坊方向望了一眼。

后来的情景,还是老友秦工继续讲述给我听的。这周末的一下午,他家两"宝"半天不说话。到了傍晚,小静悄悄先下了楼,之后又悄声地回来了。过了一会儿,奶奶也什么话都没说,下楼去了。几分钟后又回来了,把一叠钱塞到小静手中:"难得你有这番善良。不过,钱还是我来付。"

"是我伤了人家,该我来付。"小静说。

"你的钱,还不是你爸妈的钱?等你赚了钱,再说吧。"秦母嗔怪了一句,眼光里闪出笑意。秦工看见女儿小静的脸上,也漾出一缕笑意。这时,胖姑娘敲了门进屋,把一叠钱塞给了秦母,同时,又将一桶磨好的五谷食物搁在桌上,笑眯眯地说:"谢谢妹妹给我指点,我今后一定会多学习,也会细心的。这个就是凉透了再装袋的,放心吃哦。"小静走上去,握住了她的手:"刚才我说重了,你别生气……"秦工笑了,"五谷磨坊还真带来了健康快乐"。

同学一场

霍从来三番五次地打来电话,发来短信,明人心就有些软了。正如霍从来反复说的"毕竟我们同学一场……",是呀,毕竟同学一场,何况他也再三强调,不会惹他讨嫌的,明人答应和他一聚。

霍从来走进星巴克的一瞬间,已提前到达的明人感觉他比二十年前精神了许多,一身装束,米色的夹克衫,蓝靛色的休闲裤,倒也显得随意和大方,与土豪模样似乎并不沾边。一直听说霍从来在商界混得不错,也算是一个成功人士,半大不小的老板了。有几次霍从来主动联系明人,想请他吃饭聚聚之类,明人都婉拒了,一则确实忙,公务缠身,身不由己,二则心里也有顾虑,这土豪同学找自己,不会没有目的。

霍从来读书时就是个小混混,吊儿郎当的,成绩中下游,追逐女生的水平却是一流的,差不多一个学期换一个女朋友,换女朋友像季节性换衣,他看着都有点烦。在校时本来就话不投机,毕业之后更没什么联系了。

接二连三的恳请，再不见一面，就太辜负同学一场了。于是，就约他在星巴克小坐。

霍从来一进门，眼珠依然滴溜溜地转，他一下子捕捉到了明人的目光和身影。他的圆脸更加圆润了，微笑堆积在脸庞上。

明人与老同学握了握手，相互谦让地点了各自的茶饮，霍从来自始至终咧嘴笑着，目光逗留在明人的脸上，那微笑和目光有点谄媚，与他土豪的身份似乎并不相称。明人也只得以微笑相对，并主动热情地与他寒暄起来。

霍从来的圆脸洋溢着兴奋的光彩，他三言两语地介绍自己目前所经营的项目，有点小小的得意，但还努力克制着，时不时自嘲道，对您来说，我这就是小生意了。

"对我来说？我只是两袖清风的公仆，怎么能和你比呢？"明人笑道。

"哎，话不能这么说，你是同学中的佼佼者，衙门里的菩萨呀！"霍从来一脸认真地说道。

明人扑哧笑出了声："还菩萨呢！亏你想得出这个比喻！"他想起在学校时曾经给霍从来起过一个外号，叫霍和尚，有时还故意把"霍"字念岔了，念成"花和尚"了。眼前的霍从来依然胖乎乎的圆脸，剃着一个板刷头，那模样与和尚似像非像，让人好逗。

应该说,最早的十来分钟,霍从来是专注的,他和明人交流着,目光也是迎合着明人的言语表情的。明人并不自在,他和霍从来交流也是不卑不亢的。老同学,尊重是必须的,何况多少年没见了。

男侍应生把咖啡端上来,手力重了点,小勺子从碟子里掉落在桌子上。他连忙致歉。刚才还一脸谦和的霍从来忽然沉下了脸,说话也毫不留情:"侬哪能搞的!开啥小差!"小伙子嗫嚅着嘴想解释,他不由分说又扔过去一句话:"侬当阿拉是穷瘪三,勿会付钞票呀!"他还想骂,小伙子歉疚地说:"我给你换一个。"转身走开了。

霍从来还在骂骂咧咧的,明人心里掠过一丝不爽。

侍应生拿来一个勺子,小心地放在碟盘里,还一迭连声地向霍从来打招呼:"对不起,真对不起。"

"不要说了,走吧走吧!"霍从来像赶苍蝇似的驱赶侍应生。

两人又交流了一会儿,霍从来显然在克制着,不托出他的意图,他当然知道明人身居官场,也有一定的影响力。他这么邀请明人一聚,自然不是仅为了重叙同窗之情。但他表示过不给明人添麻烦的,因此也小心翼翼地,不想贸然直奔主题。

明人则把这看成是老同学二十年之后的一次相逢,往昔今日,生活职场,皆成话题。

明人觉察到霍从来的眼珠子,不似刚进门之后凝神专注了,好多次骨碌碌地转,有时盯视着明人的左后方,眼神流露出几分暧昧。明人也不经意地朝左后方瞥了一眼，原来那里有一位年轻女孩独自坐着品尝咖啡。他读出了霍从来的目光，那是二十年前在学校念书那会儿就经常看见过的，用三个字可以概括：色眯眯。

从店堂里又走过一个女孩，他的目光又追随过去，还似有似无地朝人家眨了眨眼。明人悄悄给了他一句话：从来没变。

霍从来嘿嘿一笑，收回了目光。但之后，目光又从明人这儿游离开去，定定地凝注于不远处的星巴克门口，店堂里又走进几位窈窕女郎。

明人又笑说着，把霍从来的目光拽了回来。

又闲聊了一阵。忽然，对面的霍从来两眼放光，目光直直的，人也禁不住站了起来："是，是刘，刘领导，太巧了太巧了。"他自言自语着，向明人说了声："对不起，稍等一会儿。"脸上便大放光彩，比方才更加堆满了笑，谄媚的笑，奔向进入店堂的一位中年男子。传到明人耳朵的是惊喜而又肉麻的一声欢呼："刘领导，太高兴碰见您了……"

五分钟后，霍从来还没回来，他正坐在那位刘领导对面手舞足蹈地述说着。明人悄悄地离开了，只在桌面上留了一张便条："单我已结，同学一场。"

是的，同学一场，有的同学，再见就只这一场，就这一次了。

风中的铃铛

这条位于南市的老弄堂,虽然狭窄、陈旧,但现已改为一条文创小街,破损的街面和道路也都修旧如旧了,倒显示出一点特色和生气来。明人和周君步入这条弄堂,饶有兴味地溜达和观赏着。老弄堂里微风徐徐,倒也显得十分惬意。

这时,他们听到了铃铛清脆悦耳的叮叮当当之声,像音乐一样优美。他们循声望去,瞥见了一户人家,在窗扉上系挂着一副铃铛,这些金属玩意儿挤堆在一起,发着幽幽的金铜色的光芒,在风的推拥下,碰撞出好听的声音。

周君的眼睛亮了,小时候他和明人都看过一部故事片,里面就有一个小铃铛,小铃铛十分可爱。铃铛之声也像童真的笑声一样,极为清纯。周君禁不住走了上去,想用手去抚摸一下。不曾想,一不小心,手臂就碰上了门板上的一个玻璃工艺品。那蓝色的玻璃工艺品,摇摇晃晃地就往地上坠去。明人想去挡住,却来不及了,蓝色的玻璃工艺品在地上砰然作响,碎了一地。这下弄得他们两人面面相觑。

这时,从屋内走出一个中年妇女来,胖胖的身材,一副气势汹汹的模样,柳眉倒竖着,她毫不客气地斥责他们,说是把东西弄坏了要赔偿。容不得他们两人解释,她又说道,这个工艺品价值上千,你们必须拿出现钱来才能走人。她的态度相当蛮横,周君很不服气,说是你这个东西没放好,我们只是看一下风铃,你是不是故意挖坑啊?那妇人咆哮了起来,说,你这个男人太不像样,碰坏东西还不讲理,赶快给我买下来,要不然就给你颜色看看!

她这么一吼叫,好些人围拢上来,其中就有这个弄堂的租客、房东们。明人一看这架势觉得不太对劲,便息事宁人地跟妇人说:是我们碰坏了东西,我们应该赔的,你放心,不过你开个合理的价格,好不好?那妇人眼睛都不眨,随口就说了句,那就付九百块。明人向周君翻了翻眼,看着那妇人这副模样,禁不住摇起头来。有一阵风正巧吹来,铃铛又发出声响,叮叮当当的,这时候,明人和周君忽然感觉这铃铛声多少有点刺耳了,他们付了九百块钱,就匆匆离去了。他们不是惧怕什么,只是觉得刚才的那种愉悦的好心情被糟蹋了,还是赶紧离开这里为好。

在弄堂里又逛了一会儿,明人和周君一不小心又拐到了这系挂有铃铛的店家门口。他们想到了刚才那个场面,想到了那个妇女,便趄身离开。刚转身还没有走出几步,就听到背后有女孩的喊叫声:哎,两位叔叔,请留步!他们以为又是那个妇人耍出什么花样,头也不回还是往前面走去。没想到那个女孩竟然从后面追了过来,拦在他们面前。小姑娘也就十三四岁的模样,还扎着马尾辫,戴着一副近视眼镜。看她笑模笑样,本来想发脾气的周君,表情也明显缓和了。只听小女孩说:刚才是我妈不好,你们碰坏的那个工艺品,最多也就值两百块钱,喏,这些钱退给你们。说着她把一沓纸币塞到了周君的手上。还没等他们缓过神来,她已经离开了,还回过头来,说了句:对不起啊,两位叔叔,我妈妈脾气不好,你们多原谅。

  铃铛声又在风中响起了,叮叮当当的声音清脆而悦耳,明人和周君凝望着小女孩的背影,那背影是那么可爱,而那铃铛声也令他们感觉心情愉悦。

第三辑

活宝二张

这万祥弄里，人人都知道这两个活宝，也有人说现在称之为：奇葩。

二张，一张叫张凡，二张则叫张简。其实两人在这方圆一平方公里，也算得不凡，也不简单啦，在同龄中也是人物了。

先说张凡，高中毕业就到澳洲攻读学位，待了六年回来，先进入某知名外资企业，之后自己下海掌舵，进军投资行业，业绩不凡。再说张简，从安徽高考到上海，大学未毕业，已涉足房产中介，多年之后，不仅自己在万祥弄买了一幢老洋房成家生子，还扶持了家人、家族和乡亲数十人迁徙上海，好些人就在万祥弄周边安营扎寨。喏，万祥弄弄口的那家特色小吃店，就是张简的太太的三表叔的小舅子经营的。一日三餐常常食客盈门，门前还有一队人候着，可见美食小吃，堪比法国大餐哩！

这天周日，明人坐在门口的桌子前，也正细嚼慢咽几道点心。看见有几个老外也慕名而来，没读过几年书的农村娃，那个三表叔的小舅子，心里着实兴奋也有点惊慌，赶紧让人去找张凡，张凡留过洋，这英文在嘴里顺溜着呢。小伙计一出门就撞上了张简，张简正牵着一条哈巴狗，准备上街遛狗去。一看小伙计急匆匆的神情，就关心地询问了一句。待小伙计道出原委，张简便拍了拍他的肩膀，说别叫什么张凡了，他也就半罐水。你回去向老板报个信，就说我张简就到。

张凡、张简这二张，是一对哥们儿，常玩在一块儿。不过，也常常较着劲，就是那种上海人说的"扎台型"的意思。

小老板听说张简到了，脸上的笑容愈发灿烂了。自家人自然更会为自己撑台面，想当初这个弄口的好铺子，好多人竞争呢，不是张简摆了桌，托了人，把物业公司的人搞定了，他也拿不到这个黄金地段的门面房。他就佩服张简这小外甥，虽然这层关系其实拐了好几拐。

张简到了，就和几位老外支支吾吾，连手带脑地比画、摇摆，磨叽了好半天。张简还专门把塑印的菜单拿在手上，指指戳戳的，才把他们要的小吃点好，也就三碗菜肉馄饨，六只烧卖，三客蟹粉小笼。小吃上得很快，老外有滋有味地咀嚼着的时候，张简也坐在那儿，和老外有一搭没一搭地闲聊着，目光还不时扫视一下店堂内外。那里有好多对他钦慕的目光呀！面对熟悉的和陌生的食客，那个小老板是点头哈腰的，目光几乎不离，对张简几近五体投地，比他手上牵着的哈

巴狗，还要像狗。

张凡这时也来了。他是想来吃碗馄饨的，这是他自小的习惯，在澳洲可把他憋坏了。一到上海，每天必去吃一碗正宗的鲜肉小馄饨。进了店，瞧眼前的阵势，他很快明白了，嘴角不易察觉地坏笑了一下。他摆了摆手，算是与张简打了个招呼。

几位老外风卷残云般就把桌上的食物全吞进肚子里了。该结账了，张简又与老外叽里咕噜了好一会儿，拿着菜单又比画，又说明着什么，脸早憋得通红通红的，几位老外仍然不知所措。张简实在耐不住了，就从自己口袋里掏出了一张十元人民币，又连说带比画。几位老外恍然大悟似的，其中一人掏出一张十元人民币，潇洒地放在桌上，嘴上连说"OK！"，起身便准备要走了。

小老板在边上急了，这顿小吃怎么十元钱就打发了，这是老外使坏，还是怎么回事？他求救般地看着张简。张简竟当着老外耸了耸肩，似乎也是一脸无奈。

张凡在一旁哈哈大笑起来。张简瞪了他一眼："你笑什么笑！"

张凡对小老板说："你外甥从来就是国际著名慈善爱心人士，你不知道吗？"

三位老外说话间已准备离开。小老板急忙拦在他们面前，拼命摇手。老外面面相觑，也都耸了耸肩，那动作当然比张简更正宗。

张凡对老外说了一句，老外互相看了看，其中一位便拿出了一张百元人民币。张凡连忙说了一句:"OK!"老外朝张简瞟了一眼,笑呵呵地"拜拜"了。

明人看了一眼张简,张简对张凡说:"我,我没说错呀,是他们没搞明白。"

张凡笑了,笑颤了身子,他对明人和大伙儿说道:"咱们张简兄,上次和我一同去比利时,一只撒尿男孩子小铜像,明明只要20欧元,他连说了几声NO,硬是付了50欧元,把个比利时老头都搞傻了,很不情愿地接了钱,看我们的眼神,像是看着外星人。"

"哪里,我以为他说的是200欧元。"张简红着脸辩解道。

"后来请我吃了一顿正餐,只要250欧元的,他却付了500欧元!"张凡又爆料。

"那,那是没听清楚呀。"张简又说。

"所以说你是慈善爱心人士呀!"

"你在一旁,怎么不提醒他呢?"明人禁不住发问了。

"他一定要抢着说,显得他懂英文,我只能恭敬不如从命啦。"张凡又诡异地一笑。

这一对活宝,此时脸对着脸,大眼瞪小眼,一个高兴,一个沮丧,分明刚刚当众又斗了一回输赢。

跟着你，跟着我

　　夜阑人静，明人回家，到了小区门口，感觉后面有略带气喘的呼吸声，回首一看，竟是八十多岁的谢阿婆。"这么晚了，谢阿婆您怎么还没睡啊？"谢阿婆表情漠然，眼神还有一丝游离。"睡不着，走走路。"说完她忽然脸色一暗，目光似乎闪过一缕不安："小弟，后面有人老跟踪我。"明人吃了一惊，看她的眼神似乎不像是在说假话，他知道这两年谢阿婆上了年纪，略有些反应迟钝，或者说有老年痴呆的症状，但看她这个样子，又不像是信口胡诌的。

　　明人"哦"了一声，让谢阿婆赶紧上楼，自己停住脚步，慢慢地回首望去，借着星月的光辉，果然在三十米之外，一根灯杆后面，闪过一个身影。他故意放缓脚步，似乎是在散步，向那身影慢慢踱去。没走几步，那身影竟然闪跳到了道路上，直接向他走来了。走近一看，原来是谢阿婆的女儿谢婷。

"怎么是你?"明人诧异道。

谢婷说:"是我,我妈跟你说什么了?"

明人说:"你妈认定后面有人跟踪她,原来是你。"

谢婷叹气了一声,说:"是我,跟了她一路了。"

明人问:"是你妈又有点犯病了?"

谢婷点点头,说:"她老是这个时候独自外出,还不让我们任何人陪着。又不知道她到哪儿去,上次就是这个时间出去,然后好几个小时不见她回来,我们都疯了似的满大街去找,惊动了邻居们,也帮忙一起找,后来还报了警,才找到了她。"

"我看今天谢阿婆的神态还算可以。"明人说道。

谢婷接口道:"是啊,她就是这样,时好时坏,但有时候真是难以确定。"

"所以你就这样尾随着她,一路暗中陪伴?"

谢婷说:"不这样,怎么行呢?万一出了什么闪失,不是更麻烦吗?而且她坚决不让我们陪着,我只能这么躲躲闪闪地跟随她了。"

明人看了看谢婷,她也有四十多岁了,完全是一个妇人的模样,头发耷拉着,星光下也看得清她眼角的皱纹。人到中年确实不容易啊。"你母亲上去了,你也赶紧上去吧。"明人说。

谢婷说:"我再稍等会儿,要不然她知道我在后面跟着,会生气的。只要确定她到了家,我就放心了。"谢婷抬头看了看她家的窗户,灯光

微亮，露出一抹暖色。

明人说："你还记得你小时候吗？你妈妈是怎么跟随你的？"那时谢婷还是一个小女孩，长得也亭亭玉立的，都十八九岁了，晚上只要出去，谢阿婆必然要陪着她。谢婷到夜校读书，谢阿婆就候在学校门口，送她去接她回。两人像姐妹一样形影不离。后来谢婷工作了，每天晚上稍晚一点回家，谢阿婆也必定会赶到单位去迎候。谢婷回忆说，有一年她恋爱了，晚上和男友约会，她妈妈竟然也要陪着去。谢婷急了，这怎么能行啊？人家难为情的。谢阿婆拗不过她，说："那好吧，你去吧，不过你至少把要去的地方告诉我吧？"谢婷就把约会的地点告诉了他。

那天约会她和男友在马路上闲逛，边走边聊，谢婷总觉得有人跟着他们，起先有点疑心，不会是这男友的什么家人跟着吧？后来一想，不会是自己的母亲吧？她时不时地回头张望，那个跟踪的身影若隐若现，果然是自己的母亲。她有点懊恼，太不像话了，要是被男友发现，还以为是不放心他呢。当晚回家后，她和母亲争执了几句，大小姐的脾气也犯了。

母亲说："我跟着又怎么样呢？"

谢婷说："就是不要你跟！"

那一夜她们闹得不欢而散。过了两天，谢婷又去约会，也没有告诉母亲去哪里。她出了门，刚到小区门口，忽然下雨了，她想去拿把伞，回头看见身后的谢阿婆慌里慌张地，退也不是，进也不是，被她堵在了楼道口,她就明白,妈妈又要跟踪她了。她哼的一声,回家拿了伞,撒开腿就奔,心里气恼道,"我看你怎么追!"

她看到一辆的士,就跳上车,让司机迅速驶离了,回头向车后一看,妈妈果然快步出来,又站住了,看着的士,显得无奈和恼怒。那晚,回来时已近子夜,看见妈妈一个人站在小区门口,她的脸铁青,可是看到女儿回来了,脸色还是缓和了些。妈妈轻轻扭了一下她的胳膊,深深叹口气说:"你的翅膀硬了,可是翅膀再硬也是我的女儿啊。"

后来,谢婷每晚外出,都会感觉有人在跟踪,又不想让她见到,谢婷心里明白,那是妈妈对她放心不下。

又一个皓月当空的夜晚,明人回家又看见了这一幕,谢阿婆在前面蹒跚地行走,三五十米开外,有个人影,跟着她,时快时慢的。不用说,明人就知道尾随者是谁。他抬头仰望星空,那一弯月亮皎洁而温馨,星光灿烂。他想自己走到哪里,这月亮、这满天的星星似乎也跟着他走到哪里。跟着你,跟着我,星月交辉,才使这人间平添了亲切和美丽呀。

邻居赵五

明人和老王等几个人站在医院门口,迟疑不决。又有两个邻居匆匆走来,见着他们,神情颇为诧异:"怎么不进去?难道赵五他,走了?""别瞎猜,听说已苏醒,除了脸部烧伤外,其他没有问题。"明人连忙制止。"那你们怎么不进去探望呀?"其中一位疑窦顿生了。"这,这……"老王开口了,吞吞吐吐,"有人说,这场火是他引发的。他在家打牌抽烟……"现场一片静寂。好一会儿,老王又说:"我看他可能是,他就喜欢喝酒,搓麻将,每天晚上都要闹到半夜。半夜里,我们都在睡梦里了,谁会发现着火了呢!""这么看来,是他自己惹了祸,然后怕出人命,逐个敲了我们的门?"有人跟着嘀咕了一声。

赵五家里排行老五,五十多岁了,前些年提前下岗了,无所事事,就爱找人在家喝大酒,搓麻将。喜爱清静的邻居对他很有意见,常常向物业投诉。物业找上门几次,赵五有所收敛,可玩耍的习性未改。

昨天半夜，明人和邻居们的房门被赵五敲响。赵五本来有结巴，这回更严重了："快，快，快走了，着，着，着火了！"果然就嗅到一股刺鼻的烟味。在一片慌乱中，楼上楼下的十多户居民，大人小孩，都匆忙下了楼道，大都睡眼惺忪，衣衫不整，有的甚至就裹着毯子，扶老携幼，惊慌失措。赵五却没下楼，还往楼上噔噔噔跑，明人问他上哪儿，他说，他去楼上通知其他人。"你自己注意安全！"明人提醒着他，扶着邻居一位老人下楼，看他急如星火地与自己擦肩而过。

安全撤到了楼下，消防车已呜呜地赶到了。十五六层烟雾滚滚，明人目光四下找寻，仍不见赵五的身影。坏了，他一定被困在楼里了。他连忙找到一位现场消防指挥，告知这一情况。消防员迅速问明情况，拿着对讲机下了命令。只见几位消防战士像蜘蛛人似的，飞速攀爬到楼里。高压水龙头的水柱也扑向了烟雾和火海。

当消防员把赵五从楼里的烟雾中救下来时，他已昏迷不醒，面目全非。很多邻居当场就哽咽不止。载着赵五的救护车，飞驰而去。

"多亏了赵五呀！不是他敲门，我们都命运未卜！"邻居老王感叹了一句，其他邻居也附和着，点头称是。不少人泪挂双颊，既为赵五的行为感叹，也为他目前的状况揪心。

火很快被扑灭了。不幸之中的大幸，除赵五外，楼内无一人伤亡。由于抢救及时，大火只在楼道一时猖獗，并未殃及各家室内。只有赵五家的门被烧成一团黑了。

一清早，明人提议去探望赵五。赵五是英雄，要不是他一一敲门，后果不堪设想。他们抵达医院门口时，碰到了一早就在忙乎的邻居刘大妈。她说，她想了半夜，这场火来得蹊跷，很有可能是赵五自己在家里抽烟着了火，要不，他怎么会最先知道，而且也只有他家的门被烧毁了。这一说，大家都震惊了，连老王都嘟囔道："这个说法有道理。"

众人犹豫了好久。又有几拨邻居过来了，他们也都是赶来探望赵五的。这场面确实有点尴尬。

沉吟了一会儿，明人开腔了："在事情还未弄清之前，这还只是猜测。何况，赵五毕竟也是为了救大家才烧成这样的。我们去看看他，也是应该的。"

躺在重症病房的赵五，脸部被包扎得密不透风，只露出了两颗眼珠和两只鼻孔。鼻孔里还插着一根管子，护士正在给他喂食。这让明人多少有点宽慰。

赵五的妻子抽泣着说："这两天赵五身体不好，我们早早熄灯睡了。突然，赵五从床上跳了起来，吓了她一跳，他使劲嗅了嗅，说声：糟了！连忙开门观望，又赶紧回屋，把我从床上拖了起来，一起下了楼。刚下一层，他又独自返回了。我拉他不住，他说他要叫醒邻居……"

在场的邻居，都听着，好半天都不吭声，有的人欲言又止，老王、刘大妈则表现得似信非信。

只有明人再三说道："谢谢赵五，真的谢谢赵五！"

几天后,火灾调查结果出来了,是楼道的电表间自燃。赵五的家门正巧紧挨着电表间。

赵五真是英雄啊!老王、刘大妈挨家挨户串门,说要推荐他为见义勇为的英雄。媒体过来采访了,老王、刘大妈又抢先在镜头前露脸了:"赵五是英雄,我们早就看出来了……"

请直呼我本名

高德师傅从公司党委书记的办公室走出来，在走廊里碰见了温副总，温副总看见高德连忙停住了脚步，犹犹豫豫地说道："高、高副组长。"高德师傅一时反应不过来，朝着温副总瞥了一眼，短短几秒钟，空气凝固了。

二十多年前，高德师傅已经在公司里工作五六年了，之后迎来了一批年轻大学生，其中就有温副总，当时他只是刚进公司的实习生。这些大学生后来都成了公司的中坚力量，温副总以及另一位秦副总成了他们之中的佼佼者。高德师傅二十多年来在原地踏步，只是一个相当于副科级的、没有领导职务的管理人员，但他从不埋怨，也从不计较，踏踏实实工作。高德师傅在职务和职称上没有进步，主因还是他的中专学历，同时每次评定职称和推荐相关的领导职务，他都因为年龄稍微过了门槛而不能入围。其实大家对高德师傅的人品和工作的责任心也都是有目共睹的。

　　这次新推选公司的总经理，考核小组成员除了上级有关部门和公司党委书记和其他领导之外，还推举了三个职工代表，参与全过程的监督和考核，高德师傅就在其中。刚才党委书记就是专门和他交代这项工作的。此时高德师傅蓦然醒悟，原来温副总叫他高副组长，是知道他刚刚当选为考核小组副组长。

　　这时候，他眼前飞快地掠过了好多镜头，耳畔不断地变换着温副总曾经对他的种种称呼。刚进公司不久，温副总称呼高德为"高德师傅"，不久年轻人就担任了副科长，他对高德师傅的称呼就改为"老高"了，其实高德师傅还只有三十岁左右。高德想，我还没有到老高这个年龄，就叫我老高了？但他并没介意。因为私下里，温副总还会咬着他耳朵对他说"老高，你就是我的老哥"。这一声老哥，让高师傅心里多少有点熨帖。再后来温副总又当上了部门的正职，对高德的称呼就只剩下老高了，也没有再对他叫老哥。

　　有一回，在食堂吃饭，忽然听到有人直呼他的本名，老远叫了两声，高德，高德。他很吃惊，这些年叫他高德的除了两个即将退休的老职工外，其他人几乎都不这么称呼他。他抬眼望去，看见是温副总站在那里招呼他。当时是为了什么事，高德师傅已经忘记了，后来他立马明白了，人家温科长，现在是副总经理了，叫他高德，似乎是因为职务的变化吧。

这回，温副总又改变了称呼，叫他"高副组长"。有必要这么称呼吗？没有多少天这临时副组长就会自动解除了，那时又怎么称呼？所以，当温副总再一次略显肯定和坚决地称呼他"高副组长"时，高德师傅断然一喝，请你直呼我本名。温副总脸色猛地煞白，走廊里还有几位路过的职工回头张望。

公示的总经理是在两周之后正式确定的，落选的是温副总，走马上任的是秦副总。他和温副总旗鼓相当，竞争激烈，最后终于胜出。高德师傅知道，这位秦副总从进入公司开始直到现在，一直称呼他为高德师傅。

律师方

律师方脸形瘦削，身子也细瘦，远远地望去，他的骨架单薄得就像麦田里吓唬麻雀的稻草人，用竹竿套着外衣，看上去是那么弱不禁风。他戴着一副眼镜，眼镜片厚厚的，可见近视度数不浅。他的英文特别棒，据说在英国伦敦大学待了好多年，回国后很多单位都要他，后来他选择做了律师，那是一家知名度挺高的律师事务所。又一说他的律师水平一般，但他的英文水平非同一般，所以在涉外的案件当中，他大显身手。

律师方有一个优点，很多朋友都喜欢，就是他的豪爽和仗义，有什么事找他，特别是在翻译英文方面，他都乐意而为。明人有位朋友的孩子考英文六级，要他帮着补两天课，他抽出时间就到朋友的府上，竹竿子倒豆似的给孩子上课，说得很到位，孩子很有收获。朋友要给讲课费，但他拒收，说收了你就是看不起我这个朋友。朋友怎么好意思呢？

送他礼物，他也坚决不要，最后还是他自己开口说道：这样吧，你请我喝三瓶啤酒就可以了。

明人和朋友请他到小饭馆吃饭，连叫了三瓶百威，他一瓶一瓶喝，喝得有滋有味，喝得都一干二净，最后抹了抹嘴，道了谢，就匆匆告辞了。这下朋友们也都知道了，对于律师方，有什么事你可以尽管找他，请他喝啤酒他就满足了。

又有个朋友让他翻译一篇文章，他承诺两三天就完成，朋友说：没关系，多放几天吧，你们律师事务所事情挺多的。没想到两三天之后，那篇翻译稿就到了朋友的电子邮箱，朋友一看，翻译得非常到位和流畅，向他致谢，并邀请他喝啤酒。律师方说：好啊，可这些天太忙，过一段日子吧。大约半年之后，朋友再三邀请他，他才和朋友会面，喝了好多啤酒，圆了朋友一个小小的心愿。律师方说他这段时间是真的忙，朋友很感动，还让他带一箱啤酒回去。律师方谢绝了，说：喝就喝了，拿是不可以的。他表现得很坚决。朋友看着他，律师方耸耸肩，他也只能学他样，无奈地耸耸肩。

律师方身上有朋友们喜欢的优点，也有令人几乎深恶的嗜好。朋友们聚会的时候，难免会带一些女孩来，有的是自己的老婆，也有的是正在恋爱的女友。律师方见到女孩仿佛都是老朋友似的，和她们交头接耳，又喝酒，又碰杯，还问这问那的。最让人讨厌的是，他老是握着这些女同胞的手，有时吃个饭借个理由也借着酒劲，要握好几次。握手的时间，也比正常的握手有所拖延。他的手长得骨骼粗大，青筋毕露，肤色黝黑，有点野性的味儿。有一次，一个朋友的太太也在席，他第一次见到，便坐在她身边，当着大家的面说道：这嫂夫人我还是第一次见到，长得还真是美。他开玩笑说：你应该成为我的女朋友。大家知道他说的是笑话。他又伸出骨骼粗大、青筋毕露、肤色黝黑的大手来，要握人家的手，人家也不扭扭捏捏，和他握了握。他握了好一会儿，人家也不好意思把手抽走，朋友的老公看着，心里就有点不爽，但也不便发怒，只是开玩笑似的说：你还握着，谁帮我拿菜刀来。这么一说，他就松了手。但过了十来分钟，他又借故去握她的手，说，嫂子，我再和你握手，你是我见到的最有气质的嫂子。人家不便拒绝，和他握了握，他右手握了，左手也贴了上去。小小的白皙的手就被他两个手像汉堡包似的裹得严严实实。这场饭局，他至少握了人家三次手。当晚回去，这对夫妻吵了一架。老公责怪她，为什么不抽手。老婆很委屈，说这是你的朋友，我只是尊重他而已。老公发怒：尊重什么，握了一次就够了，接二连三的这叫握手吗？话说急了，朋友的老婆也发火了：以后这样的活动不要叫我参加了，免得闹得不欢而散！

对律师方来说，仿佛这一切都没有发生，有女孩在，他都会凑上去，甜言蜜语，赞美一番，语句倒一点都不出格，也找不出任何瑕疵来。可他骨骼粗大的手，总是要去抓一下人家的小手。有一位朋友，离婚后找了一个年轻女孩，女孩是老师，比较有礼貌。律师方又习惯性地行动了,赞美她,也和她握手。酒过一旬,又说上几句,再握人家的手,说,我们来个第二次握手。那个朋友脸都抽搐了,他们两人相识相爱至今,也就是牵牵手而已,没想到律师方竟然这么过分。那朋友脸上像挂了霜似的,他脾气本来就暴,但因为是明人召集聚的,他看在明人的面上也不便发怒。他和律师方也是刚认识,最后,还是明人把律师方叫了过来,说要和他碰两杯,这才为女孩解了围。

明人私下里对律师方说:你这个习惯得改改,你握着舒服,人家心里可不舒服。律师方说:这有什么,握手是正常的礼仪,朋友关系好才握手,没什么事的,放心吧。明人没能劝服律师方,类似的场合律师方依然我行我素。说实话,他的这些招数有时也让场面添趣不少,所以有时大家也并不计较,知道律师方就是这样的人,何况人家是在英国著名大学深造过的。只是不知道,英国绅士们是不是都有这样的怪癖。

这天,朋友又欢喜一聚,也是明人召集的。律师方是中途赶来的,他喝的当然是啤酒,一杯接一杯,喝得嘴边都是啤酒沫。桌上有几个女孩,其中还有一名演员,是朋友六带来的。朋友六是好多年前从山上下来的,混迹影视圈,据说也是一个刚愎自用的家伙。初次见到律师方,律师方如此三番地去握那女演员的小手,他也不厌恶。说来也凑巧,律师方的电话响了,是他的太太打来的。明人和她电话里说了两句,让她也过来,律师方的太太也挺爽快,说好啊,我就在附近,等会儿赶来参加。律师方的太太也是长相并不差的一个女子,来了后落落大方地和大家交流碰杯。有意思的是,虽然太太在,律师方还是几次去赞美桌上的其他女孩,和她们碰杯,还和她们握手。那个女演员之前他就握了两次,太太来了之后,他也不回避,又握了好几次。明人发现他太太的眼睛里掠过一丝恼怒。

再见到律师方是半年之后了,明人发现律师方好像换了个人,对席上的女孩再也没有以往的言辞和行动了。而且他惊奇地发现,律师方右手的食指短了一小节,明人又忽然想起朋友私下里传说的,说律师方被他的太太剁了手指,也有人说是在一个月黑风高的夜晚,被一个蒙面的男子迅速切下了一截手指。不管是什么传闻,律师方确实是掉了一节手指,难怪他把手尽可能地放在了暗处,那双骨骼粗大、青筋毕露、肤色黝黑的手。

明人悄悄地问他,这手指怎么回事,律师方支支吾吾地说:没什么,是我不小心碰折了。脸上勉强牵扯出一些笑容来,牵扯得很生硬,明人的心也被他牵扯痛了。

菜刀和剪刀

厨房里搁着一个本色的木架子，菜刀和剪刀，还有其他几把刮苹果皮的刀具，都插在木架的孔隙里，依次有序地排列着。

在柳萌和娜娜的家里，这是一种平常而又特殊的用具，从菜刀和剪刀上下位置的变化中，好朋友就可一眼看出这夫妻二人时下的情感地位和状态，进了屋，说话就有了方向，不至于冒冒失失了。

柳萌夫妇的好朋友没几个，明人算是他们信任的一位大哥。他是懂得菜刀和剪刀的其中三昧的，到了这对小有名气的明星夫妇家，必先找个理由到厨房扫上一眼，菜刀和剪刀的排列，是不可忽视的风向标。如此再开口，抑谁扬谁，就顺水推舟了。

这不，踏进门，就发觉剪刀插在菜刀上头了，剪刀位置的提升和突出，说明柳萌这段时间一定出状况了。明人对笑脸相迎的夫妻俩回敬爽朗的一笑，让他俩一起坐下，聊了几句，就意味深长地对柳萌说："这几天回家又很晚吧？看你眼圈黑的，玩疯了吧，你不注意身体，也别让娜娜妹妹操心呀，你瞧瞧，娜娜的眼圈是不是也黑了？"

此时，娜娜的眼圈不是黑了，是红了，泪水也迅速濡湿了她的双瞳。明人哥的话感动了她，她喃喃地说道："你，你看，还是明哥看得明白。"还未说完，一滴泪珠已溢出眼眶，挂在脸颊上。

"小子，你太过分了吧。"明人瞪了柳萌一眼。

"哪里的事呀，明哥，这几天我是被周哥他们几个拉去打牌了，斗地主。我什么地方都没去，什么人都没见，明哥，你是知道我的。"柳萌连忙辩解，转脸又对娜娜说，"你看你，又多想了，我是和周哥几个大老爷们一起玩牌，会有什么事呀！"

"你敢有什么事！你要有事，我就拿剪刀干了你！"娜娜杏眼圆睁，一脸嗔怒，带着点咬牙切齿的狠劲。

"我哪敢有事呀，我的姑奶奶，我以后每天都早点回家，好吧？"柳萌声嘶力竭，又带着点嬉皮笑脸。

两人在明人面前闹过了，渐渐也平静了，话题也跟着转移了，家里的气氛也亲切融洽起来。明人离开时，还在客厅远远地向厨房不经意地瞥了一眼，厨房房门大开着，那把剪刀一如插进炮筒里一般，似乎随时冲将出来。他为柳萌捏了一把汗："你这小子，要早回家哦，千万别让娜娜着急了，不然，有你好果子吃！"娜娜早已喜笑颜开了："有明哥为我撑腰，他哪敢惹是生非！"

有一回登门拜访，明人又察觉不妙了。娜娜倒茶递水果，脸上绽放着欢笑，柳萌则脸色阴沉，对娜娜说话瓮声瓮气的。明人特意观察了下厨房里的木架子，那把褐色柄的菜刀，已高居剪刀之上，刀把呈45度角昂然而上，仿佛呼之欲出。这回，他抑扬分明，旁敲侧击，既点到娜娜为止，又让柳萌心情平复，自尊重拾，屋子里的气氛也云开日出了。明人也从他们各自的倾诉中，知道了原委。

　　原来昨天傍晚，他们的一位老同学来访，还是当年娜娜的追求者。过去的事已然过去了，柳萌说他当然不会计较了。关键是老同学来访，娜娜好几天前就知道了，也早做了准备，柳萌却是当天才知道，他不得不把当晚单位的公务招待都推掉了。不这样，柳萌又怎么放心他们两人独自在家对饮？他怀疑这是娜娜故意隐瞒，不想让他参加的。吃晚饭前，娜娜还把柳萌一直舍不得喝的洋酒给拿了出来，像招待最高贵最重要的客人一样。柳萌当时冲进了厨房，气得把剪刀都扔了，把菜刀从下一格抽出来，又狠狠地故意弄出大的声响。他把刀插进了最上一格的位置，是故意让他们两人都听见。

　　果然，娜娜老公长老公短地对柳萌叫呼起来。那位老同学知趣，说话也小心许多，视柳萌为他们的话题中心，对娜娜也是嫂子长嫂子短地恭敬应对。

　　柳萌的小心眼，这位老同学撞见过一幕：当年柳萌与娜娜关系已敲定了，几位室友聚餐，柳萌把娜娜也叫来了。有一位室友喝多了，竟死乞白赖地要和娜娜喝一杯交杯酒。只见柳萌对服务员大喊了一声:"菜刀在哪里,把菜刀拿来!"剑眉倒竖,目露凶光,娜娜被震住了,那个室友吓得酒也醒了一半,在座的其他几人也瞠目结舌。幸亏有人打圆场,迅速转移了话题,菜刀自然没上来,酒又喝了小半会儿,也算兴尽而散。

现在菜刀又高悬在那儿,虽刀光不见,刀把子却已然杀气四溅,谁还敢对娜娜存有任何非分之想,抑或娜娜本身表现得也心神荡漾,甚至如痴如醉。柳萌的目光与菜刀把子相碰,他的手心也阵阵奇痒。

而剪刀自知理亏似的,甘拜下风,自退舞台,显示出一种懦弱架势,似乎威力早已不再。

有一晚,柳萌半夜归来,喝得醉醺醺,身上还有脂粉香气。娜娜与他争执了几句,他还顶嘴。娜娜一气把他堵在沙发上,对他不轻不重地说道:"你别玩得过火。哼哼,我告诉你,我们之间不可能离婚,只存在丧偶,或者,我们成为终身的姐妹。"说着,她扬了扬手中的剪刀,那剪刀在灯光下闪出一道光亮,光亮刺进了他的眼睛,刺疼了他的神经。他的酒完全醒了。

每回到这对明星活宝家里做客,明人都首先习惯性地瞥一眼刀架,观察这菜刀和剪刀究竟谁在醒目的位置。两者上下的位置时有变换,其实,无论在什么位置,但终究不见谁先血刃,还是相安无事的。不是吗?

摇纸扇的小老头

在这个旅游团里,有个实在不起眼的小老头。他头发花白,脸庞瘦削,衣着廉价老旧,不过还比较整齐干净。

上车下车,他都拿着一柄纸扇,时不时地展开,对着面颊轻轻地晃动,那柄纸扇,大约也是二十世纪中期的产物了吧。小老头的口音一听就是典型的上海普通话,一问,是浦东川沙的。小老头每说两句话,就会轻摇一下那把纸扇。

到巴黎第三天,为去奥特莱斯还是凡尔赛宫,团队中发生了不小的争执。原本团体购物时间是作了安排的,不料有几位妇人临时提议,放弃参观凡尔赛宫,增加购物活动。大家各抒己见的时候,川沙小老头还是轻摇着纸扇,抿着嘴,一声不吭,若无其事地朝着窗外。

团队最后决定去近郊的奥特莱斯。导游在车上再三提醒大家,那里扒手多,要小心钱包。

几位团友随意游逛，小老头也在其中，一会儿进一家店，出了门，又到对门一家闲逛。

逛了二十多分钟，又逛到一家服饰店时，在店里购物的一个团友小单脸色灰暗，语气急切地追上来，说他的双肩包被偷了。那个双肩包大家都见过，蓝绿相间的，他每次都是挂在脖子上，顶在胸前，保护得好好的，因为里边有大伙的护照，还有临时保管的一笔团队活动经费。这可关系重大呀，大家的心都悬了起来。

小单说，他看中一件夹克衫，把包放在脚边，把上衣脱了，试一下装，也就几十秒光景，夹克衫还在身上裹着呢，双肩包已不见了。

小老头不紧不慢地问道："发生多少时间了？"

小单说："就刚才一会儿。"

大家你看我，我看你，都有些不知所措。丢了包的小单也是神色惶恐。

这时，听见小老头用他的上海川沙普通话低声说了一句："你们分别把门看住，小单，你快去找那个售货员报案，要她把警察叫来检查。"

店堂里的顾客不算多，也不算少，小单在那个胖胖的售货员那里讲了半天，售货员只是象征性地帮小单去丢包处张望了一下，耸了耸肩，表示无可奈何。导游也来了，与售货员再三理论，售货员才慢腾腾地挂了一个电话。

三分钟后，来了一位戴着袖章的男子，他听了小单的话，说要小单

跟他出去。小单拿不定主意，眼光找寻着什么。那男子正催促他时，小老头堵在了前面，他让导游帮他翻译，坚持要警察来检查，来调看监控摄像头，他说他注意到了这里有监控。那男人却在摇头，说若非警局同意，他们谁也无权调看监控的。

僵持了好一会儿，店堂的顾客开始骚动起来。小老头忽然操起一个衣架，朝着收银柜台砸去。警报器骤响，一拨警员和保安迅疾进入了商店，封锁了进出口。

他们把小老头和导游带到了里间。几分钟后，警察开始清查，双肩包在一个试衣间的椅子下被找着了，显然还没来得及打开甚或转移，东西都在。

小老头被警察带去讯问了半天，大家都在议论呢，他竟毫发无损地回来了。有人问他："你是干什么的，这么厉害？"

小老头鼻音嗡嗡的，纸扇轻摇着，一脸平静地说道："我只是一个退休警察，很普通，没什么的。"

夏天占领了你封面

好不容易挨到了偌大的一盘火锅冒出了袅袅热气，老白却忽然站了起来说：对不起，要告辞了。大家都很惊讶，刚刚落座说好一起吃宵夜的，怎么突然就走人了呢？老白老实交代说：太太来电了，说有要事催我回去。

什么要事这么着急啊？

真的有要事，抱歉。

看他这副模样，大家也不好挽留他，看着他噔噔噔地走了。瞅着他的背影消失，有人嘀咕了一句：这小子这几个月真的像变了个人似的，他到底怎么了？另外一个也说：就是，他以前和我们吃香的喝辣的，哪次不是搞到下半夜，他比谁都来劲，现在都不大看到他人影了。即便到了也只是露露脸，连东西都不吃什么。

明人也觉察到了，说：你们不觉得，这老白人也消瘦了很多吗？

是啊,他原来两百多斤的大块头,现在明显消瘦了,脸型下巴都瘦削了。你看他的肚子都平缓了。哎?这小子到底怎么回事?不会是患了什么病吧,他血糖高吗?

大家相互望望,好像都没听过。

不过我看他精神倒挺好的,明人说,比之前抖擞许多,不像是一个生病的人。

下次再碰到,我们得好好拷问拷问他。大家这么议论着,虽有点扫兴,但也举起大大的啤酒杯就着火锅开喝起来。

不久后的一个周末,老同学又聚,老白这次准时到了。有人开他玩笑说,你不会又提前告退吧?

老白狡黠地一笑说:这很难说,谁家里没有个什么事呢?

大家笑话他,是不是你现在越来越怕老婆了,老婆微信一发,你就立马撤退回家。这犯着哪门子事啊?大家说笑着,边开喝起来,老白早就改变了模样,小口小口地抿酒。大家故意敬他,让他喝满杯。他说,悠着点吧悠着点吧,岁月不饶人。

明人说:我们都是一样的年龄,你怎么卖起老来?

老白一笑说:我们当然都是一样的年龄,可是也不如之前了,真的要多保重保重身体啊。说着,又瞥了一下自己的手机说:哟,老婆又来微信了。

有人说:你得老实向我们交代,家里怎么老有事,把你的手机给我们看看，你太太到底发的是什么指令。大家一哄而上，对着他一阵围攻追逼。老白求饶不过，只得乖乖把手机交出来。明人顺着他打开的手机屏幕一看，上面写的是这样几个字：夏天又占领了你的封面，你看着办吧。明人看了自然不会明白，瞅瞅老白，他倒是一副得意的模样：你们猜猜，猜得出的我叫他大哥。呸呸，谁要你叫大哥，我们本来就是你的大哥。嬉笑怒骂之后，大伙儿还是没有把这个谜底给破解。

老白又得意地笑了，说了一句：你们看看我减了多少重？这回大家又七嘴八舌地猜测起来，最后还是明人猜得八九不离十：至少二十斤吧。老白说：还真是的，我感觉到自己轻巧了许多。

是啊，你不仅轻巧了许多，还感觉到你就像在恋爱一样，好像特别来劲。明人又说。

哎！又让你说对了。老白向明人跷了跷大拇指，脸上掠过一丝坏笑。这很快就被明人发觉：你这家伙在耍弄我们吧？还是老实点说出来，你怎么减肥的？还有夏天占领了你的封面，究竟什么意思？

老白仰首喝了一盅酒，说，你们不知道夏天是谁吗？

谁？谁是夏天？

哎呀！我们同系同届的那位夏天呀！

哦！大家渐渐想起来了，这个夏天可是他们学校的翘楚啊，当年就是学校各方面的佼佼者，后来到了美国深造，据说留在那里成了科学家，而且成就不凡。咦？你怎么和夏天联系上了？有人问。

老白说：半年多前，我太太在街上碰到过他，他竟然提到了我，还把他的微信号给了我太太。

明人颇为诧异，他皱紧了眉头，说，这不可能啊！我和夏天是有联系的，他这几年根本没有回国，不信你们可以看看。明人把夏天的微信给大家展示了一下，微信昵称是"夏日炎炎"。

老白就发话了，这不对呀，夏天的微信就是"夏天"呀，怎么是"夏日炎炎"呢？难道他有两个微信号？

明人寻思了一下说，这不太可能啊，我就是和他用这个微信号联系的。明人说罢，还把"夏日炎炎"的微信打开，把他的朋友圈的相册也展开了，那里偶尔还有几张夏天的工作照，当然更多的都是他研究所涉及的科技方面的一些短文。

老白也把他那个"夏天"的微信打开了，可是相册上竟然出现一行字，只向朋友展示三天的内容。三天的内容没有新的推出，一道横线，横亘在那里，让老白立时空落落的。他有点悻悻地说：我这个，是什么玩意儿？

明人说：恐怕你这个不是真正的夏天的微信吧，你见过他本人了吗？和他微信聊过天吗？

老白说：我太太关照的，说夏天很忙的，不要打扰人家，有个微信加上了就可以了。

那夏天占领了你的封面啥意思？

太太说你看人家夏天这么忙，但他每天快走都是两三万步的，人家科学家还坚持锻炼，看看你这副熊样。我想想对啊，我比不上人家发达，在身体健康上不能输给人家吧？于是我也就奋起直追啊，每天只要看到夏天占领了封面，我就坐不住。宵夜更是不敢吃。不好意思，我上次就是看到太太提示，微信运动又显示了这个文字和画面，于是赶紧找个托词去街上快走了。

你这半年就这么坚持下来，减了这么多？

是啊。

看来你瘦身成功，还要归功于这个夏天啊。

老白肯定地说：当然应该感谢这个夏天，不过你现在让我搞糊涂了，我太太微信里的夏天，到底是不是跟我们同校同届的那个夏天？

明人也摇了摇头，无法回答。

几天后，答案揭晓了。老白当天回去追问他太太，太太如实地告诉他，看他这副懒样怂样，她不得不把老白一直追崇的遥远的夏天搬了出来，用夏天来刺激老白，果然老白被激活了。老白稍有懈怠，他太太就会用这句话来刺激他，微信运动封面也令他按捺不住，果然还真把他逼到位了。

那这夏天到底是谁啊？

他太太说，她压根儿没有碰到过夏天，这个夏天是她闺蜜的老公，人家是市田径队的长跑运动员。

也许只见一面

　　明人在微博上即兴写了一首诗《也许只见一面》，有作曲者主动谱曲，并发来小样，请明人审定。是女声版的，旋律还算优美，也与他写的诗比较吻合，他便回复认可了。作曲是二度创作，他向来比较宽容。

　　这首歌在圈内还渐渐流传开来，大家都说蛮好听，蛮有意思的。有一位与明人素不相识的男歌手私信明人，很想演绎这首歌，他还想带着这首歌，参加全国校园歌手大赛。明人略一思忖，与作曲者沟通了几句，也爽快允诺了。

　　明人忙于本职工作，有段时间把这事给淡忘了。听说这男歌手竟凭借这首歌，在大赛中得了一个奖。明人为这首歌高兴，也为男歌手高兴，作曲者来电了，也听说了此事，可这歌手也不报个喜讯，似乎有些不礼貌了。工作一忙碌，明人渐渐也把这件事抛诸脑后了。

　　一个周末，一拨外地朋友来沪一聚，《也许只见一面》的作曲者——那个初次见面的小老头来了,还有几个陌生的朋友。都是文学和音乐迷,大家就把聚会活动搞成了一场朗诵演唱会。

气氛正酣时,一位毛头小伙子敲门而入,他是在座其中一位的好友。他向大家致歉来晚了,是刚赶了一个演出场子过来的,他自报家门称自己是一名年轻的歌手,还唱过明人的歌《也许只见一面》。哦,就是这小伙子,明人微笑地向他点了点头,还向他介绍了作曲者。他们也是初次相见。

既然是歌手,又是姗姗来迟,那就得以歌代罚了。

小伙子的好友提了建议,大家也声声叫好,小伙子喘息未定,便站在客厅中央,清清嗓子,准备开唱。"唱什么呢?"他忽然发问。有人笑说,随便唱什么吧,只要是你拿手的。他顿了顿,抬眼看了明人一眼,说:"我就唱老师的《也许只见一面》吧。"大家又一阵喝彩,明人也频频颔首,他还未听过小伙子唱这首歌。

"目光与目光对接,也许只是一个瞬间……就算是此生只见一面,我给你我的春风我的笑脸……"

小伙子嗓音醇厚,吐字也很清晰,身心投入的表演,令在座的人都聚精会神。明人作为作词者自然更为在意,听着,听着,明人觉得不太对劲了。这首歌本是写路人之间的偶遇,虽只见一面,但美好的善意的情感,都留于人间,这寄托着明人对现实由衷的期盼,而非男女之意。但这小伙子把它演绎成一首爱情歌曲了,虽然深情缠绵,但把这歌词唱歪了,把这歌的本意曲解了。明人心里顿时别扭许多。他瞥了瞥那个作曲的小老头,他也微皱着眉,眼神里流露出一丝遗憾。也许,还有一丝对小伙子的不满。

小伙子唱毕,四周掌声响起,明人还未说话,那位小老头就站起身来,言辞不无严厉:"你完全唱错了!这不像我的曲,也更不像明人的词!小伙子,你心里只揣着你自己,只揣着爱情吧!"

场面一下子紧张起来,小伙子也尴尬地站立在那儿,不知所措。

大家的目光都渐渐集中于明人的脸上。

明人深知现在太多这样年轻的歌手,他们未谙世事,也不知真正的艺术,只是跟着感觉走。他淡淡地说了一句:"小伙子嗓音不错,但艺术,要静得下心,好好磨砺!"说完,微笑着看了一下小伙子、小老头,还有大家。

气氛缓和了,又一位朋友自告奋勇登台亮唱了,是毫无争议的苏联名歌《莫斯科郊外的晚上》,把大家血管里的血都唱沸腾了!

临走时,明人微笑着向小伙子告别。小伙子握着明人的手,说:"老师,我知道自己做得很不好,但您怎么还这样宽容我?"

明人笑着点了点他的脑门:"回去再好好悟悟那首歌吧。"

"目光与目光对接,也许只是一个瞬间……请留下你的柔情你的怀念……"

你穿这鞋不合适

在这高档小区的会所门口,出人意料地摆着一个修鞋摊。修鞋的老头,体微胖、头微秃,脸常挂着微笑。听说这是一位老鞋匠,子女把他接来住了,他却闲不住,在这儿摆起了摊位。好在他安静、规矩,收拾得也挺整洁,居民们图个便利,因此对他也很欢迎。管理小区的物业公司也就睁一只眼闭一只眼,随他去了。

这天,明人路过那里,却听到一个女人不和谐的高嗓音。

他循声望去,那是一个打扮入时、不失典雅的少妇。她此时蹙着眉,眼里暗含不满,正在质问老鞋匠。

少妇说:"你怎么老说我穿这鞋那鞋不合适。我都跟你说过多少遍了,这是英国'金姬佳人',著名品牌,是高贵的标志,你明白吗?"

"姑娘,我没对此有什么怀疑啊。"老鞋匠不卑不亢地解释。

"那前两次,你也这么说我,什么意思呀,是说我不配穿这种鞋吗?"少妇白净的脸庞,都憋出红晕来了。

"不是呀,姑娘,"老鞋匠抬头瞥了一眼少妇,继续不急不缓地说道,"你应该相信我。我做了一辈子的鞋匠,知道什么样的鞋子适合什么样的脚。"

"那,那都是我老公特意给我带回来的,你看这鞋,多漂亮,多昂贵,我穿着也感觉人精神了许多,你怎么老说不适合呢?"

老鞋匠意味深长地看了少妇一眼,摇了摇头,说:"你爱信不信。"便不再吭声了。

少妇有点气咻咻地走了。明人发现,老鞋匠目送着她,又重重地叹了口气。

明人蹲在鞋摊边,与老鞋匠闲扯了起来。

老鞋匠说,他知道她穿的是世界顶级品牌的鞋子,也知道这品牌价值不菲,许多海外女明星都喜爱穿这鞋。但他也坦率地说,这品牌穿不惯的人容易硌脚,得用鞋石撑撑,就会好很多。

他还说,他向她指出的绝不是一句无厘头的话,也不是这鞋本身的问题。他完全是出于对这姑娘的爱护,"这姑娘与我女儿差不多年纪,不应该受太多委屈呀!"老鞋匠又不由得摇首叹气起来,明人似有些不解。

过了几日,明人自己的鞋跟脱落了,找老鞋匠修补。明人坐着等候时,被老鞋匠娴熟的技术所吸引。老鞋匠右手握小铁锤,左手拨弄着鞋

跟，一阵轻快的叮叮当当声之后，他把修好的皮鞋递到了明人脚下。

明人感慨着老鞋匠的精湛技艺，忽然瞥见了一双精致的女式皮鞋，就躺在老鞋匠的鞋柜上。

"那不是'金姬佳人'吗"？明人脱口而出。

老鞋匠点头称是。

明人问："是那个少妇的吗？"

老鞋匠这回迟疑了一会儿，慢慢地，摇了摇头。

明人不解，但又不便多问，正暗自寻思间，就听到一阵清亮有力的脚步声，无限风情地传来。明人定睛一看，是一位妙龄姑娘正款款走来。她比那少妇年轻，也比那少妇更妩媚，她袅袅婷婷地径直走近老鞋匠。老鞋匠指了指那双女鞋。

姑娘情不自禁地赞叹："这么快就修好了，太好了太好了。"

姑娘脱下自己穿的鞋子，迅速套上了这双鞋。眼前的她立马挺拔婀娜许多。

这时，明人听到一直未出声的老鞋匠，仿佛空谷回音般说了一句："你穿这鞋不合适。"

欣喜中的姑娘愣了一愣："你说这话什么意思？你都说过好几次了。"姑娘的嘴唇鼓凸了起来。

"这是谁给你买的呢？"老鞋匠和气地问道。

"我不是和你说过吗？这是我男朋友从英国专程给我捎来的。这是他对我爱的心意！"姑娘不无得意。

老鞋匠看了看姑娘，又摇头叹气了，手中的小铁锤狠狠砸在了铁制的鞋桩上，发出清脆的叮当声。

姑娘远去了。老鞋匠尾随的目光充满哀怜。

又一日，修鞋摊前忽然闹腾起来。少妇和妙龄女在那儿撞见了，都是来找老鞋匠修鞋的。她们发现了她们拥有同一品牌、同一款式的"金姬佳人"。这种品牌，在国内极其少见，而在这邻近单元陌生的她俩，竟然拥有同样的"金姬佳人"。

围观的人群外，恰巧走过一个男人，走得很急，有点落荒而逃的匆忙。少妇和妙龄女抬起头，都看到了男人。

这一刻，她们明白了。

只是，她们不明白，她们被同一个男人耍弄的事实，早已被一个经验丰富的老鞋匠洞察到了，他已无数次善意地向她们发出警示……

大灵不灵

春节又遇上老同学方了，明人见他的头发比之前更稀落了，脸色也有点云遮雾罩的，便和他开了一句玩笑："怎么，雾霾都聚集在你脸上了，啻啻，日子过得不好吗？"

"就这么一回事，一句话，叫……"方的话还未说完，边上有同学就随口接上了："叫大灵不灵！大灵不灵是吗？"大家随即欢笑起来。

同学方的口头禅，就是"大灵不灵"！

起先，同学们多年后相聚，同学方开口闭口"大灵不灵"，一开始听着挺逆耳，久而久之，都视作插科打诨的固定语句了，倒让朋友圈子也平添了一点戏谑与欢笑。

方也倒正儿八经地说过他对这句话的兴趣来由。那天，他随一位大领导陪同一位更大的领导参观一个机器人展览。那位大领导紧随更大的领导身边，寸步不离。参观了一半，更大的领导面带微笑，频频颔首，大领导在一旁便赞叹了一句："蛮灵的，灵的。"可没几分钟，更大的领导面色严峻了，显然发现了什么问题，办展方反复解释。临近尾声了，更大的领导面色依然不悦。他还扫了大家一眼，似乎意味深长地征询大家的看法，大家鸦雀无声，唯听见大领导不重不轻地嘀咕了一句："大灵不灵的"，那声音刚落进更大领导的耳朵里，更大的领导脸上掠过一丝不易察觉的微笑，被同学方捕捉到了。多美妙的一句话语："大灵不灵！"从此同学方讲话里就带上这一句了。

熟识他的人都知道他的意思，他说好朋友大灵不灵，实则是一句赞扬，用调侃的方式表达，显示关系非同一般，好朋友也只是哈哈一笑。

他说这顿餐大灵不灵，并非真的不满，也只是信口开河，想增加一点喜庆色彩，主人也见怪不怪。

他说这天气大灵不灵的，天气倒真的是不阴不阳的样子，可他说的是天气，这么说倒也很生动，老天不会生气，大家自然也不会往心里去。

可初次见面，他冷不丁也来一句"大灵不灵"，这就让人面呈尴尬了。

那天，同学龚带着他夫人也来参加同学小聚，刚一落座，他就扯起嗓子，开起玩笑来，说同学龚念书那会儿就"大灵不灵"，现在也"大灵不灵"，怎么还有女人看中他，也"大灵不灵"吧。龚太太听了有点不舒服，虽然有人帮忙解围了，但对同学方一直不理不睬。席散告辞，同学方想将功补过，热情地和她打招呼，还嬉皮笑脸地说："别忘了我的名字哦。"人家总算挤出了一丝笑容，扔给他一句："怎么会忘了，大灵不灵！"

大灵不灵，是同学方的口头禅，也成了他的一个特别外号了。

有同学就推波助澜："下次我给你介绍一个女孩，她也叫大灵不灵。"大家于是起哄："一定要带来，一定要撮合，来个大灵不灵胜利大会合。"

后来，那个也三句不离"大灵不灵"的女孩真与方一起碰了面，方还与她一拍即合，谈得相当投机。明人注意了一下，他们交流的半小时，"大灵不灵"是出现频率最高的语句，也有人笑语："真是都大灵不灵的！"他们的故事明人此处不表，另行讲述了。

话说春节见到同学方时，他一脸阴郁，明人和他关系最铁，自然倍加关心，用的则是打破砂锅问到底的办法。结果真是让人忍俊不禁的。

方在某单位任副职已八年之久了。"八年啦，不提它了，大灵不灵！"方常常这么感慨。前不久机会倒来了，单位正职提任了，副职中排名最前的方自然成为关注对象，分管领导对他也挺关心，还专门推荐过他，最后，方还是没能如愿上位。

分管领导把方找了去，问："你什么时候得罪大领导的？"方是丈二和尚摸不着头脑："我没有呀！""那，大领导怎么把你否决了？"方云里雾里的，一时回答不上来。

原来，有一次午餐，人事部门负责人见大领导和分管领导都在，便

大灵不灵 / 191

凑过来,征询这个单位派谁来接替正职。分管领导说:"方某某吧,应该可以胜任,您看呢?"大领导正啃着一只鸡腿,含糊地说了一句:"大灵不灵呀!"分管领导和人事处长面面相觑,不知所云。正巧,有人又凑了过来,此话题自然中止了。

  后来,上会提名的是另一个人。

  这事,让同学方颇费思量,大领导为何只说了一句"大灵不灵"?他感觉大领导是不会排斥他的。"大灵不灵"是方的外号,更是大领导的口头禅。大领导是他的"大灵不灵"之说的祖师爷呀!大领导的本意,也许并非此意……

  同学方百思不得其解,神情更显"大灵不灵"了。

群主老王

这天吃了早餐,上了车,明人发觉同学圈竟然出奇的沉寂。这个同学群,最初是老王千辛万苦组建起来的。最初十来个人,后来滚雪球似的,当年初二(四)班的同学,几乎悉数到位。人声鼎沸时,老王发过一段文字:"想当初,老子的队伍才开张,共有十几个人,七八条枪……"得意之情,溢于言表。明人和大家都感觉得到,甚至可以想象老王粗短的三角眉重瓣似的舒展,远远望去,活脱脱四眼狗的模样。"四眼狗"的外号,还是班花秦丽丽私下起的,传到王同学的耳朵后,他暴怒。

那次他在班会上发飙后,有人在黑板上写了一则通知说,老王让大家下午课后去操场为年级排球赛加油助威。明人疑惑不解:哪个老王呀?秦丽丽悄悄挤眉弄眼,学了两声狗叫:"汪、汪!"明人瞬时明白。神不知鬼不觉的,老王也稀里糊涂地应声了,他还以为是同学们对他的尊称呢,都加上"老"字了。课间,在操场上,老王背着手,走来走去,脸老板着,眼光扫视着,眉毛时不时倒竖,喉咙也常常发出一声喊叫。男同学踢着石子玩,他要管,女同学穿着喇叭裤,他也上前训斥。小泥鳅当时瘦瘦的,却老戴着有护耳套的棉帽子,跟在老王后面,哈巴狗似的。

不久就恢复高考了,老王学业太差没去考。后来好多年,明人没见到这些老同学。听说老王先是在一家工厂工作,后来厂子改制了,他转到一家私营企业打工,一直混得不好。倒是分配到商场工作的小泥鳅,下了海,自己搞进出口贸易,居然发财做大了。同学圈建立后,明人又获悉,秦丽丽从纺织厂下岗后又提前退休了,嫁了一个日籍华人,到处玩,在朋友圈狂晒美食美景图。同学们给了她很多点赞。有一次,还晒出了她老公公司的产品,是成人用品。大家也跟着点赞,反正点赞也不用花费一分一文。群主老王发话了:"群里禁止发广告,请自觉遵守。"秦丽丽回道:"我发的不是广告,就是图片,给大家欣赏。这不算错吧,老王。"语气里透着不服,一声"老王",又叫得大家不无暗笑和担忧。果然,老王发脾气了:"有的人不要蹬鼻子上脸哦,这群里我说了算,还是你说了算?"这话既出,大家又跟着心揪紧了。私下里,小泥鳅单独发了微信给明人:"你不知道吧,毕业后,老王追过秦丽丽。秦丽丽理都没理他,老王伤心了好一阵子。只央求秦丽丽对外莫提此事,给他留点面子。""还有这事?"明人有点惊讶,秦丽丽自然是个美人,可老王从来都是死要面子的人,他竟然也钟情甚至折服于曾对他冷嘲热讽的这个弱女子?"是呀,老王认为,秦丽丽是看不起自己,他只是一个工厂车间管理员。"

小泥鳅率先点赞:说得太棒了。后面也有同学对老王真诚点赞,但老王受不了了,找了小泥鳅顶牛了起来。这小泥鳅原来是他的"跟屁虫",本想骂他两句,可以压压秦丽丽的威风,长长自己的气势。孰料,翅膀早就长硬了又发了财的小泥鳅毫不客气,也扔去了几句狠话,甚至把他追过秦丽丽的往事也抖搂了出来。"我看你是官迷心窍,你忘了自己在私营企业,想混个工会主席干干,把老板得罪了,一脚把你踹了?现在弄个群主当当,就像真的似的,人家明人早就是局长了,你还瞎折腾?"老王不服气,连喷重话以至脏话。

翌日清晨,群主老王没有像往常一样升旗,同学圈整整一天死气沉沉。后来连着两天,同学圈依然这种非常情形。紧接着,就有老同学打电话给明人说,老王跳楼了。明人大吃一惊,问详情,对方也说不出个所以然。倒是小泥鳅紧跟着也来了个电话,再三说,老王跳楼与自己并无直接关系,是他儿子在学校颐指气使,让大家叫他王主席,平常还让学弟帮他打饭叠被,欠了人家一年多的饭菜钱,都不还。人家向学校告了状,学校把老王叫了去,当场宣布把他儿子开除了,老王回家一宿未睡,也不语,次日凌晨就被发现跳楼了。没了群主老王的同学圈,又渐渐有了声息,有人打出了向群主老王致哀的黑体字,引发了浓重的伤感和悲伤的气息……

改名

下班途中,明人接了这个陌生来电,那边传来的声音似乎熟悉,但明人又有点迟疑。

那人说:我是苏城。

苏城?明人疑惑不解,这是一个陌生的名字,令他一时想不出是谁。手机悬在耳边,心也像是悬浮在半空。

哦哦,我是苏城呀。你是谁?

明人又追问了一句。我是苏北,我是小苏北呀。

明人这次听明白了,你是苏北啊,怎么又改名了?

叫苏城(或苏成)的那个苏北在那头笑了:改了好多年了,不好意思,好久也没有和你联系。

明人脑袋里闪过了一连串的名字,苏北、苏联还有苏亨特,现在又多了一个苏城,什么城,成功的成,还是城市的城?这个发小也挺逗的，当年父母给他起了名字就叫苏北。一上学，苏北就难受了，大家都叫他小苏北。那时在这个都市，地区歧视还是挺严重的，苏北贫穷落后，他就被大家视作乡下穷孩子。小苏北、小苏北叫着，让他心里发毛纠结，他决心要改名字。

那年他吵着嚷着要改名，老爷子是个当兵的，还是解放前就入伍的，享受着离休老干部的待遇。当年算是很幸运，他还是一个十五六岁的小鬼，擦着边儿加入到解放大都市的队伍中，后来就留在这个大都市了。

那年听说小苏北要改名，他挺恼火，文化不多的他，竟然就说了这样一句话：父母起的名，怎么好随便更改？你不知道吗？发自父母，名由父母。苏北不是很好嘛？难道你还要苏西、苏南吗？你就是苏北的孩子，这一叫天下人皆知，叫得响。老爷子叫苏小北。我现在还没给你起小呢，叫你小小北都可以！

老爷子一说，小苏北不吭声，但他执拗，坚持要改名。他自己找了户籍警察，人家说不行，没有你家长同意，断不能改名。后来也不知花了多少九牛二虎之力，老爷子终于同意他改了，改的名字是他们共同商量的，叫苏联。那时苏联红火得很，国人追捧，他们可是我们强大的邻居，是我们的榜样。苏联这名取得好！可惜等到苏北也就是苏联大学毕业不久，苏联解体了，他受不了，又要改名。

有一会儿，那时还叫苏联的苏北对明人说，他想把自己的名字改为一个不重名的中国人名字，明人凑着头问他，不重名的名字叫什么呢？

那时，电视上正好重播当年他们津津乐道、看得十分入迷的电视剧：神探亨特。他们对于神探亨特的睿智潇洒十分推崇，自然对其特别的伙伴麦考尔那种英姿飒爽、美丽多姿，也心生暗慕。不用说，亨特是他们心中的偶像。

小苏北说，我想改名叫亨特。明人张大了嘴，这，行得通吗？

据说他老爷子听了，双眉倒竖：你这小子鬼迷心窍，崇洋媚外。话说得狠，事也做得绝：如果你敢取这个名字，我和你脱离父子关系。话说得这么重，后来小苏北就不了了之了。有段时间没有联系了，听说小苏北是改了名，但是改了什么名呢？明人不太清楚。

很久以后也就是今天，他接到了小苏北的电话，原来他改名叫苏城（或苏成），究竟是城还是成呢？小苏北说，城市的城，九十年代大都市在建书城，其他城市也跟着学习，新城也处处在建，他也就起了这个名字。苏城说，老爷子这两天念叨他，自己在美国念大学的儿子也回来了，想请明人到家里聚聚。明人在政府部门担任一官半职，在电视里露脸也是常事，他的老爷子八十多了还在牵挂着他，明人也就爽快地答应了。

那天明人到了苏城的家。老爷子拄着拐杖，精神矍铄，笑容满面叫得响：真是好久没见你，越来越精神，越来越壮实了，有出息了。明人向老爷子恭敬问候，老爷子说，古人有说法叫作，传子千金，不如教子一艺，教子一艺，不如赐子好名，你爸妈可以啊，给你起了一个好名字，明人，明明白白的人，也必定成为人人皆知的名人，好名啊！

明人笑着说,老爷子过誉,老爷子过誉。小苏北在边上插科打诨,那我的名字呢,什么苏北苏北的,害得我一连改了三次名字。

你小子就是犟,苏北这名字多好啊,如果你当年不改,现在你发展也不一般了,多少国家领导都是从苏北出来的,苏北出人才啊,苏北现在也富了,名字都被你自己改坏了。苏北故意噘着嘴装作生气的样子,我爸就是庇护你啊,他不当我是他的儿子。老爷子和明人都笑了。

这时候苏北的儿子回来了,那时他还是襁褓中的婴儿,现在已经长成快一米八的大个儿,整个一个帅小伙子了。明人和他握手,小伙子也文质彬彬,绅士一般。明人顺口问了一句,叫什么名字啊?老爷子在边上插了一句"叫苏苏,是我给起的"。明人愣了一下,一时没明白过来。是让他叫自己叔叔,还是……

这时小伙子撇了撇嘴说,什么叫苏苏,多难听的名字,害得在学校里人家都叫我叔叔,我已经改名了。这一说老爷子的脸也绷紧变色,小苏北,也就是苏城额上也皱纹聚拢,他盯视着儿子道"叫我亨特吧,Hunter"。

这回大家都张大了嘴,瞪圆了眼睛,互相看着,愣了好半晌,仿佛刚刚被投了一个炸雷。倒是小伙子一脸无所谓的模样:这有什么大惊小怪的,就叫亨特成不可以吗?苏城脸色变了,红一阵白一阵的,他一定和明人一样想到了当年的神探亨特,想到了当年他也想起的这个名字。只见老爷子嘴里吐出几个字,"乱了乱了,全乱了……"

陌生人的拥抱

网上真是一个是非之地啊！有朋友给明人发来两则关于覃老弟的图片：一张是覃老弟在街头与毛头小伙子相拥相抱，另一张是覃老弟与一位妙龄女孩轻轻搂抱着的画面。不过，这张照片似乎又不像是被PS过的，这倒有点蹊跷。

明人决定约覃老弟喝茶聊一聊。一笑之后，覃老弟便竹筒子倒豆，把事情的由来说得清清楚楚。

那天，他上街，走到大拇指广场的入口，有一个大学生模样的男孩站在那儿，眼光迎着他，谦恭地自我介绍道："先生，我是在校大学生，正在做一项社会实验，您能和我握个手吗？"覃老弟略显迟疑了一下，但他迅速咀嚼着小伙子所说的话，又见他稚气未脱，一脸书生气，便伸出手去。小伙子握着他的手，连着说了几声："谢谢，谢谢您，谢谢您支持我的实验。"

他走了不过百步,又有一位长发披肩的女孩出现在他面前。他以为那女孩也是想与他握手的,所以,当她伸出手臂,他也不自觉地抬起了右手臂。不料,这位还蛮清秀的女孩竟然说:"先生,我能拥抱您一下吗?我们,这是一项实验。"覃老弟看着与自己的女儿差不多大的小姑娘,心生一缕怜悯,微微点了点头,姑娘就双臂伸展,轻轻拥抱了他一下。只一会儿,女孩松开手,退后两步,向覃老弟欠了欠身:"谢谢您,谢谢您的支持。"覃老弟彬彬有礼地回道:"不客气,不客气。""先生,您就不怕与陌生人拥抱吗?"姑娘又跟了一句。覃老弟仍是微微一笑:"冒险的事,总是会付出代价的,不过,这不会有太大风险。我相信这一点,也相信你!"姑娘双脸嫣红,朝他又深深鞠了一躬:"谢谢您,先生!"

刚与姑娘告别不久,又有一位小伙子在路旁候着他:"先生,我能问您要个手机号码吗?"这回,覃老弟有些警觉了:"你,要我手机号码干嘛?""先生,我们是在做社会实验,看您会给陌生人手机号码吗?我想,我也可以与您交换号码,算是交一回朋友。"小伙子语句有点结巴,但说得还是入情入理的,覃老弟于是也爽快地把手机号告诉了他,还问了他的姓名。他叫李让,自我介绍是H大的一名在校学生。他感谢覃老弟对他们活动的支持,最后也问了一句:"您就不担心被陌生人要了电话,会有风险吗?"覃老弟薄嘴唇一咧,肉鼻子往前一拱:"这又有什么太大风险呢!冒险的事,总会有代价相随,不过,这没什么的。"小男

生提出要和他相抱一下，覃老弟也就和他拥抱了一下，然后告辞了。

几周之后，有同事在网上发现了覃老弟与小男生相拥的照片，之后，他与女孩相拥的照片也出现了。他心里一阵气恼，怀疑自己被设计了。偏巧，李让的电话先打了进来。小男生充满歉意："先生，这是我们的错，一位同学开玩笑，把您的照片发同学圈了，又有同学加了几句不该说的话，把玩笑开大了。我们学校现在正在处理，马上就会给您一个满意的结果。"

翌日，李让等几个学生在一位老师的陪同下，到覃老弟家登门致歉。老师说网上信息已被删除，犯错的两个学生已被警方处理。覃老弟又笑了："这是冒险必定付出的代价，不过，我不是说过吗？这不会有太大的风险，我无所谓的。"说完，他的"覃氏调皮"又生动欢快地展现在脸上。

有情人

在老同学的微信群里,明人看见了一张照片,照片上有六个人,中间一对穿红戴绿的年轻人,一看就是一对新婚夫妇。两边各站着的一对男女,差不多都年过半百。明人看着好奇,谁把这张照片发到群里的呢?再定睛一看,边上站着的男女中竟然有两个人面熟,仔细端详,那是两位老同学,一个是赵斌,一个叫刘萍。这两人怎么又凑到一块去了呢?他们的恋情在念书那会儿搞得沸沸扬扬,至今明人都记忆犹新。

那时赵斌个头就很瘦长,并不英俊,但双眉粗黑,眼睛炯炯有神。刘萍呢,是一个低语浅笑的女孩,班里几乎听不到她的声响,似乎和同学们也少有交往。他们的成绩也很一般,都属于班里并不引人瞩目的那一族。后来某一天,他们引起了全班同学的关注,是因为班长在班会上一本正经地提了一件事,说班里有同学不好好复习迎考,做不符合年龄的事,说得很含蓄,但大家都私下里猜测起来,渐渐地就有人传出了,说赵斌和刘萍两人似乎在谈恋爱。明人自然也关注这一切。从表面来看，他们两个似乎有点暧昧，但也看不出有什么实质性的举动。

高考之后就毕业了，同学们作鸟兽散，较长一段时间很少来往。明人偶尔和几个联系频繁的同学谈及当时班上的趣闻，有同学告诉明人，刘萍和赵斌并没有走到一起。再过不久就听说他们两人各自成家了。

前些年，毕业三十周年之际，班长召集大家聚过一次，刘萍和赵斌也来了。气氛甚是热烈，明人也注意到赵斌和刘萍两人蛮热络，有说有笑的，互相也敬了好几杯，站在那儿也寒暄了好一会儿，比当年大方得体得多。有人指责班长当年多事，就因为他多说了一句，让这段恋情夭折了。他们两人倒并不显得尴尬，和大家一起说着，脸上也都带着平静的笑容。

没想到，几年之后明人看到了这张照片，他心有好奇，也暗自琢磨想看出点名堂。照片是班长发的，是表示祝贺的意思，看得出是善意的。等明人看出一点端倪，同学的微信群就活跃起来，包括班长在内的好多同学也都纷纷送上鲜花美图，或者献上美好的词句。明人明白了，原来是这两位老同学的孩子成为一家了。有个同学坏笑道，自己没有走在一起，让自己的孩子走在一起，这倒是一件美妙的事啊。

一个老同学告诉明人，赵斌和刘萍在学校确实好过一阵，不过好景不长，种种原因让他们没有走在一起。工作后两人也曾经有过接触，依然没有结缘成果。不过他们做了一件很有意思的事，有了儿女后，还约着吃饭或者交流。赵斌生了个女儿,刘萍生了个儿子,两个孩子年龄相差不大,相约一起到游乐园玩耍,竟然种下了美好的种子。

明人听了不禁一笑,这不是无心插柳柳成荫吗?那老同学更是诡秘一笑,说不管是插花也好,插柳也罢,人家终成一家子了,这就是天赐良缘。两人说罢开怀大笑起来。

飙车一哥

一哥名叫刘一,三十多岁了,依然长得瘦弱、矮小,看上去病恹恹的。其实他没什么病,长得就是这个模样。他父母长得都比较高大,所以对他长成这个样子,总有点小小的自责,总觉得没有把他抚养好,对他自然就有更多的宠爱。而他呢?有时候也会有些自卑,总觉得自己不像一个相貌堂堂彪悍伟岸的男子。所以他在平常的生活中,有时就会显示出他的看似不甘示弱、实则为自卑的一面。30岁那年,他和小区的朋友打赌,硬是要用脑袋顶着一辆福特小车,将其顶出车位三米之外。他顶得满脸是伤,浑身冒汗,头皮都磨破了,但是小车依然纹丝不动。这在小区里作为一件笑话流传至今。

有一年,一哥用他的积蓄,加上父母给他的钱,购买了一辆宝马车。这下,他完全抖了起来,常常驾着车在小区和小区的周边悠然自得地转悠。小车擦得锃亮,车内的音箱也一直打开着,声音高亢。就像二三十年前，那些土豪提着个大喇叭，声响滚雷一般，招摇过市。

这天，他开车载着小区的两位朋友出去游玩。忽然，车外一阵远甚于他的音乐的声响，真的像滚雷一般。他被震撼了。一辆红色的小跑车，飞快地从他的车边疾驰而过，很快就把他远远地甩在了后面。他一踩油门就想追赶上去。车上的两位朋友惊叫起来，他们慌忙劝阻他放慢车速。他心有不甘，追赶了一会儿，明显感觉追不上了，悻悻地骂了几句，也就把车速放缓了。后来他打听到，这个开着红色小跑车的主儿，和他住在同一小区，是一个富二代，人称蒋二。刘一和他搭上了，从此也爱上了飙车。他对车子进行了改装，特别是把消音器给卸走了。每天晚上，人、车稀少些了，他就在马路上猛踩油门，马达轰鸣，怒吼一般，汽车飞快地驰骋起来，边上的行人或者侧目，或者赶紧避开。他像英雄一般显得得意得志满。老父亲几次告诫他，不要这样开车，这不好，对他不好，对行人也不好。但他已沉浸在飙车的快乐之中，不论怎么劝，他都置之不理了。

中学同学聚会的时候，他把宝马车也开去了，他坚持没有喝酒，说是聚会后要向他们露一手。果然有几位男女同学和他同路，他载着他们，就开始疯狂地飙车，几个同学在车上哇哇直叫，似乎是刺激，又似乎是恐惧。等他把车停稳了，有一个女同学已是满脸煞白，禁不住呕吐起来。他的英雄气概，在这呕吐声中显得有点狼狈，但他依然迷恋飙车，他感觉飙车令他男子汉的气概大增。

在深夜里，他和蒋二的车子时常咆哮着，震耳欲聋，声响云霄。很多人讨厌飙车党，感觉在马路上没有安全感，有的人还向警察进行了投诉，听说警察也找过他，他口头答应着，但过后又一如往常了。

明人也专门找过他，和他说了一些道理。还提醒他，就像骑自行车一样，骑得快，并不是本事；骑得慢、骑得稳才是真本事。开小车也一样，需要稳稳当当。他碍于明人的面子，有时也就点头称是，飙车的行为有所收敛了，但偶尔还会在半夜过把瘾。蒋二比他开得更疯狂，毫无收敛，又仗着他老子有钱，他的小车不断换新，这点刘一是望尘莫及的。不过因为他和蒋二的名字的关系，人家都称他为飙车一哥，蒋二自然屈居第二了。这一点刘一感觉非常得意。

有一次，刘一的老父亲又对他提起，说好多年前，上海首批骑摩托车的人据说大部分都不在人世了。他吓了一跳，问什么原因，他老父亲凄惨地一笑，说还不是因为车祸。刘一转而一笑说，开小车和骑摩托是两码事。老父亲摇了摇头，对他大失所望。

有一天晚上，他又飙车了。车不仅开到了180公里的时速，还玩起了网络直播，通过手机和网上的人开始闲聊，显摆他的车技。网上的那些人有的为他欢呼，有的则严厉地指责他，说他是害群之马。但他狂笑着，把车开得飞快，得意扬扬。而且根本没有注意前面后面都已经出现了警车，终于，他在一个路口被拦截住了。他涉嫌严重超速，并且威胁到行人安全，被拘留了。他很不服气，觉得自己根本没有犯法。明人和他老父亲去拘留所看他,他还是一副含冤受屈的样子。他说蒋二比他开得更快更猛,是真正的飙车一哥,他怎么一点都没有什么事呢?明人和老父亲告诉他,你不知道吧?昨天晚上,在高架上发生了一起严重的车祸,有一辆小轿车翻车,车辆彻底地毁坏了,驾车者当场死亡。警察判断,这是一起超速行驶引发的事故。

你知道驾车者是谁吗?明人问道。刘一茫然地望着明人和他的老父亲,渐渐地,似有所悟。他双唇嗫嚅着,说:他,他,蒋二就这么走了?他忽然号啕大哭起来,声音震天响,就像他那拆了消声器的马达在轰鸣一样。

爷爷、外公和爸爸

这不是一个虚构的故事。这四位明人的兄弟，原来是中学同窗，他们被同学们称为"四友帮"。显然，当年他们的关系相当密切。时光荏苒，四十多年过去了，他们虽然还偶有联系，但各自为工作和生活奔忙，人生的轨迹也不尽一致了。

A君，一个小公务员，职位不高，权力不大，收入倒也稳定，和他的性格挺相配，本分老实。

B君比较活络，在一家外资企业任高管。拿的是年薪，抽的是洋烟，常坐国际航班各国出公差，是一个人人羡慕的主儿。

C君呢，命运不济，高中毕业后患了一场重病。康复之后好久，才在一家物业公司当上了保安，后任主管，四十多岁了还是王老五，前几年刚成家，生活渐趋平稳。

D君是唯一一位下海的，他知道自己一向成绩差劲，一毕业就做个体户了，馄饨店，小卖部，倒卖国库券，后来做起了包工头，入股房地产公司，日子开始滋润起来。

同窗友情不可轻易舍弃。所以，有时他们一两年会聚上一次，开怀畅饮，插科打诨，每次聚得都挺尽兴的。

大约又有一年没碰头了，A君想邀请大家好好聚聚。一是因为有一年没啥联系，聚聚也是顺理成章；二是A君人生到了一个可以得意的崭新阶段——他当爷爷了。他打了电话给B君，B君立马响应，正好这段时间出差少，腾得出空，另外，他心中也自有窃喜——他当上外公了，女儿前几天刚生育，他正愁着没处去欢闹呢。他们又联系了C君，C君也一口答应，他心里也揣着好事，正喜不自禁呢——他做爸爸了！本来结婚就晚，终于中年得子，自当是一大乐事。

三个人各有喜事，自然盼望着与老同学一聚，尽情倾诉，好好庆祝，也是快乐和幸福呀。

但他们未曾料到，在通知D君时，D君吞吞吐吐的，表现得很勉强。

以前每次聚会，只要谁一提议，D君准保很积极。也许他最近生意不佳，心情不快？近期房地产市场局部倒是有些委顿。或者是他家庭不睦情绪低落了？他生有一男一女，都刚成家，和发妻早就离婚了，前年还找了一个和他女儿一般大的女子再婚，他们也许相处不睦？

A君、B君、C君胡乱猜想了一阵，仍百思不得其解。最后还是A

君建议，B君、C君赞成，"四友帮"还是要聚，这次就不放D君家了，但考虑D君情绪，预订的饭店挨着他家近些。如此，他至少可以参加一会儿，若真有何事，也只能请他自便了。决定之后，他们再次通知了D君，并且叮嘱D君一定要来参加。D君支支吾吾的，最后总算答应了。

这天，A君、B君、C君都如约而至，约定的时间都过了，D君还没出现。A君拨了电话，那头D君接了，似乎闹腾得很，还有婴儿的哭声。D君忙不迭地致歉，说自己争取过来，让他们别等。

喝得差不多了，借着酒劲，A君提了一个建议，说干脆到D君府上看看，反正没几步远，大家又是老同学，应该不会有啥问题。另外也可以了解一下D君的现状。

按响D君别墅的门铃，D君匆忙迎了过来，他连声道歉，把他们迎进客厅。一阵奶粉和婴儿香的味道在屋子里弥漫。看着大家疑惑顿生的模样，D君竟然有点羞羞答答地笑了，他请老同学们登楼一看。他们满是诧异，跟着D君上楼。推开三间屋子，居然都有一个婴儿！怎么你开起育婴会所了？A君等刚想发问，D君开腔了："真不好意思呀，没把实情告诉你们，你们打来电话的那天，我正在医院，我女儿，我儿媳妇，还有太太，都住进了医院。""啊？怎么回事？要紧吗？"大家都有点莫名的担心。"哦，没什么，她们都到预产期了，一周前，她们在同一天生产了。""同一天？"大家惊呼。"是的，是同一

214 \ 跟着你，跟着我

天。"D君这次回答得很干脆。"你同时当上了爷爷、外公，还有，爸爸?"A君像发现了新大陆，表情充满了惊奇。"是的，是的。"D君脸红了，不好意思地笑了。

A君、B君、C君此时盯视着D君，心里是说不出的滋味……

老板和司机

未来的丈人拉开车门,朝车里瞅了瞅,鼻子就抽拉了两声,眉毛跟着蹙紧了。苏明瞥见婷婷撒娇地向她老爸扮了个鬼脸,后者犹疑了一会儿,终究钻进了车内。

婷婷和她爸爸紧挨着,坐在后排。苏明把她那边的车门推上,边坐到了副驾驶位置,尚未坐稳,车子就启动了。未来的老丈人在后面叫了一声,他一定是没防备,车子这么快就往前蹿了,身子重重地往后座跌去。苏明也明显地感到了一种猛然的推背感,即便他已适应了自己司机的开车习惯,但这次还是朝他瞪了瞪眼,斥责道:开慢点!

司机小涂嘿嘿一笑,脚下依然猛踩油门,小车像出膛的子弹,直往前蹿。

婷婷抚着爸爸的肩膀,也轻声细语地叮嘱了一句:小涂,慢慢开,不急。

这是苏明第一次见未来的老丈人。和婷婷谈了一年多的恋爱，他算是第一次亮相。不过还不算上门，只是婷婷想买房，看中了城乡接合部的一处连体别墅，她一定要让爸爸去参谋参谋。今天周末，苏明从命，既要安排好车子接送，还要全程陪同。婷婷刚出生，妈妈就没了，是爸爸一手把她拉扯大的。何况，他还是政府某部门的一位老处长，见多识广，苏明不敢怠慢。苏明做的是红酒买卖，还算不赖。他是真心想娶婷婷的，可她爸爸一直未予表态。今天看房之行，很重要。

车行途中，司机小涂突然咳了两声，便顺手把车窗摇下了，朝车外飞快地吐了一口痰。敏感的苏明，隐隐感到后座压抑着的不满。他张口训斥：你是怎么搞的，不能拿张餐巾纸擦一下吗？司机小涂又是嘿嘿一笑，哦哦地答应了几声，苏明也无话可说了。他侧过脸，瞥了瞥后座的婷婷，婷婷美目微合，似乎是在闭目养神之中，并不关注眼前。余光里的未来丈人，虽无怒目金刚之相，但显然心有怨艾，眼眸里也漫溢着一股气。

大家到了目的地看房时，司机小涂一人待在车上吞云吐雾。上了车，车内烟味久久未散。

也就在当晚，婷婷忧郁地告诉苏明，爸爸今天很不满意。苏明问，这是为什么呀？婷婷叹了口气说，你是不错，可是小涂在车上又吐痰，又抽烟的。爸爸说，有这老板，就有这司机。

苏明刚要解释，婷婷却纤手堵住了他的嘴，"好了，不要说了，你烦，我也正烦着呢，想想快乐的事吧！"苏明知道婷婷是爱自己的，但他也知道婷婷是十分在乎她父亲的。想到司机小涂坏了他的好事，他气不打一处来。但转而一想，自己不也是有这样的坏习惯吗？以前他坐在车内抽烟，有时车窗紧闭，婷婷直喊受不了，他才逐渐改变了这习惯。有一次，也是在行驶途中，他喉咙发痒，便摇下窗，朝外吐了一口浓痰。不料，迅即吹来的风，将这口痰打回了后窗，粘在了婷婷后座的包上。她暴怒了，坚决要求停车。苏明左赔不是右赔不是，还自我检讨，婷婷才渐渐息怒了。

这一年多，他真是好不容易把这些陋习改掉了，连婷婷也对他做了表扬，说他是朽木可以雕也。可这回，偏偏栽在了司机身上！

又是一年过去了。明人有幸参加了苏明和婷婷的婚礼，并听说了这则故事的前半部分。但他颇觉纳闷，这个扣子，后来又是怎么解开的呢？

新郎新娘应接不暇，明人还是和苏明的老丈人、当年的老同事一聊，才揭开这个谜底的。

他说，那次看房半年之后，司机小涂又来接送过他。这光头小伙变了个人似的，文质彬彬，优雅礼貌，给他开门、递茶。他有过敏性鼻炎，刚打了个喷嚏，小涂就连忙送上了餐巾纸。车内干净齐整，空气清爽。小伙子有点感冒，时不时从口袋里掏出手帕来，掩住口鼻，轻轻咳一下。烟还在抽，但他是下了车，在远处抽几口。

有什么样的司机，就会有什么样的老板。这一刹那，他相信了女儿所说的。

说话间，苏明携着婷婷款款走来，在老丈人面前深深弯下腰：谢谢爸爸的信任，我一定会照顾好婷婷的。

老丈人也站起身，嘴唇嚅动着，眼眶里泪花亮闪……

倒走先生

一早，明人刚上班，靠背椅还没坐热，就有学生家长来告状："你们学校老师装神弄鬼的，把我的孩子都吓得半死了！"一位少妇牵着一个小不点，气咻咻地，小不点也噘着嘴，泪珠子含在眼眶，似乎随时都要滚落下来。

"家长，您请坐，有什么事好好说。"明人和蔼地说道。

"你们，你们那个老师，不好好走路，半夜里还折腾。真是有病呀！"少妇家长还在火头上，一味责骂，令明人丈二和尚似的，一时摸不着头脑。

这时办公室门被轻叩了两下，随后被缓缓推开，一个瘦骨嶙峋的小个子男人带点拘谨地说了一句："领导，我能进来吗？"

明人朗声说道："请进。"话音刚落，那个小个子男子就蹑手蹑脚地进了屋，明人皱紧了眉头。那小不点儿怯怯地退后了几步，随即慌乱地躲在了少妇身后。

"哦，领导，真不好意思，我看见这位家长带孩子到您办公室，估计是告我的状，我赶紧跟了过来，解释几句，免得误会，"小个子男子小心翼翼地说道，"我，我能继续说下去吗？"

明人瞥了他一眼，问道："您是……？"

"哦，领导，我忘了报告了，我是教务室的刘国文，是一个倒走爱好者。我每天半夜都在操场倒走一会儿，这样才睡得着觉，没想到，昨晚把这位小朋友给吓着了。真是抱歉。"他欠了欠身，对着明人，也对着那对母女，一脸的谦卑。

明人蓦然想起，前些日子刚到任，当晚住在学校。夜阑人静时，他到操场去快走了几圈。看到百十米开外，有一个身影在移动，朝他愈来愈近。起先，他还以为是一位小学生在行走，可是那种步态又不像。待到再走近些，借助朦胧的月光，他定睛一看，骤然心脏一紧，浑身不寒而栗。这人摇肩摆臂甩着手，可是面目模糊，像套着一个面罩。稳住神，再仔细打量，那朝向自己的就是一个乌发密布的后脑勺，还有瘦弱的背脊。挺胸收腹，腰背正直，这人在倒走呀！

交臂而过时，他似乎旁若无人。而明人盯视了他一眼，看那模样，是个小老头，而他的身躯却像一个十多岁的孩子！

后来，有人告诉他，教务科有个刘老师，倒走是他的爱好，也是他不同于别人的一个特长。

原来眼前这位就是倒走者本尊呀!

他明白了,也纳闷这少妇的孩子,怎么半夜还在操场。少妇说,孩子睡不着,一个人溜出宿舍到操场玩,就被他吓哭了。她一早来学校看他,孩子哭哭啼啼地向她叙述了所见的这一幕。

这看来就是一场误会了。

刘老师道了歉,明人也圆了场。少妇听懂了,小不点也似懂非懂地咧嘴笑了。

明人留刘老师坐了一会儿。

他问刘老师是何时学会倒走的,这么娴熟,简直无人可比。他知道倒走有诸多好处,他自己有时也会倒走几十步,可左顾右盼的,就怕走太快跌倒了。

刘老师身子瘦小,但显得筋骨很好,腰板挺直,和他满脸的褶皱形成明显的反差。刘老师三言两语讲的故事,更令他十分新奇和惊叹。

刘老师说,他出生时就小,就弱,在医院里待了好久,小时候身子骨也一直虚弱,特别是腰板僵硬、酸痛,吃了很多药都解决不了问题。后来,他开始练习倒走,几十年如一日,身体逐渐就改善了,现在从未犯过旧病,肩、背、腰、臀和四肢都协调轻松,每天倒走一小时,连睡觉都香。

"我练倒走近乎走火入魔。只要有机会,我就倒走。有次在一个饭局上,坐累了,我就想站起来走走,可大家都围坐聊得很带劲,我不能一走了之。正巧，有位老兄要陈醋，我准备去拿，站起身，就倒走了过去，把大家和应声进门的服务员都看呆了。就像脑后长了眼睛，三步并作两步，稳稳当当地就到了墙角的茶几边上。

不过，上世纪七十年代，我刚工作不久，也有人使过坏，在背后嚼舌头，说我天天倒走，就是倒行逆施，是想开历史的倒车。还有一位女生贴了我一张大字报，她在学北京的那位黄帅呢！这都是八竿子打不着的事呀！"

刘老师说罢，自己也大笑起来，明人也跟着大笑起来。

"我倒觉得，你应该把这一招，教给我校的老师和学生。也许，我们还可以举办倒走比赛。"明人有所感悟，由衷地说道。

"我和你想一块了，倒走就是最好的健身运动呀！只要领导发令，我愿意无偿教授大家。"刘老师高兴了，一边说着，一边技痒起来，抬起左脚，脚尖先着地，脚跟随后，左脚站稳，右脚又抬起……在明人弹丸之地的办公室，竟欢快地倒走转起圈来。"说不定，奥运会也会选中这个新项目！"明人又感叹道。刘老师也拊掌赞成，连声说好。

倒走运动很快在学校流行起来。

但不久，明人因工作需要，调任别处工作了。听说，新来的领导对倒走运动颇为感冒，不阴不阳地说过几句话，给倒走运动泼了冷水。

其中说的一句是："倒走就是走下坡路，难怪明人未提任。"

刘老师也传递来一句话："新领导是跛子，没话说了。"

东区有个郭美女

家住东区的郭美女是真美女,明眸皓齿,貌美肤白,一张娃娃脸颇有明星相。可贵的是美女其心也善,善良根植于她的心间,在平常的一言一行中时有闪烁。

明人受邀为她讲授文学课,接触多了,发觉她真的极为善良。有一次两人各骑了一辆小黄车在路上行讲,忽然前面的郭美女摇晃几下刹车了,随后的明人也赶忙双脚踩地。只见郭美女下了车,把车放稳,回过头来,蹲下身去。原来地上有一枚鸡蛋大的石块,她把它拣起,轻轻地放进了绿化隔离带里。明人开玩笑道:"你怎么对石头也动恻隐之心呀?"她仰脸笑道:"不是,万一别人骑车碰着了,要摔倒的。"

后来明人发现,只要路上有什么树枝、硬物之类的,郭美女见了,都要立马把它们拣拾起来,投进垃圾箱或者绿化地中,仿佛她的孩子就在路边,她怕孩子磕着了。

明人听她叙述过她小时候的一个故事。乌漆墨黑的晚上，哥哥骑着车带她回家，冷不丁地车子翻倒了，他们都惨跌在地。她的额角撞开了一个口子，鲜血淋漓。至今，一个小小的毛毛虫一般的瘢痕，还卧在她光洁的额角上。当然，瑕不掩瑜，她的美还是光彩照人的。她告诉明人，当时就是路上的一块小木块，让哥哥猝不及防的。

商城、地铁站门口，时常会遇到衣衫褴褛的乞讨者，向她伸出手时，她二话不说，就从小坤包里掏出纸币，塞到他们的手中。那时，她的目光是仁慈的，毫不厌恶。

坐出租车，她一般都不要发票，给了钱就下车。从停车场开车出来，也是付了停车费，什么发票都不要。她说，人家干活蛮可怜的，就算给人家小费吧。

明人说，你好大派头呀，当自己是老板呀？郭美女真不是老板，她在一家合资企业做白领，收入不错，但也不算太高，不过她的善心却是大过周围许多人的。

这样的女孩，一定会让很多人心有所动的。明人想。可这女孩心也太善了，不会被欺负吧？人善被欺，也是一条古训呀。明人虽只是一课之授，但师者，传道授业解惑也，自己有必要对她作个提醒。

明人心直口快地对她说了，一让她防范小人，二呢也让她别宠坏了好人。对第一点，郭美女当场接受了；但对第二点，她存有异议。她说，不是早说了吗？那些人都是弱者呀！

可你不拿发票，是在助长一种贪婪之心呀，明人不吐不快。郭美女又好看地笑了："老师，没您说的这么严重。"

那天明人去东区一家艺校讲课，郭美女也去旁听。明人在校门口碰见她，她正在停车，一名黑脸保安在收费。她付了钱，又说了一声："发票就不要了。"然后，迎着明人走来。明人说："你怎么还这么个德行？"她嫣然一笑："这不是很正常吗？你不知道吧，这里原来是我的母校，我常来停车，都很多年了。每次来，我都这样。"她说得很轻松，明人总感觉有点不适。

下课了，明人与一些学生交流结束后，走出教学大楼，就见停车场上郭美女的车还在。郭美女在车上寻找着什么，满头大汗。"你找什么呀，还不走？"明人和她打招呼。

"人家托我带的两个LV包包不见了，我记得放车上的。"她前段时间刚去过法国出差，明人知道的。

"肯定是放车里了，我来时还在车上。"她肯定地说。

明人朝保安那边瞟了一眼，他发觉远处那个黑脸保安，故意把脑袋转方向了，避开了他的视线。他说："保安可能有问题。"郭美女说："不可能吧，都算是熟人了。""去问问吧。"明人说道。

问了保安，保安说什么都没看见，还一脸无辜。明人注意到围墙角落边，正好有个探头对着停车场，他让郭美女一会儿去找保安经理。

那个保安经理竟然与郭美女熟悉。郭美女悄声说，他原来也是做保

安的,没想到晋升了。"那你也给过他不少'小费'吧?"明人故意把"小费"两字说得一字一顿的,郭美女明白了,说:"人家是弱者呀!"

那个保安经理听了郭美女的述说,再三拍胸脯保证,他们这里不会出这事,也许是郭美女自己记错了,东西根本不在车上。明人说,那查一下监控,不就很清楚了吗?保安经理坚决摇头:"这不行,查看监控我们是有规定的。"他转脸对郭美女说:"我们认识这么多年了,你总该相信我吧。"

郭美女一副将信将疑的神情,但还是向保安经理表示了信任,拖着明人走了。

"你应该去报案的。"明人说。

"算了,算了,这包也不值几个钱,真的查出事,保安和那个保安经理,不都得被查被撤吗?算了,算了,人家是弱者,不容易的。"

"那个保安经理也是弱者呀?不比村官小了呀。"明人说。

郭美女还是走了。出了门,还和保安挥了挥手。

有一天,明人正在给郭美女讲课,她的手机声骤响。明人停止讲课,示意让她接电话。她接了电话,很快,脸上展露出一片惊讶。

那是当地警署打来的,说他们破获了一个监守自盗的团伙,发现了她被盗的LV包。警方让她过去认一下,并作为一个证人。

明人陪同郭美女迅速赶了去。通过审讯屏幕,那个保安经理正在交代,一脸后悔:当年自己做保安,有人停车给钱,不要发票,我开始私下把钱吞了,后来,胃口也越来越大,升任经理后,便与手下人联手,对停车场的车辆开始下手……

郭美女此时一脸震惊,美丽的眼睛瞪得像灯泡一样大,渐渐地双眉垂落,神情黯淡了下来……

第四辑

你是一棵吉祥草

巩总巩老兄又病了,据说这次病得不轻。

明人接到老友苏江的电话,听此一说,随口问道:你没去探望他?

苏江重重地叹了口气:我没有难题,找你干嘛?巩老兄又犯牛脾气了,怎么都不肯见人。

原来你不是通风报信,而是让我来当援兵呀。明人调侃了一句,说,那明天正好周六,我抽空去看看他。

估计不行,你最好和他太太先挂个电话,免得赶过去吃闭门羹。

明人想,还不只是这个电话,这两年疫情防控,医院探视规定十分严格,好在自己今早刚做过核酸检测。

他连忙与巩总太太周老师先通了一个电话。周老师说,老头子病情还算稳定,只是心情不太好,什么人都不愿见。至于你过来,我想,你们是老朋友、好朋友,他或许不会不给面子吧。她把病房号告知了明人。

第二天,明人去了医院。本以为马上能见到巩老兄的,医护人员却说有客人在探望,得等一会儿。周老师也发来微信,请明人稍候,说老头子谈得正欢呢!

又过了一会儿,周老师打来电话,连连致歉,说客人刚走,请明人立即进去。

明人在洁净宽敞的楼道里,与一位瘦小的老头擦肩而过,觉得很是脸熟。但见那人笑微微兴冲冲地走了过去,他迟疑了一下,没打招呼。

病房里,巩老兄半倚在床头,穿着病号服,挂着点滴,面容消瘦,但嘴角边还牵着一缕淡淡的微笑。见到明人进来,他坐起了身子。明人连忙劝他别动,他握着巩老兄的手掌,就有一种心酸。当年巩老兄真是一位虎将,浑身就像有使不完的劲儿。每次见到明人,宽厚的手掌,温暖而有力道。而现在,握在明人的手心里,瘦弱而又软软的。

巩老兄气色还不错。周老师说,今天是这段时间里老头子最高兴的一天,也是他第一次破天荒同意友人过来探望。

明人简单询问了病情,随后仗着他与巩总曾经同事一场,又是好朋友,便换了口气,开起玩笑:听说你不肯见人,我昨天一晚都心神不定呢,怕来了,被拒之门外。没想到,今天还真把我晾在一边了呀!是谁这么有魅力呢?

巩老兄笑了:你还吃醋呀,我老婆都不吃醋。说着,露出一丝坏笑。

周老师在一旁也笑了，嗔怪道：你这一说，不是把明人往沟里带吗？

不是，不是，是和明人开个玩笑，谁让他先开玩笑的呢？巩老兄嘟囔着。

明人要的就是这个气氛，巩老兄憋得太久了。不过，到底是谁，巩老兄同意让他第一个过来探望，又令巩老兄心情明显好转，这还真让明人好奇和揣测。

你知道的，就是那个姓吉的。巩老兄说。

我们叫他吉祥草的那位。周老师又补充了一句。

哦，怪不得这么面熟，是他呀，刚才与我在楼道擦肩而过的小老头！

那小老头，明人虽只见过一面，但他与巩老兄的缘分，明人记忆深刻。

还是好几年前，巩老兄退休了。一下子从忙忙碌碌的岗位退下来，他还真不适应。更难受的是，原来前呼后拥和他讨热络的人，那些日子差不多都不见了。他知道职场人走茶凉的铁律，但这茶凉得这么快，他是真的没估计到。

不多久，他就病了一场。病得不严重，感冒引起的肺部发炎。打点滴时，老单位来了一位办公室负责人，说代表领导和公司来看望他，带

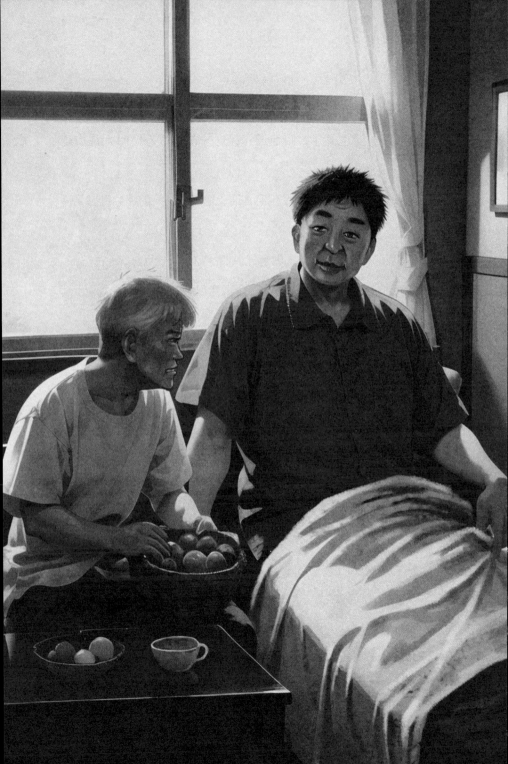

了一篮水果,还有一个信封,里面是一千元慰问金。说巩老只要是有什么困难,尽管说。前后满打满算,负责人就坐了20分钟,然后说单位还有公务,就匆忙告辞了。之后,除了明人、苏江等三四位好友,也没人来看望。明人和苏江还在朋友圈发了巩老兄生病的情况,也有意让大家抽空去看望看望他,得知情况后,有不少人关心询问,也有人给巩老兄发了微信,但真去医院看望的,寥寥无几。周老师说,人家都太忙了,老头子也不是什么大病。不过,与巩老兄的交谈中,明人感觉到他对此是很在意的。

那次康复后,明人在路口的街心花园与巩老兄夫妇相遇了。巩老兄精神好多了,脸色还带一点愉悦。周老师说,他刚碰到一位单位老职工,挺高兴的。喏,就是那位。

不远处,一个瘦小老头,穿着灰色的工装,正骑上一辆三轮摩托,笑眯眯地,向他们挥手,准备离开。

巩老兄也向他挥了挥手。

周老师说,他们刚才在路旁观察绿化带里的花草。那一地的细长条的草,一团一团地匍匐在地上,让道路四季常绿。他们却叫不出名来,正猜测着,边上一位瘦老头叫了老头子一声:您是巩总呀!我,我是养护公路的,我技校毕业就进了公司了。当时您就是公司团委书记,给我们新员工还上过课呢!

巩老头不认识他。这也难怪,公司是个大型企业,有好几万人呢。

您带了我们这几十年,也幸亏有您,公司发展很快。我们最基层的职工,都记得您的好!

瘦小老头说着,脸上洋溢着由衷的笑容,敬佩之情油然而生。

巩老兄高兴了,这是他退休以来最高兴的一次。一位不熟识的基层职工对他这样评价,他兴奋难抑。

贵姓?那瘦小老头回答道:免贵姓吉。

哦。吉师傅。

你们刚才在说这草的名字吧?这草叫吉祥草,很普遍的,又名紫衣草,是多年生常绿草本植物……虽不起眼,花也不艳,但绿化效果很好。吉师傅如数家珍地说着。

吉师傅,吉祥草。周老师说,老头子后来一路嘀咕着,精气神出乎意料地好起来。

这次大病,老头子坚决不让任何人来看望。但昨天我对他说,你和吉师傅要来看他,他竟立马答应了。吉师傅一到,他精神来了,和吉师傅好一顿聊,你看看,他都神清气爽了。

巩老兄嘿嘿地笑着。

数周之后,巩老兄出院了。他和太太亲自下厨,烧了几个家常菜款待吉师傅,明人和苏江作陪。

吉师傅再三说,不敢当不敢当。

巩老兄说,你吉师傅,就是一棵吉祥草,来,我敬你一杯!

马的变幻

当刘老板把那只古琉璃，那匹他神往已久的马，轻轻置放在桌面上时，他的心脏剧烈地跳动，都快跳出心窝了。

那匹马，前蹄高抬，身子后仰，肌肉紧绷，那头部的鬃毛随劲风扬起，他脑海里掠过一个成语：天马行空。是呀，这是一匹飞驰的骏马，腾云驾雾，一往无前啊。

再细看这百年琉璃，晶莹剔透，流光溢彩。那釉面上还分明呈现了油膜样的皮壳，釉彩一般，如同螺蚌内层珍珠膜的光晕，毋庸置疑，这就是蛤蜊光了。历经上百年的水浸，才可能达到如此极致。明人此时心情如同这迷幻的斑斓色彩，心花怒放。

刘老板爱不释手地抚摸着，又喃喃细语道："看来，我得向你告别了，你终归要属于别人。"明人听出了刘老板的心音，看来他这回是决定要把这个宝物奉献给自己了。他按捺住自己的激动，一声不吭，脸上流淌着微笑。那匹马，已飞奔至他的心里，他想他会让它随自己一起驰骋的。他的天地，他的心气，以前曾拥有的业绩，还有依然广阔的职场空间，与这匹灵气的马，是匹配的。刘老板说了多久呀，今天才有这番安排。

说起来，这么多年，明人帮了刘老板多少忙呀。刘老板的发家，明人是立下过汗马功劳的。刘老板也曾多次要向他表示感谢，美金、名表、玉石、字画等珍贵财物，都被他婉言谢绝了。他只是合法合规地支持刘老板，似乎是尽义务，讲情义，也不索求什么。好多年前，富得冒油也嗜爱收藏的刘老板透露，他有一匹马，是比明清更早年代的古琉璃，许多鉴宝专家对此都高度肯定，也有达官贵人缠着他转手，他都绝不"断舍离"。言外之意，他是给明人留着的，有朝一日，他会……

明人虽不说话，偶尔也会心痒痒的。这究竟是什么宝物呢？这宝物也许冥冥之中与自己真有缘？但时光蹉跎，一日复一日，明人一直与这宝物未能结成正果。也许这缘分还没有开始？

这次，明人又顺理成章地给了刘老板一个大项目。刘老板高兴了，邀请明人来家中喝茶，说了一番感激涕零的话后，他就把这匹琉璃马，从深锁着的屋子里捧了出来。明人一见，就心生欢喜。他知道遇到这种宝物，是要有眼缘的。他见了，不仅眼睛发亮，整个身心都为之颤动，这是难得的天然之缘了。这对从来不看重财物的书生来说，是一种奇缘了。

这琉璃马，如同无瑕美玉，难怪刘老板神神叨叨的，一直不肯出手。这回，他终于把它拿了出来，无论如何，明人于他功德无量，是至尊贵人！

明人此时心潮澎湃。他想了想，移步到卫生间。没有便意，但他仍站在那儿，头抵着墙，想让自己冷静冷静。他闭上眼，忽然又睁开眼。他莫名地出了一身冷汗：那匹马，前蹄抬起，目光惊惧，完全是面对前方、陡然止步的情状。前方是什么，难道是深不可测的悬崖？自己为刘老板所做的，不是自己职权所为吗？自己拿了这价值连城的东西，会真的像现在的身心，仍一如天马行吗？这一刹那的断想，难道是向他提醒并警示着什么？

心还在扑扑地剧烈跳动着，但明人知晓自己已冷静了许多。他的决定已下。

出了卫生间，只见刘老板面前的琉璃马已不见了。他也静静地啜饮着杯中的生普。那匹马似乎从未在这里出现过。显然刚才明人如厕时，刘老板又把他的宝物藏进屋子里了，看来，他最后还是不想放手。明人微微一笑，走过去，若无其事地端起杯，轻轻地抿了一口。

迟到的约会

午饭吃了一半，罗全又不见踪影了。楚成和徐文都摇起头来，这上海老同学是怎么一回事？心里头一定揣着什么事，这两天都显得神神秘秘的。

楚成说："不会是吃不惯这里的饭菜，躲哪儿去打牙祭了吧？"

徐文不摇头也不点头："这真是挺蹊跷的。吃不惯可以说呀，换个店不就可以了嘛，南泥湾的餐饮，也挺丰富的呀。"

"再怎么换，也比不上人家上海菜精细呀，清淡而微甜，不像我们都是重口味的，粗糙得很呢！"楚成脸上带着些微自嘲。他是北京人，说话很顺溜。

徐文是河南人，陕西饭菜的口味与他们家乡的差不多，他倒吃得有滋有味。

"我估摸着，罗全可能有什么事瞒着我们。你看他一早胡乱扒了几口饭,就说先出去会儿。待我们九点酒店大堂集合,他才匆匆赶到。是悄悄办什么事去了吧?"

"这酒店不远,就是南泥湾军垦范围,他有什么事,要去哪里呢?上午在纪念馆,我们看了整整半天,他每张图片都瞅得很仔细,还有什么要看的呢?"楚成一脸茫然。

说起来,此次金秋南泥湾的约会,是一次迟到的约会。约会的提议者是班长罗全,后来推迟也是因为罗全。

他们三人是农业大学同班的博士生,关系挺热络,志趣也相同,就是想为祖国的农业发展多作点奉献。毕业五年后,他们工作在各自出生的城市,微信群中三人都表示,应该好好聚聚。五年时间不算长,也不算短呀。

畅叙友情,也交流一下各自的工作感悟,这于好同学好朋友来说,是内心都渴望的。得到一致响应之后,在何处相聚,成为探讨的热点。三人都热情,都想尽地主之谊。最后,罗全的倡议,楚成和徐文都赞同了。罗全说,我们金秋到南泥湾去,不是都有对口扶贫的志愿者任务吗?待任务完成我们去那边参观游览。

金秋的南泥湾,那一定是美丽的季节,这样一个著名的红色景点,也是中国农垦的发源地,没去见识过,对年轻的农大学生来说,真是太大的遗憾了。他们在农大念书时就早有这一共同成行的憧憬。

可是快到出发时间了,罗全首先食言了。他没说理由,只是说能否把约会的时间往后推一推，放在2020年的金秋。也就是把时间整整延迟了一年！

楚成和徐文不好追问，也都答应了。

总算，这次约会如期而至。大家都践诺了。

罗全也坦诚，见面不久，就说推迟约会的一个因素，他当时在天水市的一个山村扶贫，本来争取提前完成的，但有一个可持续的项目碰上了问题，他扑在这个项目上，大半年不敢离开，直至项目不仅瓜熟蒂落，当地村民也掌握了相关技能。

楚成和徐文的扶贫任务之前已顺利完成。他们对罗全的这个理由，也予以认可。不过，楚成说："你当初完全可以告诉我们这个理由的。这没什么不好说的呀？"

罗全说，他当时心里也发慌了，怕这项目可能会黄，因此没敢说。但2020年他们的脱贫任务必须完成，这是不容置疑的。所以定了这个时间。

罗全把他们说服了。但这两天的行踪，又让他们颇为生疑。他这么紧赶慢赶地，在寻找什么呢？

这位上海老同学，一直沉得住气，难怪当年就成了他们博士班班长。

按计划，明天就得直奔黄河壶口大瀑布了。待会儿，无论如何得问一问，罗全到底在寻找什么，也许他们也可以助他一臂之力的。

午饭后，罗全又没休息。他返回酒店门口时，他们随团的大巴士，正要出发。

他匆忙上了大巴士。楚成和徐文招手把他叫了过去。

待坐定,楚成压低嗓音问道:"罗全,你到底在找什么?难道就不能告诉我们?"

徐文也凑过脸来,在摇晃的车厢内,神色殷殷。

罗全犹疑了一会儿,把自己的挎肩包搁在腿上,拉开拉链,小心取出一个软木盒。他打开木盒,里面是一只锈蚀的小铁铲。楚成和徐文都疑窦顿生:"这,这是什么东西,都锈得不成样了,还这么珍藏着,究竟是什么宝物?"

罗全脸色凝重:"这是我爷爷给我的。他是去年故世的。临终前,他嘱托我,在金秋,帮他把这个捐献给南泥湾。"

"哦哦,是你爷爷?他是?"两位老同学不由得问道。

"他是当年王震旅长的一个勤务小兵。"罗全低声说道。

"啊,你是老革命的后代,怎么没听你说过?"两人都很惊讶。

"爷爷从来不说,也不让家里人说。我也只知道他是解放前当的兵,享受离休待遇。他只说自己是一个老兵,后来转业安置到地方,也就是一个普通的老干部,没必要多说。直到他弥留之际,上级部门来看他,我们才知道,原来他是著名的三五九旅的一名小战士。"罗全说着,拭了拭双眼,嗓音也有点嘶哑。

少顷,他说:"这个铲子,是他当年用一匹战马的破铁蹄打造的。他用它参加了垦荒。他是在金秋时节调离部队的,他说这是他当年唯一的纪念物,他舍不得捐了,一直悄悄珍藏在身边。他想找一个金秋时节,让我帮他正式捐赠给南泥湾,就像他重新回归南泥湾一样。"

金秋的南泥湾,蓝天、白云,花满河谷绿满山,真是一个丰收而又美丽的好去处。

悬念似乎解开了大半。但罗全在寻找什么,还是没说。也许,这不可以启齿?

在大生产运动陈列馆,罗全又聚精会神地在一张张图片中,寻找着什么。那双眼睛,时而闪亮,时而又暗淡下来。

两位老同学跟随着他,但也不好多问什么。

在一张泛黄的数十人的合影照前,罗全足足查看了十多分钟,忽然笑容绽开:"找到了,找到了!爷爷的记忆果然没错!"

这回,在老同学探究的目光中,罗全指着其中一个绿豆芽人小而且略显模糊的身影说:"这是我爷爷,你们看,他手上举着的木棍,装的就是这把铲子!"罗全又从口袋里掏出一张照片,那是他爷爷年轻时的黑白照。

楚成和徐文也凑前细细辨认,那张脸应该是他爷爷,虽然显得很稚嫩。那木棍上的铲子,无疑更相似。

他们为罗全欣喜之余,也不无诧异:"既然是找这相片,为何不早告诉我们,我们可以帮你一起找呀?"

"我担心爷爷老了,记忆有误,怕闹笑话。"罗全坦承。

"嗬嗬,劳动品德和谦虚谨慎的精神,都与你爷爷是一脉相承的,不愧是南泥湾老战士的后代呀!"

罗全被说得不好意思了,双颊微微发烫,泛红了起来。

老对手

隔着一堵玻璃墙,他面色苍白,眼中无神。当年那种凌厉豪气早已荡然无存,明人心里为之一痛。

他曾是明人的对手,他们是系统里公认的两位青年才俊。未来系统的一把手,大家普遍看好他俩,并认为将在他俩中产生。

明人是钦羡他的冲劲和魄力的,他能把一个濒临破产的企业搞得风生水起,在短短数年间就跃居行业排头兵,令人刮目相看。这个企业藏龙卧虎,好多是老土地了,与他明里暗里较劲,隔三岔五找事。在他力推企业改革时,他谋篇布局,运筹帷幄,举报他的信却不时飞到了上级部门,但都查无实据。因为他面对众多非议,也面对众多的对手,既要大胆,也要谨慎,很多事情无可厚非。

那时,明人虽在另一单位,也耳闻他的故事,并且曾经与他有过一次酒桌上的问答。借着酒劲,明人问道:"你在单位里有几个对手,你不

顾忌吗?"他仰脖饮尽一口白酒,说:"顾忌什么!有他们,我会把事情考虑得更周全,工作做得更极致!"明人为这番话深深震惊,能这样看待对手的人,非同一般啊。

后来,他的几个对手都被他降服了,他因成绩卓著,调到系统任职。明人也因被器重,与他在一个班子工作,两人一样年轻能干。他们俩的对手位置似乎天然构成了。每每想到他曾说过的那番话,明人就格外小心,凡事多问,自问几个为什么。

再后来,明人调离,也有别人调入了。他又碰到了班子里新的对手。据说他过五关斩六将,不仅如愿掌握系统帅印,而且大刀阔斧,把那些对手都清理出局,在系统威信日增,终至一言九鼎。

再之后,就听说他被裁了。是因为几次巨大的投资项目都失败了,他还迷糊不知,照样巨额奖励自己和部下。有人说他这么聪明的人,怎么突然变糊涂了,令人惋惜。

此时,带着疑惑提起话筒,明人不无艰难地说道:"你,怎么回事?你多么不易,毫无对手了,已无他人可以企及。"明人说的是心里话。明人虽已离开这一系统,但始终牢记着他的话,视他为榜样,也视他为对手。因为这样的对手,会令自己警醒,也令自己完美。

玻璃墙另一边的他,穿着淡黄色刺着号码的囚服,缓缓抬起头,目光散淡地瞥了一眼明人,终于吐出几个字来:"坏的就是没对手了……"

平常男女

学校有两位老师，一男一女，都是前两年留校工作的。一位姓K，算得上帅哥，和明星唐国强有些相像，只是身子还不挺拔，背有点微驼。另一位姓L，身材颀长，眉眼清秀，腰臀略显丰满。

两位老师的岗位，男老师是电化实验室的负责人，其实实验室就两个人，另一位是他的助手。不过，别小看了这小实验室，许多新的电化用品，都由他管理，这在二十世纪八十年代初，还是挺令人羡慕的。比如当年的进口音视频设备，以及摄像器材，他都玩得很嗨。没有经过他的同意，你可能见都没资格见。他的吸引力，对年轻人来说，是不容置疑的。

女老师呢，是教体育的。可她柔美的气息，还是展现出了一种女性魅力。

那年明人和其他几位同学也留校工作了。这两位自然是我们关注的学长。

那些日子,明人他们都住校,晚上生活难免枯燥。碰巧有一出海外的电视连续剧正在热播。明人和另一位Q姓同学加同事,在夜晚几次去实验室观看。晚上也就K老师在,实验室有电视机。K老师也蛮热情。但一天晚上,实验室门紧闭。Q兄说,门下分明有灯光曳出,敲了几次门,却不见任何回音。明人和Q兄都有点失望。追剧的热望受挫,不是个滋味。

他们悻悻离开时,Q兄咬了咬明人的耳朵:"我发现,K与L在里面,先前我没敲门时,还贴着门,倾听了一会儿,听见里面有声。"明人说:"你是不是听岔了?"Q兄信誓旦旦地说:"绝对没有。而且,我告诉你,你千万别说出去,他们在谈恋爱。"明人听了有点吃惊,因为他听说K老师正在办移民他国的手续,L老师似乎也有对象。他们谈恋爱,似乎不太可能。

可是又有什么不可能呢?他俩看上去也挺般配的呀。明人想。

一些日子过后,听说K老师的移民手续办得差不多了。明人也发觉,L老师晚上经常去K老师的办公室,又很快闪进了实验室。门窗紧闭,灯光不现。他们是热恋到了难舍难分的阶段吧?Q兄与明人调侃。明人笑说:"你眼馋了吧?"

关于K老师与L老师的新闻,不知怎么就在校园传开了。有的人断定他们好不长,有的人也像明人一样,由衷地在心里祝福他们。

明人甚至想，都这样热络了，在一起，多好呢！

这时，Q兄打赌似的对明人说："你相信不相信，他们好不了，长不了。"

明人斥责他："你这个乌鸦嘴！"果然，不幸被言中，K老师出国去了。几天后见到L老师，她似乎有些憔悴了。

应该是分别让她心里受伤了。明人想，这K老师，也太硬心肠了。

但不久，K老师竟然又回来了，说是可能国外那边有什么没落实，他只得返回了。

实验室还是给他留着位。K老师和L老师也似乎又热络了。但仍然像以前一样，悄然无声的，但许多同事都感觉到了。

他们应该在一起? 完全可以光明正大地恋爱呀。私下里，大家议论道。因为这个原因，只要L老师来K老师处了，明人他们也都会知趣地告退。

翌年春天，明人调离了学校。当年冬天，他听说K老师正式出国了。没两年，L老师也终于结婚了。

Q兄和他谈起这个话题时，还对他们的这种关系颇有微词。

明人说："平常男女罢了。很正常。"

孪生兄弟

"明叔叔,您在印度有熟人吗?"手机显示的是小罗的号码,听嗓音也是小罗。明人也就直呼其名了:"罗信呀,有什么事吗?"说实话,大罗小罗兄弟俩一同出现在眼前,他还会一时迷糊,两人长得太相像了,完全是一个模子里铸出来的:一样的身型,一样的面庞,一样的五官,都英俊帅气,透着一种干练精明。只是细听他们的声音,还是可以迅疾辨识:一个嗓音略显浑厚,说话轻声慢语的,就是小罗了。加上手机上加了标注了,就错不了了。

小罗的声音比往常更显低沉、急促,想象得出他此时的神情是焦虑的。他说,父亲在印度,他实在放心不下,在想当地有什么熟人,能多了解真实的情况,方便时还能给予父亲照应。

老罗是明人的老同学,很早就下海了,在印度有工厂,之前效益一直不错。去年新冠疫情暴发,他的工厂还继续生产了一段时间,两个月前,印度疫情严峻,他只身赴印。听说大罗小罗都想陪他同去的,老罗拒绝了,说那里危险,有他一人就足够了。小罗说,工厂现在已完全停工,厂里工人也有感染上的,父亲坚持留在厂内,也坚决不让他们过去。小罗说,他忐忑不安,为父亲担忧。

明人找到了熟人,约了小罗在茶坊里小坐一聊。小罗脸像瘦了一圈,愁容满面。他说他这几个月茶饭不思,睡不安稳,就是担心在印度的父亲。只要听到印度疫情严重的消息,就揪心似的难受。虽然有手机视频,父亲也劝他们放心,自己会平安无事的,他还是心神不定。明人劝慰了他几句。也知道他和大罗在替父亲打理上海的工厂,不敢掉以轻心,以免令父亲再添忧分神。他拍了拍他的臂膀,以示安抚。

当天晚上,在一家商场的门口,明人又碰上了大罗——罗诚。大罗看到明人,先开了口,自报是大罗。明人听声音,细长却快节奏,便立马对上了。明人来此,是要买个生日礼物送友人。大罗则说,他与一拨朋友常在这里聚餐,这是一家专门做海鲜的店家,号称是沪上最昂贵、也最美味的,天天客人爆满。商厦顶层还有一家KTV,音响设施也是最豪华、最现代的。他们饭后还会到那里玩,常常玩到通宵达旦。他说明叔叔若感兴趣,可以一起来玩,挺刺激的。

明人笑笑,"谢谢啦,我就不参加了,你们玩得开心。"他刚想提到老罗:"你爸爸……"话还未说完,大罗就打断了他:"我爸爸蛮好的。"

说完，就向明人挥挥手，说那拨朋友正等着，他先去了。明人也摆了摆手，看着大罗的背影远去，感觉与小罗像，又不像。

其间，明人还到老罗的上海厂家参观过。厂里生产秩序井然，经营业绩也比往年上扬。小罗全身心扑在工厂里，许多应酬活动都推了。他说他没这心思，想到父亲在印度，他就更无闲情逸致。明人在工厂食堂吃的便餐，是平平常常的一个套餐，明人吃得不多，剔去了大半米饭和一个荤菜，还是小伙子的小罗，吃得更少，就喝了点汤，吃了一个菜包子。他说他真没胃口，真担心父亲处境艰难，又不和他们说真话。

明人与老罗也通过电话。老罗说他正与印方在交涉停工补偿的事，这是双方合同明确的。明人说，小罗挺担心你的。他说他知道的，这孩子长大了，懂事了。说到大罗，他沉默片刻，说，没想到，这场疫情，促成我决定了一个犹豫不决的大事。他没摞具体是什么大事。明人叮嘱他，务必多保重。

那天，老罗从印度回国，隔离期满后，邀明人小聚。大罗小罗也在席，老罗宣布说，他六十虚岁了，决定退休了。他把企业的经营管理权交给小罗，让他放手干，好好干。大罗可以辅佐小罗，也可以自立门户去创业，一切自行决定。说完，他长长地吁了口气，像是刚刚完成了一个重大任务。

大罗小罗都不吭声。可能他们一时还没反应过来。

明人了然于胸。在此之前，老罗发了一段文言文给他。那是《世说新语》里的一则故事。寥寥几行字，颇值咀嚼：王仆射在江州，为殷、恒所逐，奔窜豫章，存亡未测。王绥在都，既忧戚在貌，居处饮食，每事有降，时人谓为"试守孝子"。

保姆找东家

"你老父亲快八十了吧？还出诊吗？"明人啜饮了一口有点发烫的菊普，顿了顿，向对面而坐的L兄问道。"你还记得我老爸呀，他这两年手脚不灵活，也不接诊了。就在家里待着了。"L兄回道。"他的医术挺高超的，我记得小时候找他看病的人不少呢。有的还是从乡下慕名赶来的。"明人由衷地说道。"是呀，我老爸今不如昔了，自己也老了，有点老年痴呆了。以前，他为我们忙，现在，轮到我为他操心了。"L兄神情带点忧愁和无奈。

"你工作也挺忙的，没安排人照顾吗？"Q兄插话道，"我就给我妈找了个保姆。哦，不是一个，是一打呢。"说完，他自己先抿嘴笑了。"怎么是一打？我找一个，我老爸都不接受，这半年总算有条件地服从了。"L兄苦涩地一笑，"他说，这保姆必须每天回自己家住，必须是浙江人，哦，我老爸是浙江丽水人。而且，人要爱干净，每两个月要做一次体检,体检费用我来付……我说行行行,只要有人陪着你,我就踏实些。""现在怎么样了呢?"明人好奇地发问。明人家有老母,也刚届八旬,一人居住,明人为她找了保姆,用了一个月,老母嫌开销大,家里多了个外人也不自在,就把她婉拒了。明人正忙着给她找第二个呢。他嘱托一位在家政公司工作的老同学,帮忙再找一个"价廉物美"型的,最好是会说苏南话的、会唠嗑的人,能把老母的心拴住,就可以了。

L兄开口回道:"我老爸总算接受了钟点工。可两个月不到就换一个,现在,已换了四个了。""那你找得够累的。我不用找,这些保姆是排着队上门的,像接龙一般。"Q兄说道。

大家的目光都聚焦到了Q兄的脸上。"说起来……"Q兄刚开口,大家都跟着说道:"话长呀!"随即,又都大笑起来。这卖关子的老套路,大家都熟悉之至了。Q兄也笑了:"我是说,说起来可以话短些。"他狡黠地一咧嘴,又继续说道:"真不是吹的,我给我妈找了个钟点工,挺好的,干事很麻利,还跟着我妈学剪纸,我妈的剪纸手艺就差非遗大师的证书了。剪啥像啥,还作为礼品赠送给海外来宾呢!"Q兄的嘴角溢出的是小小得意。"你妈有这么大的能耐,保姆也不用一打吧?"明人又问。"还真是一打。你们别不信呀,第一个保姆干了不久,就推说她家有事,要回趟老家,这钟点工的活儿,由她的表妹来替代。表妹来了,也很快拜我妈为师,忙完家务后,跟着我妈学习剪纸了。没过几天，又带了两位做家政的小姐妹来，说是特喜欢我妈的剪纸，都想学一学。过年回家时，也可以露一手，老家有写春联、剪纸的老风俗。"

"那你妈还不赚点学费呀，送上门的学生。"L兄与Q兄调侃。"这些保姆说，家务活他们一起干，费用就不收了。他们跟着我妈学剪纸，每天就一小时，她们付点学费。我妈怎么肯收呢，人家免费，她也免费呀。她教得蛮开心的，她们也学得很带劲。我看这个场面，心里挺踏实。老人家腿脚不便，好久不出门了，找点乐子，也可以驱驱寂寞呀。"

"这些保姆，还真有心呀。"明人感叹。"是呀，出来打打工，还能学点手艺，这不是两全其美嘛。"明人想起了鳏寡的冯先生。他的保姆是走马灯似的换，都是淮南一个镇上的。后来发现，她们从冯先生处学习淮南小吃的手艺，学了一段时间，都回淮南老街开美食店了。他把这故事给大家讲了，L兄忽然开悟了什么。"我老爸的保姆，倒不曾老换，可那位保姆隔三岔五地老带亲朋好友上门，让我爸搭脉诊疗。我爸不好意思推辞，也不愿意收费。我怕他累了，说我来对保姆解释。我爸说不用不用，一点也不累，好久不问诊了，稍微动动脑子，也是好事。他乐此不疲，保姆也干得挺欢，我也没理由劝阻人家。有一天，我见保姆用手机在通话，对方应该是她的家人。她说她要找的东家，就是这样有实力的人，小毛小病的就不用上医院了，谁有疑难杂症的，也可以方便诊断。这是多么难得的东家，多少钱也未必找得到。"L兄搔了搔头皮，说："现在我明白了，这保姆呀，是有眼光，也是用心的。"

L兄又说:"我是问过家政公司的朋友的。他说按理保姆到哪家干活,都是我们安排的,一般她们是打探不到客户信息的。可她们上了门,渐渐就会有所了解,互相之间也会通气。这时候,她们有点调整,又是按常理出牌的,我们也不好横加干涉,双方是愿打愿挨的,除非东家有投诉。""保姆找东家,能找是自由的,找得到是快乐的,找到而如愿以偿,是幸福的。"Q兄也这么咕噜了一句。

明人说:"那我老妈没这些技艺,怎么办呢?"明人一半是真话,一半是调侃地说。

"哎,你妈妈不是有拿手的红烧肉吗?那也是好手艺,真功夫呀。"Q兄和L兄不约而同地说。

"这倒也是的,我老妈真的也手把手地教过保姆,可这不像你们爸妈那般,有足够大的吸引力呀。"明人两手一摊,这回说的是真话。"我不信。是明人你有吸引力的地方,没让人发现吧。"L兄说。"是呀,明人,你一定不让你妈妈透露你的身份吧?"Q兄也说道。

明人沉吟了一会儿,似是而非地点点头。其实,他从未刻意让家人对保姆隐瞒什么,他觉得这一切都平常得很。他这一介书生,也没什么大用场。

没过三天,老妈对明人说,保姆的安徽老家来人了,说是患了什么病,找了好几家医院没个结果,想让明人帮忙。明人脱口而出:"我又不是从医的,怎么找我呢?""那保姆说,你的哪位同学的爸爸,是老中医?"老妈又说。明人一下子蒙了。这保姆怎么知道这一点的,真够厉害的。如果家里真有什么事,或者怠慢了这些保姆,估计也要吃不了兜着走了。他也不好推脱了,打了电话给L兄,只能拜托他的老爸辛苦一下了。随后还吐嘈了一句:"这些保姆,真不可小觑呀。""你刚知道呀,呵呵。"L兄笑得让明人心颤颤的。

此事刚了,保姆又有事了。这回是说她的小外孙,到了读小学年龄,她女儿也在上海打工,所以想拜托东家帮个忙,找一家就近的好学校。她知道明人是个当官的,一定有路子。明人听了,傻愣了半天,这魔都的入学,如今算是第一难了,她不知道吗?看到老妈殷殷的眼光,他有点晕眩了。

让爱住我家

学生舒平向明人讲述了自己真实的故事。

深秋的夜晚,天有点凉。舒平紧了紧自己的衣领,步履不自觉地加快起来,但他马上又放缓了脚步,有一丝烦忧,在他的心头浮动。前方的那幢楼里,有他的家,可想到那种清冷,还有妻子小漫的郁郁寡欢,他的脚步又沉重起来。

小漫和他结婚七年了。他们是恩爱的,可至今膝下无孩。他们也曾到多家医院诊疗,但一直不见效果,小漫也对此生出了厌烦,之后就不了了之了。反正,像他们一般年纪的,不少都是丁克家庭,他们也互相安慰,就自然而然吧。可时间久了,总觉得家里缺了什么,舒平的心时时空落落的。他知道,小漫也有同样感觉。他们曾聊过养个宠物什么的,后来也因怕麻烦而作罢。

夜是静寂和孤冷的。舒平无聊地停住脚步,观察着自己的影子,忽长忽短。几次下来，他发觉了异样，有一只猫，在不远处，和他一直保持着三四米的距离，显然，它跟随着他，有一段路程了。那只猫迈着碎步，紧挨着街沿，随着舒平的走路节奏，或疾或缓地行进。为了探究真假，也带点小小的玩耍心态，舒平有时疾步如飞，有时又戛然止步，回首张望那只猫咪，它紧跟不舍，不远不近，像一个有点蹩脚的侦探。夜半三更了，四下里阒寂无人，也无其他肉眼看得见的动物，这只猫咪，在月色和灯光的双重照耀下，就难掩其身了。

舒平进了小区，那只猫也哧溜一下从闸门下钻了进来。舒平又用门卡刷开了单元门，进门后，身后的玻璃门正缓缓闭拢，在只剩几寸空隙之际，那只猫又灵巧敏捷地穿越而入，让舒平微微惊叹。他不明白这只猫，为什么这么执着地跟着他。但在电梯半明半暗的灯光下，那只不大不小的猫，偎依在舒平的臂弯，那眼光是闪亮而又略带悲悯的。舒平认出这是只狸花猫无疑。深棕色的被毛，周身斑纹，活像一只小浣熊。它头部浑圆，面颊宽大，砖红色的鼻子，活泼而可爱，宽耳根，深耳廓，和匀称端正的身态匹配。他决定把它带回家！

穿着睡衣的小漫迎了上来。她看见了舒平手上抱着的狸花猫，舒平讲述了它一路跟随他回家的过程。他说，他觉得自己和这只猫有缘，他想留下它。

小漫微微点了点头，说，如果你觉得有必要，我完全赞成。不过，既然你想留下它，现在时间再晚，我们也要把它带到宠物医院去检查和洗护一下。毕竟，它是一只陌生的流浪猫呀。舒平认为小漫说得在理，他们稍作收拾，小漫也换了衣服，打车去了好几公里之外的宠物医院。

常规检查费了不少时间，也花了他们好几千元。医院告诉他们，这是一只健康的猫咪，完全可以收养。他们很高兴，一点都没觉得烦累，便购置了猫粮，带着猫咪回家了。

以后的日子，他们对猫咪的照顾，可以说是无微不至。有了这只猫咪，他们经常下班后早早回家，给猫吃，逗猫玩，还隔三岔五为它洗澡。小漫特别喜欢抚摸猫的身体，软软的，暖暖的，轻抚之后，那猫咪的眼神似乎惬意而温柔。舒平则喜欢刮它的鼻子，一刮它，它就躲闪，像是与舒平在玩童年的某个游戏。不用说，这只猫咪给他们的小家增添了不少欢笑。

十多天后，先是小漫发现，猫咪胖了。他们带给兽医看过，那兽医说，这种猫，容易长肉。他们也没在意。但某一晚，舒平发觉这猫咪老往衣橱门蹭，蹭得心急火燎，仿佛橱内有什么令它刻不容缓想要的东西。舒平刚想把猫咪拽开，小漫劝阻了他。她把橱门打开了，任猫咪自由出入。

翌日一早，舒平起床，看见衣橱有点轻微的异响，他轻启衣橱门，一只巴掌大小的黑乎乎的活物坠落于地。他吓了一跳，乍看以为是老鼠，再细细一瞧，原来是只小猫。他把橱门大开，竟然又发现一只小猫，俯卧在他们叠放的毛巾被上。而那只最早入门的大猫咪，呵护着这只小猫,那眼神,一如当初舒平见到的,闪亮而又悲悯。

原来,那猫咪早就怀孕了。它是要为它即将降生的孩子,找一个家!

现在,舒平和小漫拥有三只狸花猫了。他们生活在一个屋子里,大小猫咪都健康欢实,其乐融融。他们给大猫咪起了个名字"爱家家",两只小猫咪,一只叫"大家家",另一只叫"小家家"。他们还常常播放那首歌《让爱住我家》:"让爱天天住我家,充满快乐拥有平安。让爱永远住我家,让爱永远住我家。……"

半年后,舒平很高兴地向好友讲述了这个故事。而且,还喜滋滋地透露:小漫有孕了!

寻找书店

　　站在这幢高大时尚的商厦面前,明人怅惘若失。他下午已上楼去过了,他坐着自动扶梯,一层一层探寻,商厦里各类店铺、物品琳琅满目,就是没找到书店的影子。晚餐后,他又踱步回到这里。他无法相信,他记忆中的那家大书店,怎么可能消失得无影无踪,那里有他美好的记忆呀。

　　年轻时,明人出差到某个城市,既不去逛商场,也不去游公园,但一定会利用有限的时间,找到书店逗留一会儿,像如今的网红打卡,不打不快乐。在北京的王府井,他直奔的就是书店,还在那里买了一兜书,沉甸甸的,但他心情愉悦地拎了回去。后来书店要搬迁的风波在网上成为热点,他也破天荒地发表了评论,说书店才是这条街的灵魂,北京城怎么可以见钱眼开呢?这个北方城市,是他二十世纪八十年代末来过的。他不仅在这家书店待了半天时间,购置了好些在上海的书店没见到的新书,还有幸认识了当地的几位文学爱好者,激情澎湃地交谈和朗诵,那时的梦想闪烁着多么动人的光泽。几十年过去,见过一面的朋友,也几无联系。只听说他们大多下海了,实实在在地在市场打拼,文学梦没法让他们吃好睡好,甚至发财做富翁。

这次他在新冠疫情肆虐全球一年多后,好不容易出差来到这个城市。公务之后,其他地方他也不想去,便凭着印象来到了这里。但他失望了,书店已被拆除,取而代之的是这幢豪气的商厦。他在这条街上徘徊良久,想找到当年书店在时的那种感觉,可他终究没找到。他回到商厦。一楼美丽逼人,香气四溢。那是各种品牌的化妆品专柜,打扮得一个比一个靓丽的女销售员,笑容可掬地迎候着。明人问一位最靠近自己的:"书店在哪里?"那位女销售员瞪大眼睛:"什么,什么店?""卖书的,书店,搬哪儿去了?"明人放大了声音,他怀疑她耳朵是不是有点背,竟然连书店都不知道。她眨巴着眼睛,夸张的长睫毛抖颤了好久,才如梦初醒般说:"哦,哦,这里没有书店,你待会儿,我给你找个人。"她唤了两声,一位浓妆艳抹的中年妇女走了过来。"你要找书店,她家就是开书店的。"长睫毛说。"你家是开书店的?在这里吗?原来的书店搬哪去了?"明人忙不迭地问道。"书店早就被拆了,我们家的书店,是我老公开的,在对面小巷里。生意亏得很呢,可他还是要坚持开着。你想去?那我们商厦正好要关门了,我带你去吧。"

那女子倒挺爽快利落,到自己的柜台收拾了片刻,便招呼明人出发

了。大街宽敞，华灯通明。拐进一条巷子，就有一种逼仄感，狭窄而幽暗。明人跟在女子的后面，内心生疑：书店怎么会在这里面呢？不会是什么陷阱吧？他想到曾经听说的许多传闻，再看看这妇人扭着身子，时不时回首，露出她脂粉厚重的笑容来，那笑在夜色中，让明人觉得有点诡秘，心不由地抽紧了，脚步也随之缓慢下来。妇人回头一笑，催促道："就在前边拐角处，快点吧。"明人迟疑了一会儿，朝前面望去，那里似乎是一处明晃晃的光亮。他想，这也没什么可怕的，和她保持一段距离，总不至于掉坑里。果然走了几十米后，一个霓虹店招赫然在目："时光书屋"。他忽然想起一位朋友曾说过，他们当年的一位文友开了一爿书店，通宵营业，坚持了好多年。他说那文友明人是见过一面的，明人却一直未曾想起他来，对他的名字和面容都毫无记忆了。难道真是那位文友开的这家书店？他三步并作两步，加快了速度，书屋到了。

　　约莫二十平方米的书屋，书籍在四壁堆得满满的，中间有一张长桌子，也摆放着各类书籍。在里边，还有一张方桌，周边围拢着几把椅子，有一位老汉坐在那里看书。妇人说："那也是一位老顾客，你想看什么、买什么，自便吧。我老公可能在内屋理书。"屋内的灯光足够明亮。明人浏览了一下书架，文学名著似乎应有尽有。那长桌上，有许多时下的畅销书和各种新书。这家书屋能如此坚守，真是难能可贵啊！他想见见书屋的主人。

　　正巧，书屋主人从内屋出来，礼貌地和明人打了声招呼，还递上一杯热茶，笑吟吟地说："一家小店，还请随意。"便又忙自己的事去了。明人看到的是一张陌生的脸，花白的头发，他不能确定他是否就是三十多年见过一面的文友。但他知道书屋主人与自己年龄差不多，而且也一定是从那个年代过来的，具有深厚文学情结的人。是不是他，就显得并不十分重要了。他在书屋的氛围中待了好久。离开时，买了一塑料袋的书。走出书屋几十步，又忍不住回首望去，那一片灯光在深夜里，显得那么明亮和温暖。

鲜花送给您

小车拐进一条绿树成荫的车道，在一座挺有现代风格的建筑前停下。司机说："到了。"明人启开车门，几位帅哥美女兴冲冲奔涌而来，一位衣着粉红色礼服的窈窕女孩，手里还捧着一束鲜红的玫瑰。明人略显一愣，门也只轻推了一小半。还未等他反应过来，那捧花的女孩说了声："哦，不是的。"脸上不无失望的神情。其他几位也面露浅浅的、毫不掩饰的失意，随着她潮水般迅速地退后了。

他们是搞错人了。明人跨出车门，保安已上来驱赶了，催促司机快把车开走。明人站在门口的另一侧，他在等待王总裁他们下楼引路。这不怪他们迟到，是自己有意想低调些的。王总裁半小时之前还发来微信关照："领导，到前十分钟，务必告知哦。我正在主持会议。我下来接您。"明人本想自己直接进楼的，想了想，下车前三分钟，还是发给王总裁一条信息，说自己就到了。发了消息，就只能等候王总裁了，要不走岔了，反而欲速则不达。

那一侧，帅哥美女还殷殷期待着。那捧花的女子，高挑的身材，两颊在玫瑰花的映衬下，一片绯红。这一定是有什么重要的贵宾要来，明人思忖着。今天在这个化妆品产业园区有一个高端论坛，听说请来了不少资深专家，明人因为是所在区的领导，也有幸受到了邀请，但由于公务繁忙，他事先就抱歉地告知主办方，他只能会中赶来了。

没想到还有比他更晚到的，而且还是更重要的嘉宾。他倒也没任何吃醋的意思，只是有点不由自主地猜想，这位嘉宾究竟何许人也？这么想着，那一侧又兴奋骚动起来。有一辆法拉利小车出现在车道上。明人又往楼内瞥了一眼，王总裁正飞快地向自己走来。那法拉利也缓缓地在门口稳稳地停了下来。

帅哥美女又浪潮一般涌去。一位帅哥抢先打开了车门，下来一位男子，茂密的头发稍显花白，脸容好熟。再一看，这不是徐波波吗？这时，女子已把鲜花献给了男子。然后帅哥美女簇拥着男子，往门口走去。此时这位叫徐波波的男子不经意地扫掠了一下左侧，目光和迎面站立的明人对视了一下，他的脸上瞬间发生变化，或者说迅疾流露出讶异和惊喜的表情。"明人，你？"他忽然发现明人与自己似乎处于两种不同的氛围，说话有点迟疑，目光也带着询问。

徐波波调整了方向，面朝明人而来。那些帅哥美女还不知情，都热情地示意，应该往正门走，徐波波推开他们，脸上的笑已收去大半。他径直走到明人面前,和明人亲热地握起手:"你,怎么在这?""我是在迎候你呀。"明人说笑道。徐波波却颇敏锐,他转身对窈窕女子等人说:"这是你们区领导。"他话未说完,王总裁已赶到,他拨开人群,向明人先致了歉,又向徐波波作了个揖,说:"没想到两位贵宾一起到了,我有失远迎了!"明人说:"没关系呀,我只等了一会儿。"徐波波倒有些真的不悦:"你们怠慢明人了。这花我也不要。"说着,就把鲜花塞回窈窕女子的手里。窈窕女子像受惊的小鹿,退缩着身子,两手不敢接。徐波波干脆就把它塞到了王总裁的怀里。说:"我放手了!"王总裁慌忙伸出手接住。

这一刹那,明人回忆起了二十年前的那一幕。那时,徐波波还在体制内,是这家化工企业上级公司老总,明人则在区委办工作。有一天,他们两位老同学周末散步聊天,不知不觉走到了这家公司门口,当时还是一个老厂房,水泥围墙高筑,门口也是铁将军把门。他想带明人到厂子里转转。保安是个瘸腿的小老头,脸色铁板似的,说话也粗声粗气:"你是谁呀!这个厂子不是随便进的!""我是公司老总,正好路过,想进去看看。"徐波波不卑不亢地说道。"什么老总小总的,没有厂长的命令,我是不会放谁进去的。"小老头脾气挺倔的。明人也在一旁说道:"这真是你们公司领导。"小老头脑袋摇得像拨浪鼓:"我不信,我不信,公司领导哪有不坐小车的!公司领导要来,厂长怎么不亲自来接呀,诓我吧?我不吃这一套!我看你们两个不像好人,哪来的赶快回哪里去,不然,我放狗了,还要报警了。"这小老头如此死板,徐波波气不过，心里头的火真要喷泻。明人扯了扯他的衣袖，徐波波深吸了一口气，说:"好吧！我打电话给你们厂长。"小老头也不怵他，理都不理他们，反而把两条半人高的、吐着舌头的狼狗，从笼子里牵了出来。虽有铁门隔着，徐波波和明人也禁不住后退了几步。

厂长是十多分钟后赶到的。小老头见了唯唯诺诺的，厂长斥责了他几句，说他怎么可以这么怠慢公司老总和区领导。小老头站得笔直，两手贴着裤缝，只是点头哈腰，刚才拒人于千里之外的蛮劲，一点都找不着了。明人打圆场，说他也是恪尽职守嘛，厂长才不再继续责难保安。徐波波则低声对明人说道:"他是狗眼看人……"最后一个字还未吐出，明人就又拉了拉他手臂，止住了他。

现在，情形已大变。下了海并作为天使投资人，获得巨大成功的徐波波，完全是一个大受追崇的香饽饽了。这里也已脱胎换骨，鸟枪换炮的企业，作为化妆品行业的龙头老大，组织起了产业园区和区域联盟，每年一次的高峰论坛，也是大腕云集。这次他们能请到徐波波，一定是来之不易，花了大功夫的。

徐波波表露出的愠怒，显然令这些人不知所措，尴尬不已。

又是明人打圆场，好说歹说，把鲜花又塞给了徐波波。

明人说:"你不知道呀，你现在是名人，是贵客，我只是一个店小二，用不着这么迎接。鲜花应该献给你的！"说着，他拥着徐波波，爽朗地笑着，向楼内走去。

对门

这天,明人去玉佛寺调研。在殿堂的廊道上,引导参观的法师和迎面走来的一位男子亲切地打着招呼。那男子身材微胖,剃着光头,身上套着一件皮马夹。明人似乎觉得眼熟。待那人侧转身,正脸相对时,明人认出那是老同学游兄。游兄的目光亮闪了一下,他也看到了老同学明人。

于是,又接续了一场亲热的招呼。年轻的法师也眉欢眼笑:你们俩认识呀。

游兄笑着点头。明人则玩笑道:"岂止认识,扒了他的皮,我也认得他!"游兄身上的那件皮马夹,应该价值不菲。人家生意做得好,这是小意思了。

法师听明人说得这么夸张,还有一点惊讶。

游兄笑说:"碰到明人我就高举双手了,谁让他当年就是我们的班长呢?"

"关键你当年没少抄我作业,却连一顿饭都没请过我。小气,小气。"明人故意逗趣道。

游兄连忙欠身:"老弟愿三十年后的今天,高价补偿。"嬉皮笑脸的。

明人在他肩膀上,捣了一拳:"谁让你补偿?是要你忏悔。"

"我看,游先生早忏悔了,他做的好事,我三天三夜说不尽。"法师在一旁帮忙了。

还没等他俩说话,法师对明人说:"我就和你说一个故事吧。"游兄想制止,明人挡住了他。

法师说道:"游先生捐了多少款,我不说,只说一件很令我难忘的事。他家对门有一对夫妻,都是普通的中学老师,中年得子,而且是对双胞胎,夫妻俩高兴得不得了。不曾想,孩子念小学时,双双患了白血病。这倒不是不可治疗,但医疗费用巨大。这对夫妻东借西凑,也解决不了问题。正当他们走投无路时,游先生找到了我们。他说他捐一笔钱款给我们寺庙,请我们从中拿出一部分,资助这两位孩子,为他们治病。并且再三叮嘱,不要向他们透露是自己捐赠的。起初我们还只是简单地以为游先生是不愿留名,可有一次,我和他深谈,被震撼了。"

游兄插话道:"哪敢说震撼呀?要说震撼,也是当年明人给予我的震撼。"

"怎么又扯到我了?"明人不解。

游兄说：" 你忘了吧？有一次要交语文作业，我贪玩，没做。就偷偷从你那里拿了作业本，草草地抄袭了一遍，就连五百字的小作文，也一字不漏地抄上了。"

明人想起来了：那天班主任大光其火，他之前对游兄已多次严厉批评，说若再发生这种情况，一定不让他再上课了，并要他的父母来学校检讨。还三令五申，不许明人给他抄作业，否则就撤了明人的班长一职。偏偏这次游兄又抄上了。

老师当堂质问：究竟是明人给他抄的，还是他偷偷抄的？不同的情况，处罚自然不一。

游兄意识到了问题的严重性，有一种脸面尽失之感，浑身都战战兢兢的。

不料，明人站起身来，向老师和同学们各鞠了一躬，说："都是我的错，是我主动让他抄了我的作业。我告诉他，这是最后一次。我对不起老师和同学们。"

结果明人被撸了职，游兄只是受到老师一顿严厉的训斥。

游兄感慨道："你知道吗？你那一次真正震撼了我，你给了我面子。面子，我后来愈想愈可贵。"

这回，法师又发声了，他对游兄说："哦，我现在更明白你的心意了。"

他转向明人："那天，我和他在茶室深谈，再三问他，你和那对双胞胎就住对门,为何不直接捐赠给他们呢?这也可以加深你们之间的感情呀。"

"游兄告诉我,就因为住对门,我不能把这告诉他们。要不然,我们天天低头不见抬头见的,大人孩子见了我,难道天天要为这感谢我吗?"

游兄这回收住了笑,一字一句地说道:"是的。我不能这么做,就像明人当年当众给了我面子,我是要给他们尊严。"

不愿同梯的女孩

电梯到了九楼,停了。明人心情再急迫,也不得不按捺住情绪。门缓缓启开,是一位女孩。又是她,明人看清了。她看看明人,并没进入电梯,明人语气温和:"进来呀。"那女孩却摇摇头,转过脸去,退到了一边。电梯门又缓缓地关上了。电梯下行,明人心里一沉,这位女孩怎么回事,不愿与自己同梯?这已是第二次了。

两个月前,他也是一人,从这幢楼的最顶层十八楼办公室下楼,快到九楼时,电梯停了。门启开时,这位女孩明显是在候梯的,见轿厢里明人在,毫不迟疑地退后了一步,转向了一旁的另一部电梯。明人当时就皱眉蹙额,这位女孩明明也是要坐这趟电梯的,见到他却避开了。她的面容有几分清秀,个子稍矮,头发漂染过,两眼闪亮。明人似曾相识,但他确信不认识她。后来,脑子里老想着公务,就把这段电梯小插曲和这个女孩也忘记了。这回又一次碰上,他不得不又起疑心了,这位女孩确实挺蹊跷的。

他使劲回忆,也想不起哪里见过她。这幢办公楼都是他属下的单位,有几百人上班,作为到任未满一年的一把手,除了集团层面的管理人员,还有下属单位的负责人之外,其余的还都不认识。他事务繁多,在办公楼外还有数十家单位,还没来得及跑遍。公司正处于转型发展关键时期,他殚精竭虑,忙得不可开交。他对待员工是和颜悦色的,他自觉自己心善面善,不至于令人反感乃至厌恶。但一位陌生女孩两次不愿与他同梯,他就有点百思不得其解了。明人骨子里是一位完美主义者,他尊崇"每日三省吾身"的自律精神,常常从他人对自己的言谈举止中,去反思自己的不足。

那天在负一层的大食堂吃完午饭,明人在门口又看见了那位女孩,她正和几位女同事谈笑风生地走过。明人与身边的办公室主任悄声低语:"那位穿粉红色衣服的,是哪个单位的?了解一下。"办公室主任点头答应,神情却是有些疑惑的,这位女孩乍一看,就是刚从学校出来的。董事长怎么会关注一个才出道的职员呢?董事长可是一个公认的正人君子呀。

很快,主任就向明人汇报:这是一位刚入职的大学生,在业务拓展部工作,名叫芮新杏。对于明人来说,这似乎是一个陌生的名字,他沉吟不语。

又过了几日,主任神秘兮兮地告诉明人,他找人问了,那女孩之所以不愿与您大领导同梯,是因为她当天吃了大蒜,怕进了电梯,把大领导熏倒了。明人再一次缄默了。

又过了几周,有一场老同学聚会。觥筹交错之间,好友罗君告诉明人,他的女儿现在在他手下工作。明人问,在哪个部门?罗君说,在投资公司的业务拓展部。明人那时还没对上号,只是随口又问了一句,她叫什么名字?罗君说,姓是随她母亲姓的,叫芮新杏。

明人立马有触电式的感觉:"这、这女孩,是你的女儿?""没、没错呀。怎、怎么了?"连罗君都吃不准明人是什么意思了。明人连忙说:"哦,没什么,碰到过,没说过话。"

罗君抓住机会,向明人介绍他的女儿:海外学习三年,有独立见解。听说新任集团一把手是父亲同学,再三关照父亲不准向明人提起她,她要凭自己的智慧和能力,做出属于她的一番业绩来。

明人说:"女儿有志气,找时间,我和她聊一聊。""那太好了,我女儿需要您提携呀。"罗君说得很恳切。

忙碌中又过了一段时间,明人忽然想起了罗君的女儿。他连忙拿起电话,让办公室主任约罗君女儿一聊。半小时后,办公室主任报告说,那位九〇后的女孩,主动申请到公司新创建的贵州项目部去任职了。

明人拨电话给罗君。罗君说,他已把明人要约她谈话的信息,传达给女儿了。没想到女儿很不高兴,她说她要靠自己的努力,去创造属于自己的业绩,这样,才不负青春,心里才是最踏实的。

好久，明人沉默着，心里却浪潮滚滚。这女孩的骨气和志向、思维和格局远远超出了她的父亲，在时下，这是多么难能可贵的呀。他想，自己不应该以上司抑或前辈的身份去时时提醒这些年轻人，也许，在关键的时刻、重要的环节，他会挺身而出，给他们以不可或缺的鼎力相助。

夜深了，办公室的灯光，接二连三地熄灭了。明人的心，却渐渐亮堂了。

善心李阿婆

明人走进弄堂，李家阿婆就已迎候在那里了。她双目柔和又闪亮，握住明人的手，千恩万谢着。她老伴也在一旁。

李家阿婆住在明人的隔壁。她有七十好几了，当年在纺织厂织布车间工作，机器声吵，她的耳朵有点背，眼睛也老花了，时常眯缝着。除此之外，她还是挺精神的。

李家阿婆不信佛，但心中有佛，是众所周知的善。哪家有什么难事，不用找她，她知道了总会倾其所能地帮助。

苏家的儿子做生意亏空了，有要债的兴师动众地上门，她去劝说，声调不高，说人还是要讲善的，善是积德。不就是还钱吗？你们给人家一点时间。她还当场把自己的一张五万元的存折，塞到了苏家儿子的手里：先拿着，一点点还，事在人为，不怕还不清。要债的人最后拿了一些现钱离开了。苏家儿子也被李家阿婆激励了，丢弃了那种毫无用处的萎靡劲,去生意场亡羊补牢了。

明人也受到过李家阿婆的关爱。那天他不小心崴脚了。李家阿婆上门来,给了他一根腋拐杖,说是她家老伴之前用的,她和老伴说了,让明人拿去用。明人正合计着是否要去买呢,李家阿婆就已雪中送炭来了。

李家阿婆的善,就像这弄堂口的红豆杉,并不高大壮观,但四季都飘香,沁人心脾。

因为李家阿婆的善,找她的人不少。特别是她老家的人,也常来找她,她都尽心而为。

左邻右舍也劝过李家阿婆,你这么心善,也得当心被人骗呀。知人知面不知心呀。

李家阿婆说,放心,我耳不聪目不明,但脑子还能记事。上次我老邻居的孩子来找我,说阿婆菩萨心肠,帮帮忙,他高消费被限制,想借我的身份证用,可以一次性给我五百元。我说,天上哪能掉馅饼,这好事你还是找别人去吧。他当我傻呀,身份证给人家,我不是失身份了吗?阿婆说得挺幽默,说着自己也笑了。

那天,阿婆急匆匆地敲响了明人的门。额头上渗着汗滴,本来半白的头发,似乎又蔓延了。她说她是来找明人求援的。

那是去年的时候,她老家的大表妹来了,她是来这城市看病的。阿婆让她住下了,还亲自陪着她去医院。到了医院才知道,大表妹是外地人,要看病的话,需要自己付费。大表妹哭丧着脸。好半天,才吞吞吐吐地提出，是不是可以借阿婆的医保卡试试。阿婆善心大发，就连忙掏给了她。果然顺顺当当地挂号、诊疗、配药，大表妹高兴地回了。后来又有好几次，大表妹到医院续诊，都是拿着阿婆的医保卡独自去的。老公倒嘀咕一句，你的卡让人家用，行不行呀。阿婆只想着大表妹的病痛，回复道，有什么关系，是我自己的卡，一年四季不看病，白放着那也是摆设。

没想到，警察找上门来了，说是接到有关部门举报，阿婆的医保卡借他人使用，已涉嫌违法。而且，警方还发现大表妹每次都多配了不少药，大部分私下卖了赚钱。

阿婆懵了："这卡是我的，里面的钱也是我的，我给谁用，是我自己的事。这也有什么错呀。我只是可怜大表妹，帮她一下呀。"她被警察说慌了，一整夜没睡着。她眼皮耷拉，眼睛布满血丝。

她知道明人在政府部门工作，便慌不择路，特来求助。

看到阿婆这番神情，明人心里不好受。这行为触犯了法律无疑，罪名能立刻告知阿婆吗？她心里承受得吗？她是个好人，竟也被亲友坑了！

明人后来让阿婆找了律师。公安部门依法处理，鉴于李家阿婆非主观所为，又念初次，情节轻微，给予了罚款处理。

她老伴嘟囔了一句："这是教训，以后看你还敢不敢这么乐善好施！"

阿婆瞪了老伴一眼："我善心绝不会变！不过，我也要学法，知法，守法。明人，你说对吗？"

明人跷起了大拇指。这真是一位可亲可爱的李家阿婆！

老杨认友

老杨身材瘦小，背微驼，双目因白内障，略显浑浊。退休之后，置一庭院，新朋旧友如云。这位明人的老领导，也曾历经沧桑，在厅级岗位几十年，如此频频交友，也不见一丝风浪，明人等终究纳闷。

那天拜访老杨，兴之所至，就提出这个心中的疑问。正巧有一位新友来造访，老杨暗示明人细细观察。新友是老杨的老邻居介绍而来，是机关的一位副处长，模样看似四十岁上下。人倒谦和，说是对杨老慕名已久，今天能来讨教，无比幸运，无上荣光。老杨给他沏了一杯白茶，黄绿清澈，茶香浓郁。来客连连道谢，对杨老不住地赞美，多是"德高望重""平易近人"等用词，间或也恭贺杨老乐于助人，桃李满天下。他始终没说明来意，更未提一字半句需求。明人觉得他应该是真心来拜识老杨的，虽赞誉之词略显肉麻。老杨出于礼节，也大约真承受不住他的恭维，便转移话题，侧重介绍起明人来。那人喜出望外："您就是明人?久仰,久仰,幸会,幸会。"他把明人的手都握疼了,好久未松手。

果然,老杨那边轻松有闲了,来客的赞美鲜花浪涌般又向明人涌来。老杨轻轻一笑,找个理由暂时走开了。明人应接不暇,与来客交谈。待老杨又出现了,来客还挺懂礼貌的,说你们聊吧,我打扰你们了,先告辞了。临别,还主动加了明人的微信。

来客一走,明人就问:"这个人可交否?""你看出什么好坏了?"老杨反问道。"似乎看不出不好来,就是过誉太明显,有拍马屁之嫌。"明人坦露道。"是呀,虽无半句所托,但凭直觉,并不可交。""此话怎讲?"明人又问。"就因为赞美过度。过度总得要有补偿。还有,不问我要微信,迫不及待要你的,必有实质所求。你是在职领导呀。"

明人的手机叮咚一声响。他点击一阅,是那位新友发来的,说是真的很高兴认识明人,方便的话过几日他到明人单位来拜访。明人一说,老杨就笑了:"真还挺迫切的,估计与他的仕途有关。"

明人也一笑:"好,不妨就检验一下。"

不日,明人接待了新友。他带来了两盒安吉白茶,说新上市的,给明人品尝。明人婉拒了,问他有什么事,只管开口。新友说,那他就不好意思了,说他已过知天命之年,没有多少机会了,知道明人和他单位一把手挺熟,想请他帮自己说说好话,赶上这次提职的末班车。他这一说,明人沉吟了一会儿,道:"为何上次不直接和老杨说呢?"新友倒也爽快:"杨老毕竟退休了,您在位,我想方便些吧,真不好意思,谢谢啦。"明人说:"这干部提任很敏感,也很复杂,他干预也不太好。不过,有机会我可以问问情况。"明人说的是实在话,但他发现新友脸色阴沉了片刻,遂又堆起笑来,"那就谢谢明领导了"。

明人将此经过向老杨说了,赞叹道:"你还真有眼力,这点时间,就看透了他的心事。""阅人无数,总会有一些收获。"老杨说,"你周末来茶叙,我让你再见识几位。"

那天,老杨的庭院里,先有一位小伙子寡言少语地坐着,见到明人,礼貌地点了点头,后来也是帮着老杨干杂事,闲着时,则默默喝茶。之后,又有一位明人面生的男子,粗黑的皮肤,胡子拉碴的。老杨介绍说,这是跟他有过一面之交的东北朋友。那男子一落座,就向老杨表白,他现在做大米生意,挺不错的,以后老杨和老杨的朋友,只要开口,他就源源不断地提供大米。老杨说,好呀,不过费用得付,做生意不容易的。那汉子就拼命摇头,说这个完全用不着,也是他的一份心意。汉子说,这是他今来的第一层意思,而且大米也带了好几袋,都在门外的车上,待会他就去搬。第二层意思,"是想邀请您,哦,还有这位初次见面的领导,到我老家去度假游玩。我们那边的村庄,改造得也不赖。好吃的不少,我来招待"。老杨与明人难拂他的好意,都连声致谢。聊了几分钟,东北汉子有点难为情地开口,说有件小事想请两位帮个忙:他有个小女在上海读书,毕业后想留沪工作,他人生地不熟的,千万拜托两位助小女圆梦。老杨和明人对视了一下。老杨说:"此事不算小事,把你女儿简历发给我,只能试一试。"

这么说,明人知道老杨已属破例了。东北汉子要把大米搬进屋来,老杨坚决阻止了。东北汉子愈发不好意思了,告辞时,一步三回头,脸上充满羞赧,仿佛亏欠了他们什么。

"他能交吗?"明人笑问。老杨反问道:"你说呢?"明人笑了:"可交与可不交之间?"老杨大笑:"你比我神!"

说话间,院子的门铃清脆地响起。那位一直笑而不语,独自品茗,主动帮着干这干那的小伙子小俞,又起身去开门了。随后,有一位精干的小伙子,着一身运动装,迈着轻快的步子,尾随他而入。

"杨伯,这位先生说,是与您约好的。"小俞说。

小伙子说:"杨伯伯,我是李平的儿子,小李子,在出版社工作的。"小李子说完,朝老杨欠身致意。老杨吩咐他坐下,先自走开了一会儿。小李子打量了明人一眼,主动搭讪道:"您是?"

明人说:"是老杨的老部下。""哦哦,杨伯的老部下真多,好多人都任要职了。你在哪里高就,任什么职呢?"

明人开始并不想回答。看着他刨根问底、不追问到结果不罢休的神情,有点厌恶,但碍于情面,又不知此人何方神仙,还是简单地应付了几句:"政府部门,打工的。"恰巧小俞给他递上了一杯热茶,这位叫小李子的,便转向他,笑嘻嘻地问道:"你是杨伯的家里人吧?"小俞不置可否,笑笑说:"您请坐。"说完,又去忙什么事了。老杨踅回了,小李子笑容满面地迎向了他。他们交谈时，明人借故上厕所，暂时回避了。返回时，那位小李子已走了。明人忽觉一阵轻松。

老杨说："小俞经常来这里，已好久了，从不问这问那的，也不找我办这办那的。他是淡泊的，也是真心和我相处，无所他求。而那个小李子，仅一会儿，我就懂他了。远不如我的老战友李平，此人只限这一面之交了。"他的眼睛明亮闪烁，仿佛那白内障也已不存在了。明人信服，笑道："老马识途，老杨认友，这是江湖一绝呀。"

梦中的橄榄树

丁总刚在包房落座，郑总与一位高鼻子蓝眼睛的老头走了进来。那洋老头比郑总高了小半个身子。不过，郑总的精气神依然不减，只是他比往常愈显谦和了，对洋老头满是和颜悦色。

丁总犯疑了，说好是请自己的，要推心置腹地好好聊聊，为他释疑解惑，前一段时间的结扣，一直没能解开。怎么就拉了一个洋老头来凑热闹呢？他眉头微蹙，但面对着外人，而且是位老外，他又不便拉下脸来。

说起来郑总也是丁总二十多年的朋友了，他们虽各自经商，并无多少合作，但时有往来。好多年前，在郑总花木经营遇到资金困难时，是他出手相助，从项目里抽调了大笔资金为他救急。郑总如今生意如火如荼，再怎么说，也是有他丁总一份功劳的。可是他没想到，他唯一一次开口，就遭到了郑总的婉拒。他实在是郁闷得很。

那天，在区里的民企座谈会上，他瞥见了郑总的身影，他故意躲开了。他不想理他。可他绕了一个圈子，却发现他的席卡偏偏与郑总紧挨在一起。两人虽谈不上冤家，但至少是怨家，路也是这么窄。他硬着头皮坐下去，脸是绷紧的。郑总朝他微笑点头，丁总不动声色，只是喉咙里轻轻嗯了一声，那声音估计只有自己感觉得到。郑总仍然谦和地一笑，想启齿说什么，却又合上了嘴唇。整个会议中，他们都没有任何交谈。直到散会时，郑总对他说道，过些天给个机会，我请你，好好聊聊，相信你会理解。他说得很真诚。丁总撇撇嘴，不置可否。他心里的火气，还像这秋老虎，凶猛得很呢！

方才，他到酒店前，又经过了玫瑰花园。那一片橄榄树像迎客松，排列得整整齐齐的，像是在欢迎他。

那些都是郑总从西班牙引进的，据说花费了三年时间。进口许可、报关、检疫、航运中转等，郑总为此操了不少心。

第一批橄榄树运到时，他就喜欢上了。那些都是上百年、有的逾千年的古树。特别是那两棵千年古树，苍劲有力，高大茂盛，枝条上的树叶，四季翠绿欲滴。尤其是它们的造型，像多手观音的手臂，自然地展现欢迎的姿势。他心动了，并且已经想好了安排，脑海里一张美图舒展开来。

他想，郑总和他说过的，自己想要什么树，尽管和他说。他之前都没看上，这次开口，想必郑总会给自己面子的。至于什么价格，都好说。

没料到,他刚说了一半,郑总就摇头了。他瞪大了眼睛,望着郑总,一时说不上话来。可郑总只说了一句:请丁总理解,这个我没办法做到,我得讲诚信。

丁总懵了,这是什么话呢?诚信?理解?你怎么不理解我,又怎么不践行你对我作出过的承诺呢?这些话他是含在嘴里的,没说出口。但他想,从自己的目光中,郑总能够完全感受到。

他是沉默着转身走的。不这样,显示不出他对此事的看重。从余光里,他看到郑总露出一丝无奈,想叫住自己,也欲言又止。

好朋友关系进入冰冻期,这是从未有过的。就为了一棵树,丁总想,原来友情也就是这么贱。不说自己曾在危难之时帮过他,就看这二十多年的交情,他也应该爽快允诺的。

有一阵,他们没有联系。

直到郑总这次三番五次地邀请,说梦中的橄榄树要开园了,无论如何,他要请丁总坐一坐,聊一聊。

丁总此时盯视着郑总和那位洋老头,心里嘀咕:你郑总今天摆的是什么鸿门宴呀,还要让老外来掺和!

郑总似乎没有察觉他的表情,他依然以老友的热情,主动向丁总伸出手,丁总有点迟疑。郑总几乎是牵拉着他的手,轻轻摇了摇,莞尔一笑。随即向他介绍:安东尼博士,从西班牙来。又向安东尼介绍说:这是我好朋友丁先生，成功的企业家。

丁总不好意思了。安东尼则笑逐颜开：太高兴认识您了，我听郑先生谈过您，说您事业成功，为人豪爽，还曾经帮助过他。

是危难时刻，救助了我。郑总翻译后，又补充了一句。

丁总不得不展颜一笑。他们这么赞扬自己，何况又面对陌生的老外，他必须有这个姿态。

坐下后，郑总说，这次安东尼博士特地从西班牙飞来，很不容易，落地后还隔离了三周时间。

安东尼博士笑着说，挺好的，我尝到了"软禁"的滋味，但却享受到了贵宾的待遇。

大家也跟着笑了起来。

安东尼博士这次来这里，主要是来看看橄榄树移植的情况。还有就是，我还请他代我完成一个特殊任务，向丁总讲一个故事。

给我讲故事？丁总有点丈二和尚摸不着头脑。

安东尼博士听懂了，笑眯眯地说：是的，讲故事，我会讲故事。

在服务员端来醇香的咖啡之后，安东尼博士就话匣大开，滔滔不绝地开讲了。

他说他们家原先住在法国，二战爆发，他们举家迁徙到了西班牙，投靠他的一位舅舅。这一路上十分艰难，父母带着他们五个孩子，几乎是一路乞讨。那时他只有两岁，是五个孩子中最小的。母亲实在忍不住了,几次想把他送给路上遇到的富人,都被父亲制止了。父亲说,我们全家在一起,一个都不能丢。

到了西班牙巴里阿利群岛,那是临靠地中海的岛屿,他们安顿了下来。父亲种植了一片橄榄树林。全家一起靠着它们,改变了生计,生活开始如意起来。

有一次,当地一位富商出高价要买一棵树,想放到自己的别墅园内。父亲拒绝了,他说,你可以买成片的树去,一棵我不卖。我不能让它孤单。

临终前,父亲再三告诫他们,不能把树一棵一棵卖了,他们都是我的孩子,应该在一起。

最后,富商买了好几十棵,说要把它们移种在一起,父亲才微微点头。

后来,家人都牢记父亲的遗言,坚守着这片林子。

这次郑先生来购树,我们家大大小小是一起商量的,至少要买三十棵以上,而且须在一处种植,不可单独移种。这是最起码的条件,也是符合父亲的遗言的。

我这次来,看到它们都长得很好,而且,郑先生信守诺言,让它们始终在一起,我很高兴!父亲的在天之灵,也得以安慰了。

安东尼博士说着,站起身来,向郑总鞠了一躬:我得用中国礼,表示我的感谢!

郑总连忙站起身：不敢当，不敢当。这是我必须做到的。

我们全家人为什么同意移树到中国，因为中国是一个大国，中国人民爱好和平。永远和平是我们的梦呀，郑总给这片林子起名起得好：梦中的橄榄树！

不过，丁先生，听说您想买一棵树，种植在你开发的小区门口，郑先生没答应你，你的这个梦，碎了，我表示遗憾。

不，不。安东尼先生，郑总的决定是对的。听了你的故事，我也想明白了。这些橄榄树应该在一起，一木不成林，何况，我们中国人不是常说，守望相助，抱团取暖嘛！

对，对，我父亲说的也是这个意思。看来，我们的想法是一致的。安东尼先生说。

是呀，还有您说的永远的和平，也是我们和全世界人民共同的愿望！郑总说道。这也是我起名"梦中的橄榄树"的最重要的含意。

梦中的橄榄树，是我们大家的！安东尼先生重重强调了一句。郑总和丁总，都情不自禁地鼓起掌来。

水声哗哗

明人每每进出小区，常常见到这位保安，面色黧黑，膀阔腰圆，身板挺直地站在小区门口，神情严肃，带着苏中口音，一丝不苟地指挥人员车辆有序进出。明人有一种和这黑面保安聊聊的冲动，但因为匆忙，也一直未及顾上。

有一晚，都快半夜了，楼下的十楼传来争吵。是两个女声，一个尖细的声音在嘶吼，另一个声音喑哑，但也有点歇斯底里，吵得有些针尖对麦芒，不可开交。不一会儿，又听到了苏中口音的男声，压低了嗓音，应该是在劝慰双方，直至先后两声砰砰的关门声，楼道忽然就安静了下来。不用说，两位女主角都进屋了，然后是保安下楼梯的轻微的脚步声。

这楼下门对门居住的，明人都认识，怎么会半夜发生冲突呢？明人也不曾细想，又昏昏欲睡了，就熄灯睡了。第二天中午回家，就见1001

室的尤美女,正向另一位保安投诉,说802室的女人过分了。连续两天,自己半夜疲惫地回家,洗澡中,门就被拍得震天响。她战战兢兢地裹着浴袍,从猫眼里望出去,却是对门的中年妇人,脸上神情疲沓又气势汹汹的。她一把拉开门,对着正向自己声讨的妇人,一阵咆哮,说昨晚你也这么砸门了是吧,等我洗好开门,早不见鬼影子了。那中年妇人说,你老是这个点回来,水声哗哗的,动静搞这么大,你还让不让人家睡觉。

  尤美人说她听了火冒三丈,反驳中也带着明显的解释:"你要睡觉,我不要睡呀!怕吵了邻居,我轻声轻脚地,一进了门,就连鞋也不穿了,还要怎么样呀?我总不能不卸妆不洗澡就睡了吧!"尤美人是位话剧演员,经常演出到深夜。她本想说自己职业特殊,想早也早不了,但她对保安和明人自嘲道:"我怕她以为我是夜总会的,就没提。"大家都被她说笑了。这时,黑面保安走了过来,他说了一句:"802室住的是位老师。我们这楼房建得早,墙壁不厚。水落管的声音不小,夜深人静时,这声音的确吵人。这位老师听说有点神经衰弱。""神经衰弱就可以发脾气呀?门捶得这么响,不是更吵人嘛!"尤美人不服气,心里头还窝着好大的火。"是呀,都不要生气,吵吵闹闹的,吵了四方邻居,也伤了身体。"黑面保安轻声细语道。尤美人斜了他一眼,又从头到脚地打量了一下黑面保安:"你们保安,要有点知识,要公平公道,要讲道理哦。"黑面保安嘿嘿一笑:"尤老师放心,我们文化程度没你们

水声哗哗 / 299

高，不过，我们会尽心尽责。"尤美人朝他瞪瞪眼，一声不吭地走了。

黑面保安告诉明人，802室老师一早上班，他也劝了她几句。那老师也朝他翻了翻眼珠子，什么话都没说。边上小保安插嘴道："人家都是有身份的，怎么会看得起我们？"黑面保安脸一唬："怎么了，保安身份就差人一截了？我也是人民的勤务兵！"说着，他脸色庄重起来，腰板也更挺直了。明人想再问什么，黑面保安已礼貌地向他告辞，说要去忙其他工作了。

这天下午，明人在一楼大堂电梯口的公告栏内，看见有人贴了一张A4纸大小的小字报，凑近一读，是尤美人写的，大意是表达对昨夜之事的不满。未点明谁，但知情者心知肚明。晚餐后，紧挨着这张小字报，又多了一张同样大小的A4纸，上面是对半夜影响别人睡觉行为的批评，下面署着室号"802室"。看来两人互不相让，而且"武"斗转为文斗了。明人叹了口气，比她们年长的老邻居，恐怕要出场做点调解工作了。

但从小区快走回来，借着灯光，他又看到了公告栏下方加添了一张纸。上面有几行字，端正而又标准的魏体："墙薄心宽厚，礼让人不忧。邻里好，赛金宝！"

这也正是明人想对这两位邻居说的话。楼内的居民，也在这句话后面，纷纷写"赞"。

当夜乃至以后的十楼，都平静如常，安好无争。

一天，小保安得意地告诉明人，那两句话是他哥写的。"你哥？"明人迷茫。"就是他呀！我认他大哥！"小保安指了指正在门口值勤的黑面保安。"他很有本事的，我告诉您，他之前曾在天安门站过岗。哦，对了，他还是我们公司读书会主席呢！"不远处，黑面保安的面容显得愈发亲切和熟稔起来。

蛇皮袋里的花生

邹总的老母亲端上一碟花生米，他双眼都放光了："还是我老妈懂我呀。"随手就捏了一颗，把壳一摁，花生米就顺着手指，哧溜一滑进了口腔。"真香呀，这家乡的花生米。"

明人笑着也抓了一颗，剥开，扔进嘴里，嚼了几下，确实挺香的。不过，吃着有点甜，却不爽脆。

"这是，生的？"明人纳闷。

"怎么会是生的呢？"邹总停止咀嚼，嗔怪道。

明人知道，自己又陷入了与邹总多年来的"生熟之争"了。也不知何时开始的，明人与这位老同学就什么是生花生、什么是熟花生，生花生香还是熟花生香等问题，时常会发生辩论。明人有时瞪着他，犯糊涂。说起来，这位老同学也是身价上亿了，可他竟连这些一清二楚的事都不能分辨，还常常情绪激动、寸步不让地与他争辩。

这回,明人是利用休假,陪同老同学回老家看望他的老母亲。还没开饭,两人就为老问题争执起来,明人怕老人不高兴,便自己举起双手来:"算我输,算我输,在这里不争辩了。"他想的是息事宁人。可邹总却着了魔似的"猖狂":"什么叫算你输了?就是你输了,还老不服气。""你这小子顺杆往上爬吧!"明人捶了捶他的肩。"咦,你还偏不信,我妈在,你问问她。"邹总真来劲了。

老母亲正端菜上来,虽年近八十,动作也迟缓了,儿子和他朋友来了,她乐颠颠的,忙得高兴。

老人耳不背,刚才儿子和明人的对话,她大都听到了。她笑着说:"你们都没说错。""哎,妈妈,不可以这么淘糨糊。"邹总说道。怕母亲没听懂,又赶紧补上一句:"打马虎眼!"老母亲听了,竟自格格地笑了起来。随后,她讲述了邹总小时候的顽皮事。

那时,家里贫寒,为了过年有点吃的,总得要备些东西。那年,邹总父亲帮人家打工,没拿到多少工钱,却拿回了一袋花生米。

他怕邹总和他的弟弟偷吃了,就用一个蛇皮袋装好了,口子扎得紧紧的,倒悬着吊挂在房梁上。这样孩子不太容易够着,够着了,也不敢解口子。口子真开了,花生米就会竹筒子倒豆子一样砸下来,就难收拾了。

他父亲还为自己的这一招得意。快到除夕时,他把那袋花生拿下来一看,愣了。蛇皮袋朝天的地方,开了两个拳头大的孔,花生少了一

半,分量大为减轻了。

那一定是两个儿子干的。找来讯问,邹总他们挺老实,都招了。

原来他们一个肩驭着另一个,在蛇皮袋上方掏花生,每周都要掏几次,吃得从来没有这么开心。

从此,他们就记住这个味了。

被揭了"疮疤",邹总还很得意。

"这花生多好吃呀,是我童年最美味的记忆。只是,当时把父亲气坏了。我要向他的在天之灵,道一声歉。"

邹总的父亲已过世多年。

"你爸爸呀,当年就原谅了你们。他斥骂了你们,到屋子里就掉泪了。说,我们穷,苦了孩子了。"

少顷,邹总母亲又说:"还有一点,我得说明,我儿小时候偷吃的,是生花生。生花生比熟花生,能存放的时间要长些。他爸除夕就想炒熟花生的,后来一看吃了一半了,干脆也就不炒了。我儿就一直认这个生花生的味!"

"所以,你们有赢有输,打平了。"邹总母亲像孩子一样欢笑着。明人与邹总也相视而笑。手都伸长了,伸向了那一碟花生。

小区"双骄"

听说小区"双骄"也在,薛记者激动了,屈臂捏拳,撺掇明人赶紧应承。他正为市电台采稿呢。

来电话的是苏老师,曾是明人的班主任。苏老师一直在中学任教,退休有些年月了,他说,有几位学生来看他,其中就有当年名声大噪的小区"双骄",他也请明人来坐坐。正采访明人的薛记者,算是明人的忘年交了,也心血来潮,随明人叫了辆车,不出十五分钟,就叩响了苏老师的家门。

那几位比明人年轻很多、又比薛记者年长一些的苏老师的学生,已围坐在苏老师身边,谈笑风生。

被誉为小区"双骄"的两位女子,温雅贤淑,也显得成熟大方。明人在她们尚是孩童时见过,后来早早搬离这个职工新村了。有一年,这个新村小区同时出了两个高考"状元",消息不胫而走。明人还向苏老师祝贺过。后来,又听说这两位颇有出息,从名校毕业后,都在各自的科研领域内业绩卓著,去年双双荣获全国杰出青年称号,在小区家家热议,形成轰动。

"双骄"一位姓韩,一位姓孙。韩姓父母做点生意,家资殷实。孙姓父亲早亡,母亲病退在家,家境困难些。但她们两人读书都很用功,还是班级干部,一个是班长,一个是团支书,学习成绩都名列前茅,不相上下。

气氛稍见活跃,薛记者就按捺不住了,冷不丁来了一句:"你们在学校都这么争强好胜的,就没闹出不愉快的事来?"明人拿眼瞪了瞪他,这话题未免有些敏感吧,毕竟大家刚刚认识不久。再看了一眼苏老师,他微微含笑,抿了一口香茶,眼帘低垂。那边,同坐一张三人沙发的"双骄",都似乎早有预料的那番神情,她们相视一笑,又面向各位,笑灿灿的。

小韩说道:"怎么可能没有呢,我们那时正较着劲,不肯输一分的。有一次年末考试,我物理比她低了三分,回家躲在被窝里哭了半天,连晚饭都没吃。父母好说歹说的,才让我心稍宽,迷迷糊糊睡着了,脸上还挂着泪水,梦里还在咒她。她有一本练习册,我向她借几天,她只给了我一天时间。我能不恼怒她吗?"

小孙说:"那时我们常常视对方为对手,严加防范,也穷追不舍。听说她晚上做功课,十一点前从不歇手,我就做到十一点半,从我家卫生间看得见她家的窗,她灯不熄,我也硬挺着不睡觉。"

"她们都是好学生,又都要强,两人呀,关系一度很让我担心呢!"苏老师抚了抚花白的头发,也补上了一句。

薛记者又像打了鸡血,更来劲了,双目圆睁道:"快说说,具体的故事。""双骄"都笑了。她们无拘无束的样子,顺水下面似的,你一句我一句地说开了。

她们说在两人你追我赶、争强好胜、又互不买账的时刻,碰上了一件事。年末考试时,她们成绩总分相等,但小韩发现了小孙的一个小秘密,是小孙自己不小心透露的。说是在英语考试时,前座的同学把做好的试卷举了举,已答完卷的小孙不经意地瞥了一眼,视力极佳的她,看见最上端的选择题的答案,与自己似乎不一致。她又埋头推敲了一遍,一激灵,发现是自己错了,连忙改了过来。不然,这一分绝对是丢了的。小韩向苏老师悄悄告了密。拉下小孙这一分,年末冠军就非自己莫属了。

不料,有人传话给她,说小孙也向苏老师举报了她,说是明明已到收卷的时候了,小韩还不肯交卷,在语文试卷上,又匆匆加了几个字,监考老师从她手上抽走了试卷。小韩气不打一处来,牙齿咬得格格响,那一刻,她朝小孙脸上猛咬一口的心都有了。然而,苏老师笑吟吟地,对她们都不提对方告的状,他说:"别多想什么,你们都是好学生,这次,你们并列第一,今后,也好好加油,互相学习。记住,你们是同学,可以比学赶帮超,但,你们不是对手,更不是敌人!你们心胸要开阔,目光要看远。"这些话,令她们醍醐灌顶。

苏老师后来又在课余给她们讲了很多道理。她们心里的疙瘩化解了,学习的劲头也更足了。

那年,她们以高分成绩分别被北京大学、清华大学录取,双双赴京深造,又双双留京工作。"双骄"之名,在他们居住的小区,乃至更大范围,光彩夺目。

这一切,苏老师是乐在心中的。他抿一口茶,脸上笑意舒展,也让明人心情畅快。

育人先育德,苏老师真是尽心尽力呀。明人与薛记者都不由得赞叹。

苏老师谦谦一笑。薛记者又急不可耐地发问道:"那么,你们俩这么拼命读书的初心是什么呢?"他打开录音笔,正期待着这两位杰出青年豪迈的答案呢。

小孙先说道:"当时只想考个好成绩,可以多拿学校奖学金,给我妈妈补贴点家用。"

薛记者明显不满意,又转向小韩。

小韩不紧不慢地说:"就只想超过小孙,不能输给她!"说完,她自己也格格地笑了。苏老师和明人也会心地笑了。

地铁上

深夜，明人快步进入地铁站。

站台上乘客摩肩接踵，都想赶这趟末班车。

车来了，最后下车的前脚刚跨出车门，上车的就挤了上去。明人是最后挤上去的，早就不奢望有座位了，找了中间扶杆空当处，两脚与肩齐宽，呈八字步站稳了。地铁起步，摇晃不止，他仍笃定站立。边上一位陌生男子，口罩蒙面，看不清模样，不过从他的前额和头发判断，估计已过知天命之年。他戴的眼镜，是老式的玳瑁材质，镜片不薄。

他肩挎一个破旧圆柱背包，拉链处已有脱线，背带绷得有点紧，里面装的东西看似易碎品。上了车，他也不把包放在地上。车身移动，背包跟着晃动，他用手拽紧了。有一段地铁摇晃幅度更大，背包重重地撞击到了明人和另一位年轻人。年轻人朝他瞪了瞪眼睛，表情很不悦，明人也皱了皱眉，不得不往后退了退，尽量避开些。那男子还是不把背包放下,似乎置放在地上,就会立即倾倒。背包时不时晃动,近处的几位乘客,都避开了。渐渐地,还有一股怪味从背包里散出,微微刺鼻。那年轻人还凑近嗅了嗅,眉头也皱了起来。

车厢里有一点小小的骚动,明人明显地感觉到了。那个男子似乎仍木知木觉,背包里像装着宝物,抓得紧紧的。

站点到了,稍稍有点刹车,一位原本坐着的老妇人恰好起身,没抓住扶手,人失控地往前冲去。眼看就要跌倒时,那男子急忙伸手去拉扶,老妇人借着他的臂力,扭了一下身子,抓住扶杆,在明人的搀扶下,终于站稳。男子的背包却飞落在地,包在脱线处扯开了,包里的东西也跟着洒落了出来。

是一棵小树苗,根上还缠着大块的泥土,此刻已有许多碎落成块了。

那男子急匆匆地蹲下身子,小心翼翼地捡拾那棵小幼苗。

是君子兰呀,明人一眼认出。他也喜欢这种高贵、刚毅而又如谦谦君子的植物。原来这也是和他一样的园艺爱好者。

他俯下身,也连忙帮他拾掇地上的泥土。

那男子抬头,说:"谢谢您。"

"不用谢。"明人说。

从他厚厚的眼镜玻璃下,还有舒展的眉头,明人看见他笑了。

头盔男

一大早,明人在路边广场踢腿伸胳膊,活动活动筋骨。有一辆摩托车奇怪地向自己径直驶来,晨曦中,他竟然感觉有些梦幻,脑袋像被施了魔法,竟昏昏然,木愣愣的。直到那辆摩托车在他面前戛然停下,发出尖锐的摩擦声。一个戴着头盔的男同胞,稳稳当当地把持着摩托车,那蓝色鲨鱼头盔遮掩着的脸面,直冲着自己。明人正纳闷此何许人也,那人已摘下了头盔,露出了真容:原来是二狗呀!二狗嘿嘿嘿笑了:"我愈看愈像你,就直接冲了过来!"

好多年不见了,二狗的俊脸依然不变,细看才看出眼角的些微皱纹,毕竟是过知天命之年了。"挺精神呀,听说黄金赚得扑扑满了?"明人好友般调侃。其实,二狗比明人大好几岁,但在他们当年的小区里,二狗和明人有一度玩得蛮近的。明人比同龄人略显老成,这与明人酷爱读书和思考有关。"明老弟又说笑了,只是马马虎虎而已,混口饭吃罢了。""都说你发了,那个瑞丽大酒店不就是你的嘛?"明人这回说的是真。这些年,老邻居碰到,二狗是少不了的话题,说他是我们小区住过的人中最富的。说的人不无歆羡,有的语气自然也未免酸酸的,甚至还有一丝讥讽和恼怒。"明老弟也听说我的闲话了吧,你不会也相信这种闲话吧?"仿佛是有心灵感应,二狗居然直截了当地提到了这个敏感话题。明人朝他笑笑,并不作答。答案在你二狗心里,我没必要猜。明人心里说着。

这位二狗,在明人孩提时代,就挺惹人注目的,称得上英俊少年,家里条件也优渥些。在这个工人新村里,多是与明人父母一样的港区普通职工,住在不成套的四层公房,工作朝八晚五的,收入主要用于养家糊口。二狗家住在小区最前排的二层平房里,相当于现在的联排别墅,外部陈旧些,屋里宽敞气派。

明人时常和二狗玩耍。二狗念中学,玩的花样挺多,明人就随他到他的卧房,读小人书,制作幻灯片,拆装家里的小闹钟……二狗心灵手巧,什么都玩得像样,明人跟着也挺来劲。二狗还有姐姐哥哥。他的父亲瘦瘦高高的,鼻子上架着一副细巧的眼镜,文静得像个书斋老先生。他常夹着一支烟,在客厅里品茗久坐,无语。第一次见到明人,眼睛睁得溜圆,听二狗介绍了,不大不小的眼睛就笑意轻漾,有一种亲切温暖。之后每每见到明人,他都是这般笑模笑样的。看得出,他待二狗这家里的奶末头,也是疼爱之至的。二狗说,他爸从来没打过他。

这话说了不到一年，二狗被他爸打了，而且打得很重，手背被藤条抽打得肿痛不止，三天没出家门。起因是二狗拿了他爸爸的一个头盔。那年居委会组织向阳院文艺活动，二狗是积极分子，编排了一个抗战小品，题为《小游击队员》，他在剧中扮演一个日本鬼子。他就从家里找出了一只钢盔，军绿色的，挺沉的。明人眼尖，说这个似乎是德国鬼子戴的，就是缺了网面。二狗坚决说不是的，这是他爸觉得好玩收藏的。他戴着它排练演出，活灵活现的，博得了左邻右舍的喝彩。却不料，当晚二狗就被他爸破天荒狠揍了一顿。二狗后来吞吞吐吐地告诉明人，他爸是怪他随便把他收藏的钢盔拿出去显摆。

被他爸爸揍过之后，二狗似乎胆小起来，带明人家里玩的次数，也骤减了。他和明人也不知不觉渐渐疏远了。后来，二狗去国棉八厂上班了，他姐姐插队，哥哥当了兵，他按规定可以留沪进企业。再后来，听家里大人说，他申请入党，政审未通过。说是到他爸爸的单位，一个名声响亮的市级机关——民政局，没见着他父亲的档案。这事就搁了下来，很快又有人传言，他父亲可能是国民党。那次他拿来当道具的钢盔，就是国民党军官佩戴的，是二战时期德国援助的，型号M35。说得有鼻子有眼的，难怪二狗入党受阻。而且，他姐姐和哥哥也在政审环节卡住了，不能入党以及提干。

再次在小区碰到二狗，他戴着头盔似的，明人看他的眼睛都迷迷蒙蒙的。他也不多搭理明人，只顾埋头走自己的路。

这让明人挺郁闷的。虽然有关他和他家的传言沸沸扬扬,甚至有不少贬低或者敌视,明人却从不参与,他总有点不相信二狗他爸是国民党,至于何种原因,他一点都说不出。二狗算是好伙伴,他也不愿这么待他。可二狗对他避之不及的神情,让明人实在不悦。

那时明人已步入中学,随后也开始为恢复了的高考拼搏,二狗家搬迁了,他与二狗也就断了联系。明人工作多年之后,在一次老邻居聚会中获悉,二狗的父亲故世了。他把自己收藏的东西,外加存款,几乎都捐献了出来。"有没有包括那只钢盔,军绿色的?"明人突然发问,那叙说者眨巴了几下眼睛,有点迷糊,最后摇了摇头,说,这不知道,反正捐的东西挺多,稀奇古怪的。哦,对了,光国民党军官的制服,就有好几套!明人想,这样的话,这德国产的钢盔也一定在内了。二狗再想玩,也没机会了。叙说者刚一讲完,明人的心又忽地悬了起来:这么说,二狗的父亲真是国民党了!其他老邻居也七嘴八舌地议论起来,都振振有词,个个仿佛早就预见到这个结论似的。明人又缄默好久。

也算是巧,不久,明人在一家餐馆里碰到了二狗。也许走廊狭窄,二狗避不过去,就迎面而来,两人目光相视,二狗没有躲闪,微笑点了点头。明人却有点激动,伸出手来与他相握,还笑呵呵地说:"好久不见,二狗,还好吗?""挺好的,挺好的,明人,听说你当处长了,祝贺呀!"二狗比上回开朗些了。"你还在国棉八厂吗?"明人问,"哦,在,在。"二狗边回答,步子还在往前移动。明人感觉他有事,或者不愿多谈,便说:"那有空再聊呀!"二狗嗯嗯的,向他欠了欠身,转身快步走了。明人走了几步,回望,怔怔的,有点失落。

有一天读晚报,有一个专版,整整一版,刊登了一位老人的故事,称这老人为老革命,地下党员,上世纪四十年代初就潜伏在汤恩伯身边,为上海地下工作和上海解放立下过汗马功劳。明人再一看配图,惊愕地张大了嘴,那不是二狗的父亲吗?瘦瘦的,高高的,鼻子上一副细巧的眼镜,双眼不大不小。文章说,因为工作原因,他是单人联系的,直到前两年才经中央同意,真正解密。解放后,他的工作在民政部门,档案材料则由中央有关部门直接管理。

明人一边读,一边感慨唏嘘,钢盔,二狗父亲的小心和暴怒,政审的卡壳,相关的传闻,等等,都在脑海里集聚,碰撞,终于风平浪静,渐渐显出清晰的波纹和明朗的岸线。

然后,他又听老邻居说,二狗辞职了。他下海经商,很快就赚了个盘满钵满的。人们都说是他老爸造的福,二狗一家人终于扬眉吐气了。二狗有一辆养眼又霸气,能带风的摩托车,是本田王CB125T,牛得很。不过,老邻居也吐槽了一句,说二狗现在不太愿意见他们。

明人听了这消息,心里宽慰许多。不管怎么说,二狗从原来的阴霾中走进了阳光里,即便是前人栽的树,他也完全有资格去乘凉呀。他当然想会会二狗,都这么多年了。没想到这天晨练时巧遇,也没想到二狗见到自己,喜出望外似的,向他直奔而来。不用说,当年的情愫,此时

在明媚的阳光下复苏了。二狗也如同回到了少年时代,阳光而爽朗。他们就近找了一个点心店交谈。二狗摘下了那顶头盔,他虽略显风霜,但仍是英气俊逸。

"你的生意,还是由贵人相助的吧?和你爸有关?"明人忍不住问道。

"明人,你连这谣言都会信呀,我发誓,若这一切与我爸有关,我是小狗。"说了这一句,他和明人都吐吐舌头,笑了。明人打趣道:"你本来就是狗狗了!""我真不是开玩笑。"二狗的脸严肃起来,"我爸临终时,再三叮嘱我们,任何时候,不许麻烦组织,不许找他战友,不许找他们办任何私事。说组织待他不薄。老爸都这么关照了,我还敢违背呀,百年后怎么见他呀!说贵人,真有的,就是自己,抓住机遇,敢于出手……"

他抓起头盔,一下扣在脑袋上:"明人,谢谢你的早点,我公司还有晨会要开,我们后会有期!"摩托车引擎发出轰然的声响,他踩着它,飞掠而去,那头盔莹莹的光芒,像一团蓝色的火焰,炽烈闪跳。

第五辑

肉包子

夏日休假的时候,老楚约明人一起到他苏中老家去游玩。明人爽快地答应了。

明人感叹道:"这也快说了三十年了!"老楚也颇为感慨:"那还是我们在大学时就约定的,难道真要拖到退休后,才成行吗?"

明人和老楚是S大学的同窗与好友,明人在S城长大,但与从苏中考上S大学的老楚挺谈得来。大学毕业后,他们都在S城成家立业,两人在不同单位工作,但时常联系,一年里,还约着一块喝茶喝酒的,也算是老兄弟了。

在老家的老楚的母亲,八十多岁了,身体还算健朗,但耳背,眼睛有点浑浊,偶尔咳得厉害。明人悄声问过老楚,老楚说,母亲当年是中学老师,镇里出了许多高考状元,包括自己,都是母亲夜以继日地悉心指导。她太操劳了,粉笔灰也吃多了,现在双目白内障再生,慢性咽喉炎，肺部还有些病症。

老楚母亲见儿子和明人来了，自然十分高兴，领着两人去镇上走走，既是引他们看看小镇的风貌，也是一种骄傲的展示。瞧，自己的儿子多出息，在大城市当干部呢！老楚已有好几年没回老家了，之前也是来去匆匆的，这回有一周的时间，与他有一官半职的好友明人小坐，也是给老人长脸呀。

这在镇上一走，消息就传到十里八乡了，许多亲朋好友都来登门看望，其中不乏老楚母亲的学生和老楚的老同学。气氛热络得很。

镇长，一位肤色黧黑，身材修长，神态文质彬彬的中年男子，也来拜访。他是老楚母亲的学生，考入北京一所大学，毕业后坚持返回了老家。七拐八弯的关系，他也算是老楚的一位远房表弟。

他一来，就更显不一般了。他执意要请老楚和明人吃饭。见他们终于答应了，他的双颊竟黑里透红起来，像刚喝了酒似的。他高兴地说："你们想吃什么，尽管说，我们小时候那会儿穷，现在吃的方面，不一定比你们S城逊色了。"

明人和老楚都不约而同地说："那还用说，好多S城人节假日都往你们这里来，最馋的就是当地的美食和土菜，吃了还想兜着走呢！"

大家都笑了。老楚母亲也笑出了泪。

那天晚上，在镇长家，镇长和他媳妇备了满满一桌菜，还特意上了一盘老楚特别爱吃的肉包子。包子面白厚实，稍扁的圆形，拳头大小。

就见老楚从盘子里接二连三,搛了好几个。

明人想,老楚真是爱吃肉包子呀。上大学那会儿,他就爱吃。早餐不买三个,不算吃过早餐。但他每回吃肉包子,多半都只吃了肉馅,大半个包子皮,被弃置在桌上了。

有一次,被班主任老师撞见了,批评了他几句,他争辩说,这里的包子太没味了,皮太厚,实在没法吃,与老家的没法比。

老楚后来告诉明人,他在老家读书时,能吃上肉包子,那真是奢侈,每一口都吃得香喷喷的,哪舍得扔一点点呀。

这回镇长家的肉包子,是老楚亲自点的,当然也是正宗当地口味的。明人吃了一只,肉是难得的香,面也很有嚼头,真是齿颊留香,回味无穷。

老楚的母亲也在座,镇长还叫上了几位长者、贤者,以示对老楚和明人的真切欢迎和尊重。

这一餐,吃得十分热闹和愉悦。将完未完之时,老楚接了个工作电话,为防互相干扰,走到了门外。

这边,大家忽然都沉默了,目光聚焦于老楚座位前的杯盏。实在是太刺眼了,被吃了肉馅的包子皮,面目狰狞地堆得与高脚酒杯可以比肩了。

这可是老楚喜欢吃的,带有浓厚家乡味道的肉包子呀!

明人两眼迷惑。再一看镇长和席上所有的人,目光也都是怪怪的,似乎是疼惜，又仿佛有某种不悦。

再看老楚的母亲，老人家困窘的模样，仿佛犯了什么大错似的。目光中涌上了一层暗淡的云。

明人佯装上厕所，站起身，走出门外。他待老楚放下手机，和他咬了一下耳朵，当然也带点责怪。

老楚憋红着脸，说："这，这，我感觉面皮不对味，就，就……"

当他们返回餐桌前时，都惊呆了，在座的人都站着，似乎正对老楚的母亲劝说着什么，而老楚的母亲腮帮子鼓鼓的，在费力地咀嚼着。

老楚座位前的那一堆包子皮，已不见了踪影。

老楚的脸憋得更红了，他诺诺地叫了一声："妈，是儿不好。"

老楚母亲从唇缝里吐出几个字来，虽有些浑浊，但明人和在座的人，都听清了："是妈不好，没教育好你……"

诗人D的回归

楼下物业通报说:"你家来了一位客人,姓董。"明人云里雾里,想不起来是哪位。骤然一个声若洪钟的嗓音嗡嗡地传来:"我是董飞呀。"明人愣怔了片刻,才发出回音:"是诗人D,你怎么,回来了?"声音中分明还带着一点怀疑。"你就把我堵在门口说话呀?芝麻,芝麻,快开门吧。"明人恍然醒来:"好,好,快上来。"

明人把房门打开迎候。心里思忖,这诗人D不是在洛杉矶吗?怎么悄无声息地就来了,不会有什么问题吧?身材高大、肌肤呈小麦色的诗人D,大步走来,作出了准备拥抱的姿态,同时朗声道:"放心,我经过了14加7的隔离,核酸检测三次都是阴性。"明人正在退缩的身子,也不由得扭捏起来,他捶击了对方一拳:"到了也不先说一声,搞突然袭击呀!""不是隔离一到期就来了吗,想让老兄有个惊喜啊!"诗人D微笑,也回击了明人一拳。

明人连忙嘱咐家人备酒备菜。上次见面还是三年前，明人也略备薄酒相待。毕竟十多年没见了。不过，那时诗人D有些低落，嘴角时常抿着，眼光黯然，心事重重。都知道他生意做得风生水起的，没想到，他本人这般精神萎靡。他首先扯起了诗的话题，也谈了他近期偶尔创作的几首诗。明人让他朗诵几首，他说，没兴致，倒是脱口而出一位名诗人的诗句："那时我们有梦／关于文学／关于爱情／关于穿越世界的旅行／如今我们深夜饮酒／杯子碰到一起／都是梦破碎的声音。"那情绪仿佛就浸泡在那只酒杯里，神情倦怠。他说他十分迷茫，想回国来干事，毕竟奔六十了。可他不知能干什么，他是想向明人讨教的。明人直话直说："别来这一套！什么主意，说来听听。"

诗人D是明人年轻时的诗友。当年，他激情澎湃，在诗歌的海洋里畅游。他的诗句阳光灿烂，意境高远，配上他抑扬顿挫的朗读，很富有感染力。他化用郭沫若的诗："黄浦江啊，我的保姆。没有人，能比得上您对我的慈祥和爱抚！"在文学沙龙，他朗诵时的表情和气度，引发过许多年轻女孩对他的爱慕。那时，他名声虽不如舒婷、北岛等诗人，但也犹如普希金于莫斯科，时常出入各类文学活动，毫不羞羞答答地诵读自己的诗作。尽管有人说他的诗句太直露，但谁也不能否定他的情绪饱满，情感的真挚坦诚。

几年后，随着一股潮流，他去了美利坚。走前，他和许多人说，他需要诗，更需要美金。诗人D的称呼，由此传开。这D既是他姓的拼音首字母，也是Dollar（美金）的首字母。又过了多年后，传言说诗人D在唐人街做生意，赚得不能说盘满钵满，在华人圈，也是半个富翁了。

现在他有心回归，却茫然如在大海漂浮的小舟。明人说："你自己怎么想的，就怎么说呗，不用拐弯抹角，你不是这种风格。"似乎是被明人激活了，他几句话便表述了自己的想法："搞一个既能赚钱，也有文化品味的项目，比如与某知名拍卖行联手，建立一个海外艺术展销中心，我认识好多海外的艺术家……"

对此，明人不乏一贯的对他人事业的鼓励之心。来时，诗人D眼神迷茫，去时，他又恢复了当年众目睽睽下诵读诗歌时的炯炯目光。

在沪逗留了一年多，殚精竭虑地筹备，最终项目还是空悬。他又匆匆返回洛杉矶了，那边的业务已呈衰败之象。

后来新冠病毒像一堵堵墙，把异域的往来，几乎完全阻隔。诗人D的讯息也寂寥无几。

这回诗人D似乎从天而降。和诗人D的交谈，是从明人正再次阅读的那本《苏东坡传》起头的。"林语堂的？"他问。"没错。"明人答。"东坡离开京师，才会出好诗。"他说。"没错，不过京师应该是他的诗流传影响最大的地方。"明人说。

"我喜欢他的赤壁怀古词，大气，豪迈"他沉吟一会儿，又说，"听说你退居二线了？这可不像你这拼命三郎的行为呀。是没奔头了？"

明人一笑道:"人生各有志,此论我久持,他人闻定笑,聊与君子期。""再说,人生由简到繁,这个年龄了,该是由繁至简才对。要说奔头,精神的升华,是永无止境的。没错的话,你是不是也在选择?"他抿嘴一笑。都是老友了,这点心事能够揣摩得到。诗人D笑了,似乎已胸有成竹。

不久就听有人讥讽道,诗人D搞了个书院,专门研究东坡等文人官员,门庭冷清可罗雀。明人笑道:"冷清并不错,太热闹反违初衷。"又说:"且走着瞧,诗人D这回说不定选准了路。我这就想去看一看呢!"

杨柳弯弯

十月的上午,阳光暖融融的,小区河畔的那棵垂柳,在微风中轻轻摇曳。那位老妇人推着轮椅上的男子,又出现在柳树下了。

老妇人身材匀称,衣着蓝色的碎花外套,穿一条藏青色的直筒长裤,显得优雅而精神。一头花白的头发,和脸上的皱褶,才让人看出她年岁不小了。

她伏着身子,与轮椅上的男子,开始了惯常的语言训练。她一边大声说着,一边两手还不停地比画着。

明人站在窗口,可以听清老妇人的声音。她是在教男子:1加1等于2。男子的声音含混迟钝,嗯嗯啊啊的,回答得不无艰难。

明人看到过那位男子的脸。嘴脸歪斜着,口涎时不时淌下。老妇人总是耐心地用手绢为他擦拭。

半年之前,他见到的那男子的脸,是另一番模样:轮廓分明,五官端正，有几分英气。那身材也是属于挺拔修长型的，给他的感觉是位成熟稳重的中年男子。

也就是半年前，有天他听邻居说，隔壁单元的一个男子，五十岁左右，忽然中风了，楼内的居民和小区保安都迅速施以援手，男子被迅速送到附近的医院，抢救了几天，总算把命保住了。

几个月后，他就看见每天上午，阳光晴好的时候，那位老妇人就会推着轮椅上的男子，到河畔柳树下，或教他说话，或给他讲述着什么。微风徐徐，杨柳弯弯，老妇人不厌其烦，那神情也是慈爱温和的。

这位老妇人真不容易啊！明人了解到，老妇人已过八旬，丈夫前两年病逝。那中年男子是他的儿子，又突发脑溢血，这是对她莫大的打击。

男子患病不久，小区物业还发起过一次慈善捐助活动，明人也捐了几百元。陪同物业把善款给了这位老妇人，也是表达一份爱心。不料，老妇人婉拒了，她说她感谢大家的好意，她说她用不着这些钱，还掏出了五千元给物业，说把这些钱全都用在更需要的居民身上。

老妇人轻声细语，笑容款款。明人他们想劝慰的话，涌到嘴边，也只能打住了。这是一位什么样的女性呢？听说她曾是一位大学老师，教哲学的，可以想象她年轻时，如杨柳柔美，婀娜多姿。如今面临这般磨难，仍从容淡定。

两天前，他知道了一个真相。

那天明人到玉佛寺调研,在一位法师的引导下,来到一座黑铜观音殿前。法师说,这是几年前新建的,当时寺庙正有这一计划,建设预算三千万元,有一位香客知道了,对住持说,她儿子做外贸生意,赚了一些钱要给她。这个殿的建造款,她就一个人捐了。明人察看了悬挂着的几块牌匾,都没见到捐赠人的名姓。法师介绍说,这位捐赠人表示不用写名字。捐三千万和捐三百元,功德是一样的。捐了,出了这门,我就放下了。如果写上名字,我就会老记着是我捐赠的。

法师很健谈,了解到明人居住的小区,就眼眸一亮,说,那捐赠人和您是住一个小区,前些天还来过呢,她儿子中风了。

老妇人和她儿子的形象,立刻浮现在明人的眼前。

法师继续说道:她儿子中风了,原来的生意无人为继,大受影响,寺庙本来想给她筹点款,助她渡过难关。她坚决不要。

面对大家对她的同情,她说,她是幸运的。一是因为儿子本来第二天要出国的,如果在飞机上发病,病情就一定会被耽误。二是自己虽然八十岁了,但身体健朗,能够由她亲自照顾陪伴儿子,教他重新说话,也教他努力站起,是好事呀。

此刻,明人想到这里,双眼都有些模糊了。他想走下楼去,有一种想和老妇人好好聊聊的欲望。真的,是什么支撑了这位历经沧桑的老人呢!

风吹杨柳,杨柳弯弯。有一种柔韧和坚强,在眼前闪亮。

宽窄巷子里的老克勒

在宽窄巷子游逛了一阵，有点儿燥热，有人建议找个茶室品品茶。前边街檐下，正巧有个茶馆，领队的老瞿一点头，大队人马就涌进了茶馆。

茶馆顾客稀少，进门处，有一个精瘦的老头，独自品茗，目光散淡，神情自在，朝他们扫了一眼，又埋下头，有滋有味地啜饮着盖碗里的香茶。

十多个人找了两张方桌，在讨论点什么茶时，有了小争议。服务员是一位二十来岁的川妹子，笑容挺甜。老瞿对她说："你给我们推荐一下这里的好茶吧。"川妹子抿嘴一笑，说："我们有绿茶和花茶。绿茶有毛峰、雪芽、竹叶青、蒙山甘露等，花茶是茉莉花茶。你们是上海来的吧？可以品尝一下我们这里的茉莉花茶——碧潭飘雪——。"川妹子口齿相当伶俐。

还未等老瞿开口，仇老头粗嗓门就爆响了："茉莉花茶还不如喝上海的！"仇老头曾是一名机关干部，退休半年多，心态一直不好，爱开横炮。川妹子被他怼得张口结舌。刘老师看不过去了，说："这也不一定。要想知道梨子的滋味，还得亲自尝一尝，我看成都的茉莉花茶，肯定名不虚传。"

"我建议点这个。"罗阿姨也立即附和。

仇老头鼻子哼哼的，想说什么，又憋了回去。

这个旅游团队是街道组织的，十多位参加者，并不都相识。老瞿携了老伴参加，因为退休之前是区人大代表，街道就请他当团长，压压阵。街道一位李副科长当秘书长，负责具体事务。这趟蜀中行，参加的都是退休已久或者刚退下的老人，难免磕磕碰碰。老瞿觉得有点儿累，后悔接受了带队的任务。李副科长忙前忙后，态度谦恭，也不愿意得罪任何一位，都是低头不见抬头见的街坊邻居。喝个茶都要争个脸红脖子粗的，其他事用脚趾头都可以想到有多麻烦了。

既然仇老头住嘴了，老瞿也就表态了："就以茉莉花茶为主吧。不过，老仇，你想喝其他的，也可以。李科长，你说是吧？"

李科长频频点头，心里却嘀咕，谁想喝啥就点啥，那也承受不起呀。毕竟，一分一厘他都得省着用，这个秘书长并不好当。

还好，仇老头没再吱声。

一壶茉莉花茶，配十多只盖碗。上茶了，香气芬芳馥郁，汤色黄绿明亮。大家举杯凑近鼻下，又轻啜一口，都啧啧称赞。仇老头也静静地品味着，难得有一丝沉醉。老瞿轻抿一口，舌唇之间鲜爽而又醇厚，确实好喝。那位精瘦老头朝他们张望了一下，又面无表情地垂下了眼帘。

这时，一拨北方男子进来了，动静挺大，有一位还拍了拍李科长，让他往里挪挪凳子，说挡住他们走路了。李科长便半站着，动了动椅子，怀里紧箍着挎肩包，里面有用塑料袋包着的一笔现金，是他们的部分活动经费。

北方男子闹腾了一会儿，听说茶馆里没有他们要的面食，又嚷嚷着离开了。他们一走，茶馆里安静了许多。老瞿他们继续品茶。另一侧，有几位当地的小伙子在结账，川妹子客客气气地送他们出了门。

约莫三五分钟，李科长忽然叫了一声："不好！好像少了东西！"他急忙打开挎肩包，伸手摸索，又拉开里层拉链低头查看，脸色苍白。

那一包现金不见了。

这下像捅了马蜂窝，大家都焦虑紧张起来。还是仇老头，又是不冷不热的语调："这点钱都管不好，大学白读了。"刘老师他们也着急了："怎么回事？""小李，你别开玩笑好吗？"

七嘴八舌的，还有几位让小李好好想想，怎么会丢呢？

是呀，刚刚进来时，背包沉沉的，那袋现金分明还在呀！

这时，小李恍然想到了什么，说："莫非是刚才——"

仇老头插嘴道："还有刚刚出去的人，也有嫌疑！"

老瞿发现墙角有一个探头，伸手一指，大家的眼睛都亮了起来。

可是川妹子的回答又让他们失望了：这几天监控网络不好，正等待

修理。

仇老头首先就发难了:"那就是你们的责任了,你们得赔。"有人跟着呼应。川妹子的脸红一阵,白一阵。

"这个……要讲道理啊,你们找都没好好找,就怪人家店里。"熟悉的上海口音,竟出自那个瘦老头。

"你是谁?"仇老头厉声发问。

"我也是上海人,上海的老克勒。晓得和平饭店伐?"瘦老头站了起来,缓缓走近他们。

"侬在这里做啥?老克勒早过时了!"仇老头丝毫不买账。

瘦老头大笑起来:"老克勒可以过时,但是我的本事不会过时。我告诉你们,你们的钱没人拿过,自己先好好找一找。"

瘦老头说得这么坚决,大家将信将疑。小李也低头在桌底下找了起来。忽然,小李抬头,往柜台上看去,那包钱赫然在目。他拍了拍自己的脑袋:"哦,想起来了,是自己疏忽,刚才付茶款时,把它落在那里了。"

钱袋没遗失,大家都松了一口气。这上海老克勒怎么猜得这么精准呢?瘦老头笑了:"要看是谁的眼睛。"

川妹子在一旁说道:"我舅舅是来成都玩的,他退休之前,是安保公司的队长。"

妈妈的红烧肉

吃过那么多美味，如果要回答哪一道菜最可口，我一定脱口而出：我妈妈烧的红烧肉。曾经写过一文，介绍妈妈的红烧肉，写之前专门向母亲讨教烧这道菜的窍门。母亲毫不遮掩，一口气兜底翻：首先要选好肉，肋条，肥瘦得当；放锅里清水煮一会儿，拿出洗净，切成块；再放油锅里，油锅要事先放葱姜煸了，再放入肉块继续煸；煸到一定火候，倒下半瓶黄酒，通常是特加饭，继续煮，半小时后再加入红酱油、冰糖，另加少许盐粒，如此再焖上个半小时，水开之后还要不断给肉块翻身；最后半个钟头，是用小火焖，一焖就到极致了。

说起来容易，把握火候与分寸就难了。你说什么是"一定"火候，还得反复在实践中体悟。按什么比例配料，也不是随便拿捏得住的。我不懂烹饪，也只能用文字"依样画葫芦"了。

碰上十多年不见、现在在北京发展的一个朋友，一见面就念叨起我母亲和红烧肉来了。吃红烧肉是十来年前的事了，亏他还没忘记。他说，实在太有味了。我笑道：下一次一定再请你饱餐一顿。我讲给母亲听，边讲边吃了好几块鲜美肥嫩、津津有味的红烧肉，浸于幸福之中的感觉满溢。

在援疆的第一个年头，我从南方到了大西北，远离故乡家人，各种不适应状况都出现了，而胃的记忆功能此时愈发凸显。对妈妈的红烧肉，充满渴盼。

连续待在喀什快两个月后，正逢那年国庆假日，我准备以工作的方式在当地欢度。正巧有老友要来看我，问需要带什么东西，我不假思索地回他："我妈妈烧的红烧肉，帮我带一些来！"知道自己这一愿望既会让母亲生出怜爱和小小欢喜，也会令她忙碌一阵。

果然听说母亲早早赶到菜市场，肉摊前精挑细选，选中好几斤肋条肉，回家后洗切配料烹饪。用的都是上好的料，还破天荒加了一小盅茅台酒，代替原先的特加饭，这一来肉更醇香入味。待自然冷却后，又把肉小心装进新买的密封器皿里，用几层塑料袋包裹好。飞行七八个小时，其间还得经停乌鲁木齐，母亲怕把红烧肉给颠簸坏了，她要把原汁原味送到遥远的他乡，送到她儿子那儿。

两位老友认真，我建议他们直接托运，胖老弟在电话里却信誓旦旦："不用，我自己随身带着，一定把红烧肉送到你手上！"瘦老哥也在一旁附和。

我随即向"援友"们宣布:"国庆节前可以吃上来自上海的红烧肉了!"大家一阵欢呼。吃了两个月当地菜,口味截然不同,这家乡的红烧肉属于久旱后的甘霖呀!

那天下午,我急切地赶到机场迎接老友。孰料,那个时段航班的乘客都走得差不多了,还不见两位老友的踪影。我立马拨通了手机,是胖老弟接的,说此时还耽搁在乌鲁木齐机场转机,要深夜才能抵达喀什。他言之凿凿:"红烧肉就在我手上,放心吧!"

我折回去对"援友"们再次宣布:"红烧肉今晚可以到,大家尽情期盼吧!"

大约晚九点后,我在宿舍客厅等候,一次次地看表,也计算过朋友应该到达的时间。虚掩的门终于被推开,胖老弟的声音传来:"我们到了!"

按捺住急迫的心情,含笑送上注目礼。却听胖老弟跟了一句:"不过,要向你抱歉,我犯错误了。"

我的心"咯噔"了一下,知道自己的血压一定在往上蹿。"我,我把红烧肉给弄丢了。"胖老弟这句话像是一根棍子砸在我头上,让我一时说不出话。

见他拖一个行李箱,身子朝我欠着,脸上充满内疚,瘦老哥站在一旁,大气也不敢出。他们杵在那儿。

好一会儿,我缓缓吐出一句话:"连这点肉都带不过来,要你这一百多斤肉来干什么呀?"

后来想想,这句话真是说过头了。向来温和的我,当时确实是"喷"出这话的。而两个铁哥们竟也像犯了大错的孩子,唯唯诺诺,一脸羞惭,都知道这不是简单的一罐红烧肉。

我艰难地向"援友"们转述这一消息,口吻沉重而无奈,大伙的眼里也满是失望。翌日,我让"援友"们到喀什街头寻找供应红烧肉的饭馆,而且希望是与家乡味道接近一些的。最后总算找到一家,几十人过去,首点红烧肉。大家纷纷动筷,但很快就有人皱了皱眉。这肉甜得有点发齁,明显是加了好多白砂糖。

上海带来的红烧肉怎么丢的?两位老友回忆,在乌鲁木齐机场从T1转T2航站楼,坐上摆渡电瓶车时,那罐肉还在他们身边。到达T2时,两人只顾上大件行李,却把红烧肉落在车上了。直到上了飞机,才忽然想起红烧肉没了,却已来不及补救。

母亲的一番爱心、苦心失落,我的心未免生疼。怕母亲得知真相,当她电话里问起:"红烧肉吃了吗?好吃吗?"我心里愈发难受,只能撒谎:"很好吃,大家都说很好吃……"

此后半年,我没敢向母亲透露实情。后来,我出差返沪,回疆时母亲又精心烹饪了红烧肉,让我带到喀什与"援友"们大快朵颐。其实,这么多人分享妈妈做的红烧肉,每人只能夹到一两块尝个鲜,然而,一位年过半百的老处长却对我说,他今天竟然吃了四碗饭,是就着红烧肉肉汤吃的，太有味了！那罐妈妈做的红烧肉，汤汁都快被舀尽，肉块自然丝毫未剩。

逢着那样的"分肉餐"，总还有另一碗红烧肉由食堂当地厨师烧了端来，满满一大碗，常常才只动一块——那是我吃的。我把妈妈做的红烧肉省给大家，自己最终吃一块食堂肉解馋，一块而已。

春节回家过年，母亲又煮了一锅红烧肉，我终于可以请几位"援友"到家来做客品尝。大伙吃得一迭连声地赞叹，母亲脸上的皱褶里尽是欣喜和欢畅。一切释然，我才向母亲道出那一次红烧肉丢失的故事……

交警老田

小罗从警校毕业，被安排到交警大队工作，他的师傅就是老田。

老田四十多岁了，还只是一个副支队长，每天带队到路上巡查。有人悄悄与小罗咬耳朵："你师傅这里，有问题！"他指指自己的胳膊肘，意味深长地说。小罗不解，追问了一句："什么意思呀？"那人并不直言回答，只是笑眯眯地说："你自己去好好观察吧。"

小罗到路上巡查第一天，就发现一所小学门口的道路旁，停了一辆车。不用说，这一定是违章停车。学校门口的一定范围内，不许停车，这是明摆着的道理，哪位冒失鬼这么没脑子呢？他心里一笑："嘀嘀，算你倒霉，今天撞到我的枪口了。"他得意了，步子也飞快起来，还不忘通过对讲机，向师傅老田报告情况。师傅听他叙述，也断定是一起违章停车。小罗身子更轻盈了，很快就来到车边，毫不犹豫地在车前挡玻璃上，贴上了一张罚单。

没多久，小罗就见一位三十来岁的魁梧男子，牵着一个背着书包的女孩，走到了车旁。他探头看了看罚单，回头朝地上也仔细看了一下，便一把撕下了罚单，抬起目光寻觅着什么。直到目光与小罗相碰，他向小罗招了招手，小罗走了过去。

"是你贴的单子吗？我怎么违章了？"魁梧男子挺直了身躯，质问道。

"学校门口这条路旁，是不能停车的。"小罗平静地说道。

"你没看见吗？这不有好多辆车停着吗？"男子中气十足、振振有词的模样。

"他们都停在车位上，你不是。"小罗仍然冷静沉稳地解释道。

"我这里不是画着车位吗？你仔细看看。"男子依然不让步。

地面确有一个车位的痕迹，不过，这应该已是废除的了，上面还有涂抹过的色块，因为日晒雨淋，已经淡去不少。但在这里停车，违规无疑。

小罗自然坚持自己的观点。

男子不服，说要投诉。小罗报告了师傅老田，师傅很快就骑着摩托车过来了。他听了男子的申辩，蹲下身，在地面上查看了很久，皱眉思考，然后微笑着转向他们。

小罗以为师傅绝对是力挺他的，他这么仔细查看和思忖，言辞肯定有说服力。没想到，师傅说："这次就不罚了。这车位标志没彻底清除干

净,我们管理部门有责任。"这回男子高兴了:"这位老同志实事求是!"

小罗则有些发蒙,后来想起人家告诉他的话,他感觉师傅老田,真的有些怪异。

之后,师傅老田打了电话给相关部门,让他们迅速来现场,把车位线清除到位。然后他拍了拍小罗的肩膀说:"这事也不怪你,你没错。"但此刻的小罗,心里已有一番纠结。

没过几天,又碰到一件事。有一辆奔驰车停在一家商场门口。小罗等了好久,不见有人来,便按规定让牵引车把它拖到停车场了,并贴了一张通知在地上。

小半天后,他的手机响了。一个陌生男子声音气咻咻地说:"我怎么违规了,你把我车拖到哪儿了?"

小罗赶到现场,师傅老田也到了。小罗对气呼呼的男子说:"商场门前不能停车。"男子指着地上的车位线说:"这不是车位吗?"

"这是商场自己画的,不行的。"小罗事先已做了了解,态度很坚决。

"我怎么知道是谁画的呢?有车位,就可以停呀。"男子也毫不示弱。

师傅老田咳了一声,小罗和男子都把目光投到他的脸上。

小罗完全相信,师傅会是支持他的。不料,他竟放了那男子一码,说:"这事怪不得顾客,还得责成商场整改!"

小罗憋着气。他忽然明白了。原来师傅的胳膊肘真是有问题——朝外弯呀，这算哪门子事呢！

小罗对师傅老田真有意见了。

一天，他随师傅巡查。有一辆车在缓慢行驶，师傅果断地把那辆车拦下了。

驾驶员是一位上了年纪的老先生。被拦下时，还有点莫名其妙。

师傅沉着并面带微笑地说："老先生，你开车，还在操作手机，不知道这多危险吗？"

老先生愣了一会儿，才点点头："同志你眼睛这么尖呀，我就发了一条信息，就被你看到了。"

"老先生，罚你主要是让你记住，也是为了你今后的安全。"师傅说。

老先生说："你既然这么说，我就接受处罚！"他接过了罚单，还向师傅鞠了一躬。他转身上车离去时，还向师傅和小罗挥了挥手。

小罗看着也挥手还礼的师傅，仿佛又明白了许多。

微信之谜

明人半夜听到手机的嘀嘀声,是有微信来了。这么晚了,是谁呢?不会是公务吧?他在迷糊中爬起身,拿起手机,亮屏查看。

这一看,把自己吓了一跳:竟是一个过世数月的老文友的微信。发的是他之前的一篇散文,明人曾经读过,还和老文友有过探讨,明人对它的评价有褒有贬,但他总体认为是一篇颇有新意的作品。当年,老文友也赞同他的评点。他此刻有点惊悚感,老文友怎么复活了?而且在这个夜深人静的时刻,发来了这篇文章呢?

明人睡不着了。干脆打开灯,抓住手机,扫屏起来。一边扫屏,一边思忖。这究竟是怎么回事?他是不相信鬼的,可是这鬼一般的事情发生了,他不可能心安神宁。

朋友圈里有好些人,他似乎很陌生。当初加上微信时,自然是认识的,不过有许多是一面之交。明人负责区域的招商引资工作,对各色人等,都不可轻易怠慢。别人要加微信,他也不好意思拒绝。加了之后,有的来不及备注,时间一长,是谁都记不清了,好在没多少联系,也就无所谓了。所以他打心底里对微信好友这一名头,是不敢恭维的。加个微信就成好友了,这也太随随便便,太泛滥了吧?不像老文友,好些年的交往与交流,称为好友是绝不为过的。

有微信名挺醒目的,内容也花言巧语般地撩人,仔细一看,是名副其实的广告。微信名也不避讳,直接附注了"广告"两字。他挺纳闷,这是哪位也不打声招呼,就擅自改了微信名,直接就打出了商业广告呢?有一个挺长的微信名,做着智能小家具的广告。他翻看了他或她所发朋友圈的内容,大致猜出这是哪位了。当时刚加的名字,就是一个成语,外加一个表情,现在演变成了商品的名称。这一位还算好认,其他好多位,或者说亮出广告的,他还真猜不出是何许人也呢!

好在这也侵犯不了他多少。他也就见怪不怪,熟视无睹了。

不过有一个微信朋友,让他也曾大吃一惊,目瞪口呆好久。

那是一个涉及诈骗而入狱的小老板,微信名就是本名。他记得听说那人入狱,就把他微信给删除了。可这天,他发现这个微信号竟然还在朋友圈里发信息,是九宫格的风景照。他真是疑惑,那人分明被判得很重,不可能这么自由地在狱中手机微信呀。他一时也想不出个所以然。

工作一忙,他也把这一茬暂时给忘了。

但今夜,这老文友的微信,刺激得他内心没法安静下来。那个小老板的微信动态又在屏中出现，再次刺激了他。

小老板发的多半是风景照，时不时还有美食照。

他真的很纳闷，这个微信号信息虽发得不多，但这两年里似无间断。这真够蹊跷的。

明人蓦然一个激灵，想到这会不会是同名同姓的另一个微信朋友呀？

完全有这可能呀。这小老板的名字也是大众名字，并不稀罕的。

心里有结，就得解开它。他不敢冒昧直接发此微信。他想到了一位好友G，是和他相处不赖的知己。他索性拨了他电话。

好友接了，他惊讶明人半夜来电。

明人先把小老板微信的情况说了。好友G和他一起回忆，想到了只有一面之交的异地朋友。好友G让他稍等，说他查查他的名片档案。G有个好习惯，所有的名片都扫描后储存在电脑里。很快，查到了那个人，与小老板同名同姓。明人内心一块石头落地，而另一块石头，更沉沉地压在心房。明人向G说了老文友微信的事，G也懵住了。怎么会有这种事？G说："你让我也睡不着觉了。干脆，你就回复一下这微信，既然你不信鬼，又忌惮什么呢？"

明人想想也是，这么猜想下去，也没有用。他鼓起勇气，回复了两个字："好文。"

少顷，老文友的微信，竟然向他发起了语音通话。他心一悸，抖抖颤颤地，终于接通了。

是一个女声，对方叫了他一声叔叔，说是自己想念父亲了，在看父亲的微信，不小心就把那篇文章发出了。她想一定把叔叔吓坏了，她正想怎么向叔叔解释呢，叔叔回复了，她连忙拨了语音通话……

那是老文友的女儿。明人举着手机，连忙说："没关系，没关系。"手心里全是汗。

做保险的老邻居

那天在马路上,几十米开外,老邻居潘阿姨看到了明人,转身拐进了弄堂。明人知道她是怕见他,至少应该有些愧疚吧。

三年前,完全不是这番情景。某天傍晚,几乎没什么往来的潘阿姨竟找上门来,她是明人二十多年前的老邻居。明人搬离那个小区后,就没再见过她。她突然登门拜访,老母亲自然很热情,给她搬凳,沏茶,端水果,还问起她家人的情况,唠起了家常。

潘阿姨原先住明人楼下。那时她是从城西嫁到这里,也有七八年了,新娘子的称呼一直没改口。

明人见到她,嘴一张,叫的也是新娘子。潘阿姨扭着圆桶似的粗腰,还带点羞涩地笑道:"还新娘子呀,早就是老娘子了,孩子都工作了!"说完,又咯咯咯地笑出了声。

潘阿姨确实发福了,也显老态了。脸上的鱼尾纹很明显,即便她笑时，忙不迭地左右开弓，用手指压着眼角，那皱纹还是趁她有所放松时显露出来。

问起她还在工作吗，她爽利地回答，早就买断工龄，回家自己干了。前些年，帮着朋友管管仓库，朋友的企业倒闭了，她就出来做保险了。说到这里，就不再需要明人他们问了，她嘴上跑火车，一股脑儿就把她做的保险的种种好处，和盘托出了。

这时候，那眼角的鱼尾纹生龙活现起来，她也顾不上了。

这下明人全明白了，还以为人家大老远赶来，是有情有义呢，原来，是上门推销保险来了。

这类事，明人没少遇到过。

潘阿姨推销的是一种医疗保险。一年只要交纳一次保费，按照缴费的数额，就可以享受相应的医药费的报销。她反复强调，这是报销医保不能支付的费用，覆盖范围和数额不小，对普通家庭很是实惠。她向明人和老母亲郑重推荐，说有备无患，一定合算。买保险是关爱自己，爱自己，才是天经地义。

她坐在椅凳上，喝干了一杯茶，老母亲又为她续了一杯，她又喝得差不多了，还没有起身要走的意思。

想到人家特地上门来，而且这医疗保险听来又挺合适，老母亲就暗示明人应允。明人便掏出了四千元人民币，为自己和母亲各买了一份保险。

潘阿姨高高兴兴地走了。这一年里,还两次到明人家来过,送上了几盒饼干和肥皂,说是保险公司赠送的,是对购保人的一点小回馈。

常言道,礼轻情意重。明人,特别是老母亲,心里多少有点热乎乎的。待潘阿姨也如上宾,热情有加。

这样连买了三年保险。前两年,托老天的福,明人和老母亲无甚大碍,有些基础病和胃痛发热的情况时,医保卡都足以应付了,也没用到潘阿姨的医疗保险。但第三年年中,在小区里,明人的小腿被一户业主豢养的小狗抓破了。他赶紧去医院打了五针疫苗,花去了两千多元,是自掏腰包的,医保卡没法支付。

潘阿姨有一天上门,明人忽然想起这档事,咨询是否可以理赔。老母亲也提起,前两个月种牙,花了一万多元,医保也不能承担,潘阿姨这里是否可以处理。说得小心翼翼,仿佛是向她讨要什么。

潘阿姨皱起细眉,鱼尾纹立马伸展开来。她摇了摇头,说,种牙不在理赔范围,她爱莫能助。至于明人打的疫苗,她说,医保卡应该可以付的。

明人说,他去指定的医院打疫苗,医院告知,只能自付现金。

潘阿姨又扯了几句其他的,临走时,留下一句话,说她去保险公司问问。

又是一月有余。再次见面时,潘阿姨说:"你得把看病记录和各类凭证、发票等,找全了,公司要审核的。"

明人就抽空把发票凭证找了出来。有关病历记录,他仔细回忆,确信没有过。

潘阿姨手机回复道,你去找医院拿,医院肯定有,这可是最重要的一份材料。

找了一个公务间隙,明人专程去了一趟医院,好说歹说,医院把当时的记录打印了一份,还盖了医院的专用章。

这是一张选题式的记录卡,医生在询问了明人伤情后,在记录卡"被狗抓的""伤口未出血""24小时内来医院"等相应内容上打了勾,最后签署了自己的名字。除此之外,并无其他文字描述。

他把这记录卡送交了潘阿姨。潘阿姨说:"这不行呀,要的是病历诊断记录。"

明人实在想不起来当时有潘阿姨说的病历卡,医生应该就是这样记录的。

但潘阿姨说得很坚决,声调也提高了几度。明人有点心灰意冷,便说,那就算了,不用办了。

潘阿姨沉默了一会儿,说:"你还是再去医院问问吧。"

明人后来又去过一次医院,可接待的医生说,来他们医院治疗被动物咬伤的病人,用的都是此卡。连院长也在一旁证明,这是他们的统一做法。

明人悻悻然离开医院,用微信向潘阿姨说明了原委。潘阿姨发来几张苦笑的脸谱，上面看不到一丝皱纹。

理赔一直没办下来，明人忙于公务，也就把这事也忘在脑后了。

他和老母亲聊过此事，看这医疗保险也不太容易受惠，新的年度，就不打算再续保了。

但在明人出差在外时，潘阿姨又来家里了。老母亲拉不下脸来，最后还是付了钱，继续参保。

明人知道，潘阿姨是故意避开他，老母亲是邻里街坊众所周知的心软。

他觉得潘阿姨不够厚道，发了一则消息给她，只是说，这理赔这么难，能否把老母亲刚付的这笔，退还了。

潘阿姨迟迟未回复，直到这天在街上见到明人，她闪身进弄堂，消失了。

明人苦涩地一笑，忽然觉得眼角皱皱巴巴的，他想，不会是自己的鱼尾纹也更深刻了起来吧？

逆行者

从茶室里出来，明人出门右拐，往前走了没几步，老彭在后边叫明人："哎，等等，到对面走。"明人停步，回头看他，还一脸不解，老彭走上前，拽住明人的胳膊，就往马路对面走去。

明人迟疑了一会儿："你到对面，还有事吗？""没事呀，对面走，不是安全些吗？"

明人这才醒悟过来，这位老同学上学那会，就有这个与众不同的习惯：逆行。人行道上，人家都按规矩右行，他偏要左行。他说，这样走，来人正面看得清清楚楚，有踏实感。偶尔骑单车，他也靠左逆行，说是有车过来，远远的就一目了然，可以早作防范，躲避得开。即便撞上了，也比被从后边过来的车猛地撞上好，至少能看见是谁、是如何撞上自己的。当年，明人就嗤之以鼻，什么怪论呀，难道交通规则，还不如你的那套合乎情理？

可老彭不听劝告，我行我素。多少年，就这么依然如故，谁也拗不过他。

幸亏老彭从不开车，倘若会开车的话，那他这套怪论又如何坚持呢？恐怕不是被警察处罚得驾照都吊销了，也得车毁人伤好几回了吧？

明人以前随着老彭，在人行道逆向行走过。人行道宽敞一些，行人稀少的时候，行走倒也无妨，在稍窄一些的人行道上，就得时时避让。有一回，一个妇人迎面走来，明人走在老彭的后边。待妇人走近时，老彭往右闪，妇人也往右靠，老彭连忙调整向左，那妇人偏偏也往左挪身。两人一来一回的，竟然僵持住了。老彭干脆侧身紧挨着左侧的围墙，一动不动，妇人才定了定神，在让出的大半个通道上，摇摇晃晃地走了过去。那张脸上的一对眼珠，像是狠狠地剜了老彭两口。

明人说，你看这多不方便呀，还招人嫌。老彭则振振有词，这算什么呢？又没任何皮肉损伤，你没听说那些被身后车碰撞的人，跌在地上，嘴啃石板，有多惨！何况，逆向走，还可以活跃逆向思维呢！

老彭的歪理，谁也辩驳不了。何况他是名律师，巧舌如簧，用词一套又一套的，明人也没工夫多理论。

这回是下午，马路上车辆不多，他们走得也快，穿过横道线，就到了对面。再走个上百米，就是他们要去的地铁站了。边走边聊，老彭还沉浸在茶室的话题氛围中，手舞足蹈，表达着他最近在一件刑事案件中有望大获全胜的喜悦。

案子不复杂，是个二十多岁的男孩，杀了他女友。案件的经过，检方也调查得很清楚，杀人偿命，男孩的定罪和量刑，几乎是铁板钉钉的。

老彭应被告之父、也是自己的一位熟友之请，担任了辩护律师。他逆向思维，拿出了男孩有精神疾病的依据，以及是在发病之时误杀了女友的相关证据，给案子来了个颠覆。

明人几次问道："这男孩是真有精神病吗？还有，就这么让他逃脱惩罚了？被害者岂非太无辜了，她的家人又当如何？"

老彭说："这就不是重点了。重点，知道吗？世上万事，要考虑的实在太多，抓住重点，才是上上策。这案子的重点对我来说，就是要为被告开脱。其他的，都不是重点。哦，对了，我跟你讲这个案子，重点也不是赢与不赢，我只是想强调，逆行有诸多好处，我这几十年的习惯，也可以说是特立独行，有助于我的逆向思维。这就是我想和你讲的重点。"

老彭说得颇为得意，简直眉飞色舞。

明人瞥了他一眼，想说又不想多说了。

这时，有人骑着一辆单车，从弄堂口窜出，直接右拐，上了人行道，快速向他们冲来。两人一阵慌乱，走在前面的老彭躲让不及，被直接撞倒在了地上，后脑勺砰地一声撞在了上街沿上，半晕了过去。

明人叫了120，把他急送进医院。还算大幸，老彭只是蛛网膜下腔出血，在医院住了几天，便回家休养了。

至于那个冒冒失失的肇事者，是个还未满十八岁的小男孩。小男孩的父母亲带着孩子，上医院探望了老彭，也表示了道歉，给了赔偿。

那天，明人恰巧也去看望。听见男孩的父母说，这孩子从小就不好好走路，连骑车都逆向行驶，还说这样好，就是出事也明明白白，何况还能锻炼脑子。不知从哪里学来的，你瞧他这脑子，真坏掉了！

小男孩搓着手，不吱声。

明人看了看半躺在床上的老彭。老彭抿了抿有点干涩的嘴唇，想说什么，但一句话也没说出口。

念奴娇

念奴娇，是明人的老同学阿刘个人独资开设的茶室。几年苦心经营，在S城东南西北，各有一爿连锁店，生意还算兴隆。

这天下午，东店最大的一个房间，笑语喧哗，时不时还响起激昂的争辩声，引起其他房间的客人投诉服务台。阿刘就和这些中学老同学打招呼，请他们尽量轻点声，否则，他的客人要跑光了。

除了明人，阿刘还真看不太起这些老同学，当年为了高考，放弃许多快乐，陷在排山倒海般的练习题中，一心只想高分。不像自己，想玩就玩，随心所欲。当然，相比较明人，他还是有点自愧不如的。明人平时各门功课比他好，更让他佩服的是，明人课余读的闲书五花八门，还坚持文学创作，好几篇作文上过当地晚报。他就从明人那里借过一本《古体诗一百首》，从此喜欢上了古体诗词，偶尔还涂鸦几首。这茶室名就是他由此而取，很多茶客都谓之不俗，阿刘心中不无得意。

这回老同学聚会，见了面就热血沸腾地争辩闹腾，话题流水似的，涉及天下诸事，常常争得面红耳赤，不可开交。阿刘嗤之以鼻，明人要晚来，他一时无聊，就坐在一边刷手机，其实按他自己的说法，是在进行古诗创作。他常说，这有着与赚钱一样的快乐。

他曾在同学圈发过几首诗词。有一回，还是同学聚后不久，他发了一首词，题为《浣溪沙·英雄豪情》："无聊孤苦又烦恼，时光嫌多不逍遥，英雄豪情余多少，欲想展翅风悄悄，乌云腾起心有潮，大呼阴霾从此消。"

词一发，同学们纷纷点赞，说阿刘可以呀，又经商又从文，是人才呀。

阿刘显然很开心，此后又连续发了好几首。但渐渐的，就无人呼应了。只有他@明人，明人才不得不点评一两句："嗯，有点壮志未酬之慨。""阿刘闲情逸致，颇见古风呀。"老同学嘛，赞美几句，也无妨。

明人本来就是业余作家，发了好多作品。他给了阿刘好评，阿刘觉得是给自己长脸，心里便有所感激，寻思着要写一首古体诗，献给明人。但他对其他同学就不无轻蔑了，认为他们是一群傻瓜蛋、不懂天文地理的家伙！虽然，阿刘本人也只是技校毕业，班上好几位同学还是大学毕业呢！但在阿刘眼里，他们只是呆板的理工男！

快傍晚了，明人来了。阿刘好高兴，拉着明人，就聊他写的古诗，还朗诵了几首，请明人点评指教。明人拗不过他，不想扫他这位聚会主办者的兴，又见这么多同学等着他一起聊其他话题，便随口应付了一句："不错，阿刘生意日好，诗艺也大大提高了。"

总算把这茬应付了，吃饭时，紧挨着明人坐着的阿刘，又扯住明人，大谈他的古诗创作经。

明人道："待会儿我拉你入个群吧，那里都是全国古诗创作的高手。"

阿刘一听很高兴，连忙斟满了酒杯，敬了明人一杯。

阿刘入群了，便发了一首自己的古诗作品。他心情迫切地期待着高手们为他点赞，但一个白天加晚上都过去了，别人的作品都在互动着，自己的却如草原上的一只孤羊，一直无人问津。之后，他又发了几首，除了明人给了一个笑脸，其他人默不作声。阿刘有点耐不住了，便又发了一首，注明是献给好友明人的《浪涛沙·觅知音》："人生需知音，登天难觅。形影相随亦间离，待在寒中风雨急，只树孤立。心灵得相惜，高山流水。群里多是陌生人，不求众赞，惟见真情，一个足矣！"

明人一看，这阿刘犯傻呀，还真自以为是，贻笑大方了。于是，毫不客气地发言道："阿刘呀，你这无非打油诗而已，自得其乐吧。学写古诗，还得认真钻研，向各位好好学习。"毕竟，阿刘是自己拉入群的，这首未免得罪众人的词，又号称给自己的，他不得不从未有过的对阿刘说了重话。

阿刘在茶室，盯着手机上明人那一句话，好半天说不出话来。他的脸红一阵，紫一阵的，终于悟出：明人之前好多话，是对他客气，今天这话才是真话、狠话。

他读了群里别人的诗，不由得自惭形秽起来……

车上车下

山道弯弯,一辆考斯特面包车不急不缓地行驶着,方向是山顶。山顶不仅有今天入住的酒店,更有一座月光亭在等待着车上的人。

夕阳西下时,考斯特在桃花源停留了20分钟。游客无一例外都下了车,步行数百米,在一片深幽的桃花林和被夕阳染得通红的湖泊前,忙着留影。

明人在桃花源也静思须臾。此桃花源非陶渊明安居之处,不过,此景此名倒也名副其实。往前眺望,桃花源茫茫一片,天地相融。他深为遗憾,因为时间过于局促了,两日游,只能让他们在这桃花源入口粗粗浏览,最好的景致一定在林中深处。他怅然离开。其他游客在导游的催促下,返回了车上。

车将启动,有人惊呼:邬先生不在车上!

大家都望向了前面,司机后边的座位空空如也。明人就坐在后一排，稍稍站起身，发现邬先生的挎包也不见了。这究竟是怎么回事呢？邬先生一路都是守规矩和乐于助人的人，不会迷失在桃花源了吧？

导游肌肤微黑，脸颊酡红，身材稍胖，是位当地妇女。她说了一句："咦，也没说一声，奇怪。"她一说，气氛就变了，各种猜测都有。

司机回头冷冷地说了一句："他下车了，我们走了。"说完，车似乎趔趄了一下，然后急速地向前方驶去。

下车了？这个时间下车了？是谁让他下车的？是什么情况呢？

反正，离山顶还有一段路，他在这个时候下车，不太正常呀。明人没说什么，心里嘀咕了一句。

这辆面包车是一早从山脚下出发的，车里坐得满满当当的，大家都是奔山顶去的，但一路的风景都很精彩，大家也挺在乎这次旅行。有的景点必须一游，比如卡拉圣湖、龙泉瀑布、奇竹园、桃花源等等。不过，导游时间卡得紧，多半是走马观花。倘若都想惬意地观赏，那当晚车就到不了山顶。所以上了车，就得按导游的规矩来。难得开口的司机，矮矮的个子，脸一直紧绷着，掌握着方向盘，似乎是主宰者。

游客总体是循规蹈矩的，一路上，有好几个下车的，只是下车的原因各不相同。

最早下车的是一位女孩。导游解释说，她男朋友迟到了，可能在后边车上。她干脆下车去等候了。

另一位下车的男子，是被司机驱赶下去的。那位男子烟瘾特别大，

车下抽了不够，车行驶时，还偷偷点燃了烟。导游提醒他几次，他依然如故，司机就不客气了，半路就把他轰了下去。

而邬先生一路上倒是颇受大家欢迎的人。他头上一款褐色的礼帽，戴一副蓝灰变色镜，背着挎包，胸前的一架照相机价格不菲。

他温文儒雅，有时帮着上车者搬行李，替导游传递矿泉水，有时还给大家指点风景。在车下，还挺乐意地为大家拍照，更有意思的是，他还能现编几首打油诗，即兴即景，当众念给大家听，获得了大家的掌声。明人仔细倾听了，觉得不俗，还不无幽默。

谁会想到，这车在山路上已行驶了大半天了，接近目的地了，邬先生却下车了。这是他得罪了导游或者司机，被赶下了车，还是发生了什么变故，使他只能独自步行最后一程了？猜测似乎有点模样，而且也充满想象，明人没想出个结果来。

夜幕还未完全降临时，山顶到了。办了入住手续，又去吃了晚餐，大家自掏腰包，要了酒，闹腾得挺晚。

子夜时分，大家都集中到了月光亭。这是月光亭最美的时候。月光如洗，碧辉闪耀。人沐浴其中，心旷神怡。明人正在为那些下车者，特别是为邬先生可惜。此行一路颠簸，其中最值得大家期待的，就是此时的良辰美景呀。不经意地转身，却发现邬先生已站在后边，端举着照相机，专注地拍摄着。随后还看到其他几位下车者，另有几拨后上山顶的游客。

原来，邬先生是主动下车，他想多点自由时间，在桃花源深处探幽静心。他和司机说了，司机仿佛有点莫名的不满，不置可否，也不多吭声。邬先生是搭后面的车上山顶的。他说少吃了一餐酒饭，多欣赏了自然风景，这也是人间乐事，值！

眯细眼和丹凤眼

"明人，你没发现吗？眯细眼已经好久没声音了。"同城的老凌给明人发来微信。

明人也感觉到了，不过，他还是按惯常的思维觉得："不会是太忙，顾不上吧？"

"不可能呀，我们这个老同学群就是眯细眼扯的旗，平常他多活跃，三五天，总有一两条信息的。"老凌肯定的口吻，似乎还有话含而不露。

这一点真是不假。好多年前，眯细眼从 M 国回来探亲，邀了一拨老同学相聚。在欢乐的气氛中，他提议建了同学群，把很多年未联系并散居在天南地北的老同学，几乎都邀请入群了，特别是把已定居澳大利亚的大美女丹凤眼也联系上了。丹凤眼大学毕业就留学澳洲继续深造，后来嫁给了一位老外，有儿女一双，听说过得蛮幸福的。她是班上好多男生的梦中情人，长得娇小玲珑，特别是那双丹凤眼，特别迷人。微信群挺热闹，大家时不时在群中聊天，有回忆，有问候，有各类资讯的发布或者转发，当然也有对生活，乃至对人生的感悟和感慨。

新冠疫情肆虐全球，老同学相聚几无机缘，但群里的议论和感叹，却一直没有停歇过。在M国的眯细眼，原本发了不少M国疫情防控的种种趣闻，还叮嘱大家多保重，后来渐渐地就无声无息了。明人心里疑惑已生，但又不便直接询问，倒是老凌私下里捅破了这窗户纸。

"眯细眼一定染上了新冠，他没法说出口。恐怕精神上打击也不小。"媒体工作的老凌敏感细腻，他这番话，明人心里也有猜测，但他没敢说出口，猜测毕竟并非事实证据。

有意思的是，丹凤眼在微信群直言相告，说自己前些日子中招了，还传染给了家人。不过，现在都基本康复了。除了有些乏力，其他状况都不错。她说他们这个小镇上，至今已有一半人感染过了。

大家都表示了慰问，还祝愿她康复平安。她回复微笑和谢意，说没什么的，就当是患了一场感冒。说得轻松平常。

眯细眼则一直没有冒泡。

"不会病情危重吧？"老凌又向明人发了微信。

明人沉吟不语。他真希望尽快看到眯细眼的音讯。眯细眼眼睛长得细小，却是一位重情重义、乐观开朗的好同学。这段时间沉默如此，明人心有不安。

这天，趁着圣诞节临近，明人发了一个"圣诞快乐"的图案给眯细眼。这也是惯例操作。眯细眼在国外这么多年,经常也会在这样的节日,包括中国的新年、春节,与老同学互发庆贺信息。只是这一回,明人首先单独发了这条信息,直达眯细眼个人微信。

可能因为时差,眯细眼大半天后才回复。虽然也只是祝贺圣诞的一个彩图,明人心里也踏实许多,老同学应该安然无恙。

明人又发了一条信息:"老同学近期可好?"

一个晚上,眯细眼都没回复。

明人又心神不定了。恐怕老同学是有苦说不出,明人想,自己也太莽撞无礼了,即便是好朋友,也不该追问。人总得有自己的隐私吧,倘若眯细眼真是染上了这病,他不想让人知晓,这也是可以理解的呀。

几天后,眯细眼才回复。他说他是感染上了新冠,现在叫奥米克戎了。虽无大碍,也无太多不适,但还是担心会有后遗症。他再三提醒明人,不要将他患病的事告诉任何人。他说他真是羡慕国人,防疫如此严格,没多少人感染。

他又说,你别听丹凤眼说得这么轻飘,我认识她老公,她老公说,她核酸检测阳性后,都痛苦了好多次,人都抑郁不堪了,是她老公一直在安慰着她,护理着她。她骨子里和我一样,是很羡慕你们的。她甚至说,当年不出国就好了,在国内多安全呀。

当晚,在同学群里,丹凤眼又冒泡了。她说这新冠并不可怕,染上了,反而有抗体免疫了,她家邻居好多人都染上了,根本无所谓呢!不染上,危险倒是一直潜伏着,还不如早染上好。

明人看着不爽,刚想回她几句,眯细眼忽然露脸了:"新冠不是闹着玩的,但愿患者尽快康复。但愿我的老同学,哦,还有更多的人,不要患上。健康平安,这是我给大家的新年祝福。"

随即,微信群不停地闪耀新年喜庆祝贺的欢乐之光。

会前的尴尬

这个企业大型座谈会,明人提前到了,与已到的企业家主动问好并交谈。

他看到一位小个子男人,人长得挺精神的,席卡上写着熟悉的名字:王正大。

他走过去,伸出双手,与他相握,由衷地说道:"久仰,久仰,你是个成功企业家。你是我太太和孩子的共同偶像呀。"

男子赶紧站起身,不无诚惶诚恐:"不敢当,不敢当。"

"你真是创新奇才,每几个月就推出一款新游戏,我儿子佩服得五体投地。我太太也跟着玩,连广场舞都放弃了。"

男子皱了皱眉,想说什么,明人拍了拍他肩膀,说:"你真不用客气,不用客气。我说的不是客套话,你能把文学名著与游戏,结合得如此巧妙,不仅吸引了这么多年轻人,连上了年纪的男男女女,也被迷住了，不是神奇是什么。"

"领导，不，这……"男子急着想说什么，明人把他打断了："哎，我说的都是真话。你听我说，我还有很多问题要向你讨教呢，王总，比如，你的灵感从什么地方来？比如，你的团队是怎么样的结构？还有，我们在机关工作的，还能帮你们做些什么……"

明人滔滔不绝，有些信马由缰，他是想抓住会前的这么一点时间，与这位第一次见面的知名企业家，好好地聊聊。

这王总却似乎有些神不守舍，是今天的状态不佳吗？

明人还没来得及寻思，眼帘一抬，见另一位小个子男子走了过来，边上还有一位会议工作人员。

那位工作人员向明人介绍说："这是王总，王正大老总。"

明人以为自己听错了，赶忙问了一句："你说什么？他是王……"

工作人员回答得毫不含糊："是呀，他是龙泉网络游戏公司董事长王总，王正大老总，领导。"

明人惊呆了，他看了看先前的那位小个子男子，目光中透出了疑惑。

先前那位小个子急急忙忙地说道："领导，这位是真正的王总。我是海燕公司的刘朋。我刚才几次想和您说，您认错人了，可您没让我有说话的余地。"

明人看看席卡，又看看眼前这两位小个子男子。先前的那位又连忙解释:"这也要怪我,我刚才不注意,坐错了位置。"

　　明人此时站在那里,一时说不上话来。他为自己的急迫和莽撞,尴尬不已。

半夜嘀嗒声

大白天,这个声音又出现了:"嘀……嗒……嘀……嗒……",他都不用侧耳倾听,耳廓就把这声音捕捉到了,并迅即传送到了鼓膜和中耳,在内耳十分清晰地响起。他连忙让老母亲过来听听。这一次,他端来了小板凳,让老母亲坐着,仔细倾听。还特意模拟着这声音,启发老母亲。好半天,老母亲摇摇头,她依然什么都没听见。八十多岁了,老母亲已有些老年性耳聋,明人叹了口气,连忙按了门禁对讲机,请大堂值班的物业人员,上来听一听。

一位一米八高的小伙子很快上来了。他有些艰难地蹲下肥胖的身子,脑袋几乎贴到墙根了,闭眼聆听半响。这正月天里,他的汗滴在额头上沁出了。那声音,明人站得一米远,都声声入耳。即便如此,小伙子还是撑起身子,一脸懵逼,表示根本没听到墙内有什么声音。

这已是第二次了。上次是好几天前,明人先是引老母亲来听,老母亲眨巴眨巴了双眼,毫无听到的反应。后来叫了物业值班人员,是五十多岁的刘阿姨,细长的个儿,眼睛常眯着,眼角和嘴角时常堆着笑。明人让她在门后倾听,她屏气凝神地听了几分钟,不好意思地说,她真没听到什么,那口吻,这仿佛是她的过错。明人不可思议,这嘀嗒嘀嗒的声音,虽然是拖长了的节奏,不过,分明是存在的,怎么他们就听不见呢?

刘阿姨热心,说楼下原先的租客早就搬走了,新的租客还没有签约入住,不妨到楼下去察看一下。

明人跟随刘阿姨去了。在家里发出声响的相应部位,徒有粉白的墙壁,周边也什么都没有。这段时间房间压根儿没有人住,空调、风扇、自来水什么的,都无使用的可能。显然,这声音的来源,与楼下无关。

明人悻悻然谢了刘阿姨,无奈地上楼了。

可是,每到深夜,万籁俱寂,那声音就清晰地响起:"滴……嗒……滴……嗒……",响得不依不饶,响得富有节奏,敲打着明人的耳膜,明人根本无法入睡。

一些平常的忧心事,似乎乘机也涌上了心口,让他烦躁不安,让他翻来覆去,几次爬起身来,又无可奈何。

那声音究竟从何而来?他谛听良久,作过好多推测。可能是热胀冷缩的关系,墙内的什么木板,在冷缩时发出的声音。也可能是蟑螂之类的,在里面日夜颠倒地活动。声音常在深夜响起,白天,一般是在上午，偶尔才会响起。当然，他也想过是不是有自来水管经过，与物业那位胖小伙子探讨时被他否定了，自来水管怎么会从卧室的门后墙壁穿越呢？

小伙子临走时，虽然仍未听到明人反复描述的那种声音，但还算善解人意地说，如果要找出原因，恐怕要把墙壁和地板撬开了。

这当然是一种办法，不过，太大动干戈，有点折腾，明人也没有立即应声。

这声音，还是吵人。时间拖到早春二月了，明人老睡不好觉，两眼都成熊猫眼了。他每晚试着塞了棉花在耳朵里，才昏然入睡，但睡得很浅，稍一醒，那声音仍然执着地直往耳朵钻，他硬闭着眼，但始终处于半梦半醒之间。

他扛不住了，去医院配了药。医生对他说，给他配的是好药，一定能睡个好觉。也真是奇了怪了，他后半夜解了个手，竟又睡不着了。那声音像发电报似的，快节奏地响起：嗒嗒嗒，嗒嗒嗒……，每一声都敲打着他，他又被敲打得睡不安稳了。

再看刘阿姨、胖小伙子，还有其他物业人员，看自己的眼神，都有些怪怪的。他似乎听见他们耳语道："这人是不是神经过敏？"

倒是老母亲还体贴他，说："要不我们换房间睡？"

这也费周折，何况老母亲体弱多病，习惯了自己的卧房，换了房间，恐怕会不适应。他摇头否决了。

就这么忍着吧。人生不就是一个忍字了得？

又过了不久，天气暖和些了，他突然发现那声音消失有一段时间了。

他左思右想，忽然明白了，墙那段有暖气片，有一截连着的水管，在墙内由墙角上方贯穿而过，那声音，肯定是这水管发出的滴水声，因为，这段时间，他没再用暖气。

终于找到症结了。他心中舒了口气。

但他不敢也不想说了。他不想让那些人把自己这个大男人，视为神经兮兮的人。

放下手机

"饭菜烧好了,可以吃饭了。"老母亲蹒跚着走到明人面前,说了一句。

"早着呢,待会吧。"明人瞥了一眼手机屏幕右上角,只有十一点半,自己的文章还只写到一半,肚子也没叫嚷。

"我是告诉你饭菜好了。"妈妈噘着嘴,又说了一句。那神情仿佛还有后半句:你什么时候吃随便呀。

明人双眼又盯着手机,手指不断划动着。一上午就坐沙发上了。他习惯这样写作,几次老母亲要和他说话,他埋首手机,仿佛老僧入定。他没搭理母亲。母亲在他面前来回走过几次,想和他说什么,看他忙着,也就不吱声地离开了。

直到饭菜烧好。她告知他,仿佛是没话找话。这个点,离平时午间开饭,确实还有半个时辰。

明人的儿子来了，坐到了餐桌边。老母亲和孙子絮叨了几句。准备开饭，明人便放下了手机，坐到了桌旁。儿子不常准时回家吃饭，这是难得的美妙时光。

明人关切地问候了他。儿子嗯了一声，头也没抬，目光紧紧咬住手机，玩得挺投入。

明人扒拉着几口饭菜，总想和儿子再聊些什么。看儿子一眼，说了一句，儿子没动弹，又提高声调说了一句。儿子才嗯了一声，也不多说，继续玩他的手机。

他心里有点堵。看着儿子的面容，自己的心里有几分失落。

眼睛的余光里，他感觉老母亲正注视着自己。转脸望去，老母亲若无其事地避开了。

他忽然想起，一上午，自己也只顾在手机上写作，母亲几次与他说话，他就像儿子此刻的模样，不多加理会。他在心里叹了口气。

是的，放下一会儿手机，面对着自己的亲人，就这么难吗？

饭桌上，明人先把手机放在一边，边吃边与母亲絮叨着。渐渐地，儿子也放下了手机，目光与他们时不时地相遇，也交谈了起来。

送错了的外卖

门禁对讲机响过之后,明人匆匆套上外衣,把房门打开了,戴着头盔、蒙着口罩的外卖小伙子,正要把一纸袋的外卖搁在门外的鞋柜上,明人伸手接过了。道谢了之后,关上门,把纸袋搁在饭桌上,去卫生间梳洗了一番,收缀停当,他把纸袋打开了。里面是几个盛得汤菜满满的塑料盒。热乎乎,还飘溢着香味。袋里还装有一瓶手指大小的消毒水,这家店还真够周全的。他扫了一眼纸袋上夹着的外卖小票,上面注明是越南菜,右上角还特意用笔涂了一行字:"客户要求多加一点汤。"

他一开始想到的是,老妈还挺慈爱细心的,一早去亲戚家,出门前,怕自己早饭吃不香,还让人送了外卖来。可后来想想,又觉不对,老妈年纪大了,手机操作不来,从不会叫外卖,不可能是她下单的。要不,她是让上班的孙子代叫的?但这也大有疑问,他从不喜欢吃外卖,宁愿自己煮碗面条。更何况,他对越南菜并不青睐,这家里人都知道,怎么就像从天上掉下了这美味早餐呢!

他仔细想来,又细心察看了外卖小票,发现客户的姓名一栏,写着蒙先生,而非明先生,这莫非张冠李戴了?再看送货地址,显示客户要求隐藏了,只是让外卖小哥知道。这下,明人有点糊涂了。但稍作冷静,他还是断定,这外卖一定是送错人家了。

他打了电话问老妈,结果如明人所料,她根本没叫过,或让家人代叫过外卖。

他又在外卖小票上,找到这家越南菜馆电话,对方问了他单子上端外卖员的号码,说他们会尽快联系外卖小哥的。

明人放下电话,锅里放了水,点火,开始煮面,还敲了一个鸡蛋,顺便做了一只水潽蛋。油醋姜蒜,一应调配好,咕噜噜吃下去一半时,忽然发现时间已过了半个时辰,外卖员怎么还没来拿呢?他竟有些着急,放下碗筷,提上纸袋就奔下楼去。

底楼大堂,物业刘阿姨见他急匆匆的,还拿个纸袋,有些诧异。他说了大概,物业刘阿姨才像刚刚醒来:"哦,刚才说是明先生的外卖,我都有些奇怪,从来没有看你点过外卖。肯定是外卖小哥看错地址,名字也叫含混了。不过,既然你已打过店家电话了,等他们来就是了,何必这么着急呢!"

明人摇摇头说:"不行呀,你看这饭菜都快凉了,外卖小哥一定很急,那等着早餐的顾客也一定很急。"

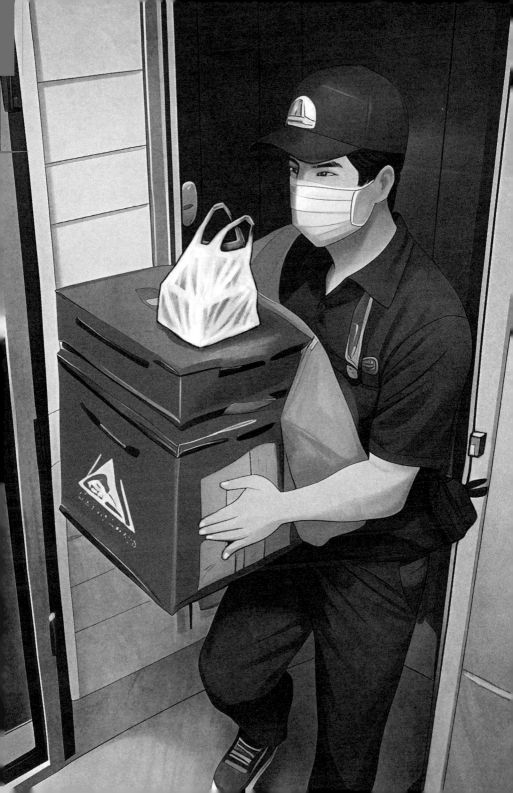

明人刚说完，忽然一位穿着蓝白相间的纯棉衣裤，一看就是病号服的年轻女子急如星火地走进大楼。她脸色灰白，眼睛里还带着一丝困倦，神情十分着急。她问这是送错的外卖吧，我向您道歉，真是不好意思了，我要赶紧送给隔壁那幢楼的顾客。

刘阿姨上下打量着她，狐疑地问道："你，是谁？"

女子急忙解释道，她是送这一单的外卖小哥的妻子。她老公打电话给她，说要晚点来给她送餐，有一单外卖送错楼号了，他把手上的另两个单子先送完，回头把送错的重新送达之后，再赶到医院来看她："你喜欢吃的菜包子，我带着呢！"电话那头，他气喘吁吁的，还不忘说上这么一句，让她温情暖心。她说她愣神了一会儿，坐不住了，便起身悄悄溜出医院，骑了一辆单车，记着老公刚提及的路名和楼号，费力地蹬车，二十分多钟后，找到了这里。

她说，她想大家都很急的，她不能光躺在病房里。话音未落，那位外卖小哥就出现了，看得出很焦急，脱下口罩，脸上都是汗。他见到妻子，也是一脸惊讶，继而又是一阵心疼："老婆，你住院，怎么出来了，你，你真是……"

"我想帮帮你，也是想早点见到你呀！"年轻女子的脸上，飞起一抹淡淡的红晕。

她发现明人和刘阿姨都看着他们，更不好意思了，推了推外卖小哥："还不谢谢人家阿叔阿姨，再赶快把外卖送到客户手上，我还想尽快吃我想吃的包子呢!"

　　小伙子向明人和刘阿姨鞠了一躬。转身提了外卖,飞快地奔出楼去。年轻女子又叮嘱了一句:"当心,我就在楼下等你啦!"

　　声音甜脆,在这明净的上午,像鸟儿的鸣啭,让人欢快悦耳……

烹小鲜

老黄听是明人要请他吃饭,而且明确说是放在家里,还真有点不相信自己的耳朵。半年不见,因疫情所在城市又防控了两个多月,两位老兄弟,也只能通过微信相互问个好,倒是心里都痒痒的,想见面好好叙一叙的。但没想到明人如此安排,这不得不令他有些惊讶。

"你,说的是真的吗?"老黄端着手机,视频虽略显模糊,但明人的嗓音和表情,还是八九不离十的。

"是呀,怎么了,请你这位老同学、老同事到家里小聚,有什么不妥吗?"那一头,明人嬉笑道。

"你老兄请我,我巴不得呢。不过上你家吃,谁来烧饭呀?"老黄知道,这段时间,明人一人在家,嫂夫人和孩子在娘家,忙着照顾老人。明人平时工作甚忙,是从来不下厨,也不会烹饪的主儿。

"这你就不用担心了,反正天上是掉不下馅饼的。"明人哈哈地笑着,那笑里似乎藏着什么秘密。

老黄故意抬杠道:"那我得重申,一是不得叫外卖,这个,我不爱吃;二是我肯定不动手,要不然谈不上你请客;三是一定要有海鲜、牛排,牛排要七分熟。"

"哈哈,你老弟条件还挺苛刻,这样吧,为体现我明人的诚意,我照单全收。"明人爽快地说道。

老黄又惊诧了,这三条明人竟都接受了,他不会已想好,要专门请个厨子上门吧?这活现在有人干,只要给足钱就是。

两人又东拉西扯,聊了几句,再次敲定,后天周五,两人在明人家边喝边聊。

这天,老黄下了班,赶到明人家时,已快七点了。明人与老黄大学同届同班,出生月份要比他早大半年。所以,明人年初退居二线了,老黄还在实职岗位,站最后半年岗。

明人给老黄沏上一杯茶,让老黄稍坐片刻。自己转身进了厨房。几次进出后,客厅的桌面上,竟变戏法似的,端上了五六碗热气袅袅、香味扑鼻的菜肴。荤素搭配,诱人垂涎。包心菜、油爆虾、土豆丝都炒得色香味俱全。

腌笃鲜是他们的宿爱,每当老友一聚,都少不了它的助兴。还有一条清蒸大鲳鱼,嫩白的鱼肉上,葱绿姜黄,蒜白椒红,正是老黄的最爱。

老黄定睛看着明人:"这些,不会是外卖吧?"

"你这老弟,有眼不识货呀,这么鲜嫩的菜肴,岂是外卖可以拥有。"他说得自然不是开涮外卖,只是强调他的这几个菜不赖,来路也符合两人事先的约定。

老黄心里嘀咕:"这难道出自明人之手?"明人不会烧菜,这是众所周知的。当年他们一同到异地挂职,住的是集体宿舍。老黄隔三岔五还自己动手做饭,调剂调剂口味。明人雷打不动地吃机关食堂,偶尔随着老黄打打牙祭。

有一回小长假,明人手上还有活赶,没回去休假。食堂暂停服务了,他就天天去机关隔壁的小面馆吃面条,听说吃得要吐了,便在宿舍里炒了番茄鸡蛋,加米饭。他是看着菜谱烧的,竟然也炒煳炒咸了,凑合着吃了,跟着喝了一大杯温开水。他说,菜谱上讲加少许盐,少许究竟是多少,他拿捏不住。

平时在本城单位,下班时间一到,老黄就准备回家了,说家里有三个女人等着他烧晚饭呢。这三个女人,指的是他母亲,他太太,还有宝贝的独生女儿。这三个女人,既是他的三座大山,也是他的幸福源泉。

明人常常笑话他:"男子汉大丈夫,怎么这么婆婆妈妈的。男人嘛,事业为重,家务事,只管大事。不过,也没什么大事。"

老黄有时被说得脸红一阵,白一阵的,支支吾吾地辩解。但明人是工作狂,平常这么说,也是这么做的,面对同事和同学,老黄先怯

了几分。

不过，不会做家务，也不会看菜谱的明人，曾闹过笑话。今天，他不可能这么快就驾轻就熟了吧，现看现学还得一番琢磨呢。

对了，还有七分熟的烤牛排还没上桌，这可得现烤现吃的，谅你明人也变不出戏法来。于是，老黄坏笑道："就算这几个蒙混过关了，那烤牛排呢？必须得七分熟，才细嫩而又有嚼劲。不会等人送上门吧？"

明人给老黄斟满一杯红酒，笑呵呵的："不急，我们边喝边等。"

"哎，说好不可外卖，别人外送，也算这范围。这个搞不定，算你白请！"

明人还是笑眯眯的。他和老黄碰了碰杯，抿了一口酒，吃了两口菜，说："我说你老黄，怨家呀，狗眼看人低。"

老黄也猛灌了一口："在工作上，你胜我一筹，可在烹饪方面，我是大学生，你至少属于半文盲。"老黄得意地笑着，把一块白花花的肉，塞进了嘴里。

明人说："我给你看一首诗吧。"说完，拨弄了一会儿手机，亮屏递给了老黄。

诗的题目叫《烹小鲜》："本庶人，回归／闭门造美食，依抖音画葫芦，手不抖／食乃天，锅碗瓢盆，油盐酱醋／本是一家，亲密交响／选材，灌洗，切配，焯水／烤，炖，炒，蒸，溜，煎，均学／脑汁，时光，佐料，拿捏搭配／拙作出炉，色香味不赖／腰背疼，指肚有划伤／

浑身烟火气／自我料理，调制一味成就感／宅家静心，上上计，乐烹小鲜∥咸咸淡淡，辣辛酸甜／皆是人生本味，不妨尝遍。"

老黄读了，立马明白了。这老兄弟士别三日，真是当刮目相看呀。

明人又喝了一口酒，笑着说："半退休的男人，出得了厅堂，下得了厨房，才是真男人。"

厨房里的烤箱叮咚一声响。明人起身，不一会儿，把一盘烤牛排用专用的铁夹端上了桌，看上去，色面酥香脆嫩。

老黄举起杯子，带点佩服的口吻说："为你华丽转身为厨师，干杯！"

打"掼蛋"

周末那天,在街角一个装修得很典雅的茶室门口,有人说了一声:"是明人呀。"明人回头一看,竟是从邻省退下来的老领导老刘。两人有几年没见了,在这里碰到,也算是巧遇了。当年老领导威风凛凛,冲冲杀杀。岁月倏忽,如今的老领导,已是皱纹满脸,头发花白。眼睛眯缝着,似乎老眼昏花了。"这么巧啊老领导。""是啊。你是来喝茶会老朋友的?"明人说:"是的。正好约了一个发小。"老领导说:"那太巧了,待会过来和我们一起聊聊。人多热闹些,从邻省过来两位老同事,都是非常熟悉的老朋友。哦,对了,打牌也正好缺人。""打什么牌?您现在有时间打牌了?"老领导呵呵一笑:"是啊。退休了总得找点乐子,也动动脑子呀。我们打掼蛋。知道吧?现在在江浙皖一带都很流行的。""哦,我听说过。可是我不会打呀。"明人说。"那还不简单。和我们以前打争上游一个路子。规则稍稍有点变化,没什么难度。来吧,待会到我们白玉兰厅。"明人回到自己订的包间，与发小聊了不到十来分钟，就有服务员来敲门，说："白玉兰厅的老先生请你们过去。"

白玉厅里，三位老者，虽然上了年纪，但精神都显得相当矍铄。寒暄一会儿之后，老领导就吆喝着打牌。明人有自知之明，连忙说："我真不会掼蛋，不过机会难得，我就坐边上学习，待会老领导和各位赏脸，我来安排晚餐。"老领导大笑起来："好好，晚餐我们接受，不过，牌你还得打。我们三缺一，你发小也不会打吧？"见发小摇了摇头，老领导继续说道："'吃饭不掼蛋，等于没吃饭。'你听过这句话吧？嘀嘀，我还得加一句，'吃饭简单吃，掼蛋得认真打！'"两位老者也跟着说起了掼蛋的几个说辞，明人不得不坐在了老领导的对面，摸起牌来。

明人大怪路子打得不赖，还在上海的《劳动报》副刊，写过一点随想，读过的人都觉得挺有意思的。他就凭着大怪路子的思路，又现学了老领导讲的掼蛋的规则，开始理牌、出牌。即便已够小心谨慎了，没料到，还是遭到老领导委婉的批评。

起先，上家打的牌，明人找不出适当的牌，就让他过了。反正还有对面的搭档在，说不定还能让他过过牌呢。几趟下来，老领导就说了，你这样的话，他跑得就快了。你得堵，能打的尽量打，毫不留情。明白吗？

明人脑袋就有点发蒙。你才是我上家的"钢板"吗？我不轻易出牌，也是给你机会呀。大怪路子就这么个策略，他是有经验的。但这些话只是在心里嘀咕着，没说出口。

老领导第二次憋不住，又不轻不重地嘟囔了几句，这次是因明人出牌，连续出了几张单牌引发的。他的意思是，你老出一张，不仅让你下家跟着走了几张小牌，出牌权也很容易被人拿去。

明人想，这几个宕牌，我不出，也没人会放我呀，留着总会后患无穷。大怪路子还能"四带一"，单牌还顺理成章，搭上顺风车。打掼蛋没这规定，自己也实在是理不出顺子来，不得已而为之。明人想说明，又定定神，万一是自己对规则掌握不够，也不熟练，才出此昏招，说了不是更显无知吗？索性就不说罢了。

这也是让让老领导呀。老领导之前在做明人顶头上司时，精力都放在工作上，用夜以继日、废寝忘食来形容都不为过，何曾有过这样打牌的空闲时光呢！看今天的劲头，而今的老领导，是把那股狠劲都用于打牌上了。他转变得也够快啊！

再见到老领导皱眉，是老领导都做了头家，而明人连续几次都被对方抓住了，手上留下的尽是虾兵蟹将。老领导看了，有些嗔怪了："你怎么让大牌冲在前面，小牌留在手上呢？"

明人忽然想起当年老领导常说的话："我们做领导的，就是要冲在前面，干在前面，只有领导冲锋陷阵，大伙儿才会跟着你干！"这声音飘飘忽忽的，仿佛一会儿近在耳畔，一会儿又远在天边。

明人不免懊丧。他发现真是自己大有问题，思维一直停留在大怪路子上。

比如这最后留下了一张大鬼带三个二、两个五。他把大鬼先扔了，那一对小俘虏，还在手里捏着。他完全是用大怪路子的思维，大鬼没人要，那手上五张小牌，就可以一起扔了。哪知道，对手偏偏有炸蛋，一下子就把他炸蒙了。这炸蛋，也区别于大怪路子，竟然这么横空出世，这么令人措手不及！

显然让小兵先出场蹚雷，才是常规路数。

看着对面的老领导，他依然是之前熟悉的那一副好斗的神情，可看上去，又多少有些陌生和疏离感。

为了让气氛宽松些，明人自嘲道："老领导呀，我错就错在思路不改，老受大怪路子的影响，如果按您老当年的风格，不换思路，就换岗，我早该被您罢官了。"这一说，老领导板着的脸松弛了，两位老者和明人的发小也笑了，明人也笑得咧嘴了，是真心豁达的笑。

一碟猪耳朵

周日正午,明人与钱六在星巴克聊天,抬头一看墙上挂着的时钟:"哟,都十二点半了,我们是废寝忘食呀。"明人笑说道。"明兄,难得的,我请你吃饭,楼上有一家挺有档次的粤菜馆……"钱六说得挺恳切,明人嗔笑道:"我们老同学,还这么讲排场,不必了。""这算得上什么呢,饭总要吃的,何况已是这个点了。"钱六固执己见。"走吧,我来前就注意了,对面有个小餐馆。"明人稍稍压低嗓音,凑近钱六的耳畔道,"有猪耳朵。"钱六的双眸亮了,连忙说:"好,好,那太好了。"

想到猪耳朵,他们就又有话题了。初中那会儿,他们偷偷喝酒,喝的是甜甜腻腻的特加饭,下酒菜就一个:香香脆脆的卤猪耳。那还是他们动用了压岁钱,五毛钱,买了一小碟。不过,吃得真是酣畅淋漓,齿颊留香,四十多年过去了,至今难忘。

小餐馆名副其实的小。十多平方米的堂吃店面,就七八张小圆桌。

他们进了门，就近找了座位，钱六就吆喝点菜，点的第一个菜就是猪耳朵。服务员说："不好意思了，最后一碟猪耳朵刚被人点走了。"说完，目光朝另一桌瞟了一眼。明人和钱六也目光相随，瞥见靠墙的那一桌，有位头发花白，身着纯棉针织布衣的六旬男子，正凝神翻阅着一本书，神情安定，气质不俗。钱六忽然兴奋起来："这不是刘董事长，刘老板吗？"明人定睛一看，果然是大名鼎鼎的华君汽车董事长。该汽车作为新能源品牌，在沪上销售业绩不凡。刘董事长与他也有过一面之交，互相留过微信电话。

刘老板用眼睛余光也认出了明人，起身打招呼。钱六双目愈发炯炯："你们，认识？"钱六在一家公司打工，对刘董事长仰慕已久，明人在政府部门任职，是为企业服务的"店小二"，也为刘董事长释难解惑过。这么一层关系的几个人，竟在窄小破陋的餐馆邂逅，也就别一样地热闹起来。特别是得知大家都是奔猪耳朵而来的，也就更笑不拢嘴了。

钱六瞪着一双眼睛发问："刘董事长，您身家几十亿，怎么到这小饭店吃猪耳朵呢？"

"怎么，我要一日三餐山珍海味，才与这身份匹配吗？哈哈哈。"刘老板爽朗地笑着。他说："坦率说，我对所谓的八珍玉食、美味佳肴，并不嗜好。我就喜欢吃四喜烤麸、麻婆豆腐、八宝肉丁这样的家常菜，尤其是这猪耳朵。小时候家境贫寒，想吃都吃不上，看着邻居餐桌上有这么一碟，眼都直了，只能不停地吞咽口水，免得自己失态。我想，明首

长好这口,也一定和我感同身受吧?"明人接口道:"过誉了,感悟倒是完全一致的。"他转向钱六说:"老同学,这猪耳朵口感极好,既柔韧又酥脆,鲜香而不腻。而且还富有营养,什么蛋白质、维生素、胶质等的,含量都挺高,可以补虚损,健脾胃。"

"可是,可是,这东西,毕竟……"钱六嘟囔着,似乎还未被说服。

刘老板一把拽着明人,同时,也对钱六示意道:"来,来,我们一块吃,我刚才就点了三个菜,猪耳朵,盐水毛豆,还有一碗粉丝汤。你们是不是要再加些菜?"

"您这大老板就吃这些呀?"钱六忍不住,又蹦跶出了这一句。

"你这兄弟,这三个菜,有荤有素的,口味和分量也正好,不好吗?关键还都是我最爱吃的,在我的食谱里,真正的美味佳肴,就是这类菜。哦,现在你们加盟了,不妨再加点,鱼香茄子,红烧鳊鱼?别客气呀,这里真没有什么大菜、硬菜。"刘老板道。

明人连忙响应:"这个好,这个好!""能吃我最爱吃的,不是最好的事吗?"明人又说了一句。

"有人也说我,说是长着猪耳朵,听不见别人劝,我说,你们错了,猪耳是顺风之意。谁不想顺风顺意。吃自己想吃的,穿自己想穿的。"他笑声朗朗,扯了扯身上的布衣,"这就是最大快乐!"

这时,服务员端上了一碟猪耳朵。虽然仅盈盈一握,不过,色泽红亮而有光泽，条干细长又不失均匀，真是令人垂涎。

服务员说："幸亏你们是自家人，仅剩的一些，你们可以共享。"

刘老板说："这也叫臭味相投，都是有口福之人，才这般凑巧。"

钱六频频点头，明人也击掌称好。大家都笑了。

日记

夕阳西下,办公室的同事陆陆续续下班了,刘林还在伏案奋笔疾书。这是他的习惯,每天下班晚些走,可以避开交通晚高峰,同时最关键的,是把白天有意义的经历和感悟付诸文字,这是他的习惯。

眼前忽然一暗,有个身影挡住了半扇窗户。抬头一看,是同事兼老友明人。"你还没下班吗?"刘林问道。

"准备下班了,想到你在记日记,给你看一个视频。"明人说着,便把手机点开,搁置在刘林的桌上。

视频是别人发来的,说的是一位独居老人过世了。在海外的两个子女,委托老人的单位料理了后事,又通过中介把父亲的住房给卖了。问题是,父亲留下了不少遗物,除了他自小到大各类证件、证书、照片,还有一摞日记本。购房者问这些怎么处置,两位委托人说是任由购房者处理。购房的是一位中年男子,他翻阅了照片,特别是日记,心里十分震撼。老人是一位中学教师,每天的日记,都一笔一划、工工整整的,老人把自己的坎坷经历和心路历程,都翔实而深情地记录下来。这可以说是时代的一个记录、一个人的编年史。老人辛勤持家,艰难困苦,终于如两位子女所愿,把他们送到了海外读书并成家。几年前老伴去世了,他孤独一人,直至终老。老人留下的这些遗物,孩子不要,明人看了这视频,不无揪心。

刘林看了,眼眶也濡湿了,心里泛起深深的悲哀来。他瞥了瞥明人,也明白了明人此刻的心思。他也是有记日记习惯的。这视频道出了一个残酷的现实,他们不得不直面一个问题:"自己身后,这日记孩子会留着吗?"

刘林放下笔,重重地叹了口气。

明人看着他,也面露忧戚,若有所思。好一会儿,他开口道:"写,还是不写呢?"

刘林并未接口。他的手机收到一则消息,是儿子发来的,儿子说他明天陪怀孕的妻子去医院检查,就不过来看他了。他心里立马感到高兴又失落。估摸着儿媳妇快生了,这是他久盼的,要做爷爷了。但明天是周末,儿子媳妇不来看他,太太又出差在外,他真有点孤寂落寞感。但这也是没法子的事,他只能回复:好的。又加了一句:有事及时告诉我。祝顺利。发出后,他抬眼望了望明人:"你的意思呢?"

明人说:"我想还是要写下去,写日记,首先是记录自己的事,是自己的需要。我们不能因为明天会怎么样，就停止今天的创造和工作。你说呢？"

刘林把日记本合上，站起身来，他的视线，越过明人的肩膀，投注在那被夕阳染红的天空。他感觉心像黄昏时分的太阳，缓缓在下沉。

坦率说，他此时真的有些迷茫了。

沉默，还有一点伤感，似乎在两位老友之间弥漫。

明人的电话突然响了，是儿子从新加坡打来的，儿子在那里读硕士。儿子说，能不能给他寄几本《援疆日记》来。他的一位同学，把他的一本拿去了，其他同学也想要。

那是明人在援疆期间每天坚持写的日记，后来由出版社正式出版了。他曾给儿子寄了一本，也没听到过儿子的任何反馈。他以为儿子还年轻，不懂也不会关心遥远的新疆，也不关心自己的援疆生活和体会。没想到，他的海外同学竟如此关注，他感到欣慰。

他把这事向刘林说了。刘林微微舒展了一下眉头，少顷，他微笑了："我们真是杞人忧天。我们的孩子未必都会像那位老人的孩子吧？而且，你刚才说得对，日记本身是我们自己的生活。我们书写自己的生活，只要自己认为值，就值。"

明人也笑着说："还有一点很重要，让你的儿子，还有即将诞生的孙辈，以后都读读你的日记，一定会给到他们更多对过去的了解，也一定会有启发，这就很有价值了。"

"是的，就凭这些，我们还得写下去。"刘林说。

"我还有一个想法，等到退休后，是不是可以搞一个日记博物馆，公益的，这是不是很有意义呢？"

"这真是一个很好的创意。我第一个加盟！"刘林兴奋地说道。

"嘀嘀，这还只是设想呢，别急呀。眼下，我们还是认真做好本职工作，同时，把日记写得好好的。要让后人想读，值得读！"

"我赞成！"刘林愈发高兴了，刚才的忧郁如阴霾一样散去了。窗外，太阳的余晖把远处的建筑都镀上了一层金黄，连云彩都绚烂多姿起来。两位快奔六十的男人，此刻也心旷神怡起来。